—ASSASSIN'S CREED®—
LAST DESCENDANTS

Obras do autor publicadas pela Galera Record:

Série Assassin's Creed
Renascença
Irmandade
A cruzada secreta
Revelações
Renegado
Bandeira Negra
Unity
Submundo

Barba Negra: O diário perdido
Abstergo Entertainment: Dossiê do funcionário

Série Assassin's Creed – Last descendants
Revolta em Nova York

MATTHEW J. KIRBY

—ASSASSIN'S CREED—
LAST DESCENDANTS
REVOLTA EM NOVA YORK

Tradução de
Alves Calado

1ª edição

Galera

RIO DE JANEIRO
2016

CIP-BRASIL. CATALOGAÇÃO NA PUBLICAÇÃO
SINDICATO NACIONAL DOS EDITORES DE LIVROS, RJ

K65d
Kirby, Matthew J.
Revolta em Nova York: Last descendants / Matthew J. Kirby; tradução Alves Calado. – 1. ed. – Rio de Janeiro: Galera Record, 2016.

Tradução de: Last descendants
ISBN 978-85-01-10770-1

1. Ficção juvenil americana. I. Calado, Alves. II. Título.

16-34968
CDD: 028.5
CDU: 087.5

Título original:
Last Descendants

Copyright © 2016 Ubisoft Entertainment.

Todos os direitos reservados. Assassin's Creed, Ubisoft, e o logo da Ubisoft são marcas de Ubisoft Entertainment nos EUA e/ou outros países.

Edição em português publicada por Editora Record Ltda. mediante acordo com Scholastic Inc., 557 Broadway, New York, NY 10012, USA.

Proibida a reprodução, no todo ou em parte, através de quaisquer meios. Os direitos morais do autor foram assegurados.

Composição de miolo: Abreu's System

Texto revisado segundo o novo Acordo Ortográfico da Língua Portuguesa.

Direitos exclusivos de publicação em língua portuguesa somente para o Brasil adquiridos pela
EDITORA RECORD LTDA.
Rua Argentina, 171 – Rio de Janeiro, RJ – 20921-380 – Tel.: (21) 2585-2000, que se reserva a propriedade literária desta tradução.

Impresso no Brasil

ISBN 978-85-01-10770-1

Seja um leitor preferencial Record.
Cadastre-se e receba informações sobre nossos lançamentos e nossas promoções.

Atendimento e venda direta ao leitor:
mdireto@record.com.br ou (21) 2585-2002.

PRÓLOGO

Cidade de Nova York, 1863

O informante pigarreou do outro lado da mesa de jantar. Sua sobrecasaca longa estava desabotoada, o cabelo gorduroso e encaracolado nas têmporas. A noite havia surpreendido rapidamente a casa na cidade, e o homem tinha esvaziado o prato antes de entregar a mensagem. O chefe Tweed havia permitido isso, com paciência. Seu domínio sobre Nova York sempre esteve enraizado no que podia dar às pessoas, nos apetites que podia aplacar, na ganância que podia manipular.

— É verdade — disse o informante. — Tem um Assassino na cidade.

Tweed engoliu mais uma ostra com gosto de salmoura.

— Você tem o nome?

— Ainda não. Mas tem alguém trabalhando com Reddy, o Ferreiro, para manter os Bowery Boys fora disso.

Tweed tinha consolidado seu poder e agora era o homem mais influente de Nova York. Controlava a máquina política do município e, por meio dela, as ruas e as urnas. Sua rede de espiões e políticos em Washington já o havia alertado sobre a presença de um Assassino atuando em Nova York. Corriam boatos de que a Irmandade planejava usar a guerra civil atual para montar uma ofensiva. Era até mesmo possível que conhecesse o plano dos Templários.

— Sem os Bowery Boys, os tumultos de rua vão fracassar — disse Tweed.

— Não vai ser problema, chefe.

— As gangues de Five Points e Waterfront não terão força suficiente sem eles.

— Os Bowery Boys estão dentro.

— Acredito que sim. Mas de qualquer modo precisamos saber quem é esse Assassino, e o que a irmandade está procurando.

— Andei investigando por aí.

Tweed não ficou satisfeito nem tranquilo com isso. Era um erro subestimar um Assassino.

— Seja discreto — disse. — Queremos expor a Irmandade, e não fazer com que se enfie mais ainda nas sombras. — Ele arrastou um pedaço de rosbife pelo molho marrom no prato e comeu.

— Claro, chefe. — O informante olhou a comida que restava na mesa e lambeu os lábios feito um cachorro.

Mas Tweed sabia que o poder verdadeiro estava em manter seus eleitores querendo mais.

— Por enquanto é só. Volte quando tiver um nome, e não antes.

O informante baixou a cabeça.

— Sim, chefe. — Em seguida se levantou e saiu da sala, enquanto Tweed continuava a comer.

Na rua, o informante caminhou, ainda com fome, até onde pudesse pegar uma diligência que fosse para o Centro. Apesar de a noite ter caído, a cidade continuava funcionando à luz dos lampiões a gás. Passou por teatros, restaurantes e bares atulhados de fregueses desfrutando de uma leve folga do calor do dia.

Em algum momento mais tarde, quando chegou ao clube frequentado pela gangue no número 42 da Bowery, fez isso sem perceber os olhos que o vigiavam, a sombra empoleirada, oculta na laje de um prédio, três andares acima da rua.

Eram olhos pacientes, e quando o informante saiu do número 42, algumas horas mais tarde, cambaleando um pouco por causa da bebida, a sombra desceu e foi atrás dele em silêncio.

O informante não tinha sido suficientemente discreto. Alguns quarteirões depois, perto de um beco, o Assassino agiu... o clarão de uma lâmina oculta, um golpe rápido e silencioso...

O corpo só foi descoberto de manhã.

I

Owen precisava saber.

Já sabia, mas precisava saber de um modo que pudesse ser provado. Um modo que convencesse os outros, inclusive seus avós, de que o pai era inocente. A Justiça havia falhado, e as pessoas não se importavam. Seu pai tinha ido para a prisão por um assassinato que não cometeu, e acabou morrendo por causa de um maldito apêndice perfurado antes que Owen pudesse ao menos se despedir. De modo que agora Owen é que precisava descobrir o que realmente havia acontecido na noite do roubo ao banco.

Achou que Javier entenderia. Eram amigos desde a terceira série, quando a vida de Owen foi para o inferno. Era verdade que fazia um tempo que os dois não estavam próximos, desde o ensino fundamental e o início do médio, mas Owen ainda pensava que podia contar com Javier.

— E aí, vem comigo? — perguntou.

Estavam do lado de fora da escola, num pátio lateral, perto de um bicicletário vazio com a tinta descascando. Três amigos de Javier, uns caras que Owen não conhecia, estavam ali perto, olhando-os, falando entre si.

— Não sei — respondeu Javier.

— Não sabe?

Javier não disse nada. Só ficou olhando.

— Qual é! Você sabe essas coisas técnicas melhor do que eu. Melhor do que todo mundo. — Owen olhou de lado para os amigos de Javier. — Apesar de ninguém mais saber, eu sei e você sabe.

Javier também olhou para os amigos. Não tinha sorrido, não tinha gargalhado, não tinha mudado a expressão dura do rosto desde que Owen havia se aproximado alguns minutos antes e explicado o plano. O Javier parado ali nem parecia a mesma pessoa que Owen conhecia, o

Javier que ele encontrou pela primeira vez depois que seu pai foi para a prisão e sua mãe se mudou com ele para a casa dos avós. Bairro novo. Escola nova. Valentões novos batendo nele...

— Vou pensar — disse Javier. — Agora preciso ir. — E se virou para ir embora.

— Vai? — perguntou Owen.

Javier olhou de volta para ele.

— Vou o quê?

— Pensar.

— Eu disse que vou. — E se afastou.

Owen olhou-o voltar ao seu grupo, sem saber direito se podiam ser chamados de amigos dele. Eram o tipo de caras de quem Javier costumava proteger Owen. Quando Javier os alcançou, eles balançaram a cabeça de um modo interrogativo, indicando Owen, e Javier só deu de ombros e balançou a cabeça.

Owen não fazia ideia de qual era a de Javier atualmente, como os dois tinham chegado àquele ponto, passando de melhores amigos a completos estranhos em apenas dois anos. Era a mesma coisa com sua mãe. Seria de pensar que a morte do pai, três anos antes, iria uni-los, mas simplesmente tinha afastado ainda mais a ilha de cada um. Um afastamento continental progressivo, impossível de ser parado e cheio de terremotos.

Owen saiu da escola e foi na direção da casa dos avós. Quer Javier o apoiasse ou não, decidiu que mesmo assim iria naquela noite. Não tinha escolha. Tudo estava por sua conta.

Precisava saber.

Quando abriu a porta da frente, sua avó estava sentada na poltrona da sala assistindo a um programa de perguntas e respostas, do tipo que passava na TV desde antes do nascimento de Owen. Quando ele entrou, o gato, Gunther, saltou do colo dela, e as unhas devem ter se cravado nas coxas da avó através do vestido de usar em casa, porque ela soltou um gritinho e estremeceu ligeiramente. Gunther miou e veio andando com o rabo levantado, para se esfregar na perna de Owen.

Ele se abaixou para coçar atrás das orelhas de Gunther.

— Ei, vovó.

— Olá — disse ela, diminuindo o som dos aplausos vindos da TV.
— Como foi na escola?

— Bem.

— Como estão suas notas?

— As mesmas de ontem.

— Você precisa melhorar. Apreciar o valor da educação. Não vai querer acabar feito o seu pai.

Owen escutava isso o tempo todo. A declaração era como um trem que batia com força e vinha puxando a carga de cada discussão, cada lágrima, cada conversa sussurrada e cada briga de gritos entre os avós e a mãe que Owen tinha ouvido durante o julgamento e desde então. Os avós odiavam seu pai desde antes de sua mãe se casar com ele, e agora odiavam mais ainda a memória dele. O pai de Owen era o "fantasma expiatório", uma sombra que podia ser tão terrível quanto eles precisassem que fosse, culpada de qualquer coisa. De tudo.

Owen tinha aprendido a não defender o fantasma. Mas não precisava. Aquele não era seu pai. E logo todo mundo saberia.

— Vou melhorar as notas — disse. — Cadê o vovô?

— Lá atrás. Consertando um cortador de grama, acho. Talvez precise da sua ajuda.

Owen segurou o riso. Seu avô nunca precisava de ajuda com nada, ainda mais com um motor, o que significava que ele provavelmente queria falar alguma coisa. Owen odiava isso, mas sabia que não podia evitar, por isso confirmou com a cabeça e disse:

— Vou ver.

Passou pela sala, com o tapete velho que era tão imune à sujeira ou tinha sido tão bem cuidado que seus avós não podiam justificar o custo de substituí-lo, as paredes bege cheias das adequadas pinturas a óleo de sua avó. Na cozinha, pegou uma laranja numa fruteira sobre a limpíssima bancada de fórmica e saiu pela porta de tela dos fundos, que se abriu rangendo e bateu com força atrás dele.

O quintal, pequeno e tão bem cuidado a ponto de parecer de plástico, era um tapete de grama densa cercado por canteiros de flores e arbustos. Algumas laranjeiras e abacateiros cresciam junto à cerca de tábuas com dois metros de altura que marcava a fronteira do império da avó.

Owen foi pelo caminho de tijolos nos fundos da casa até o posto avançado do avô, a oficina que nunca tinha sido chamada de garagem, pelo que Owen podia lembrar, mesmo sendo exatamente isso. Lá dentro, seu avô estava curvado sobre um velho cortador de grama, com uma lâmpada fluorescente balançando acima. Ele usava o velho avental e o mesmo tipo de macacão jeans desde que Owen era pequeno.

— Esse é para vender? — perguntou Owen.

— Não — respondeu o avô. — Conserto. Dos Egertons, no fim da rua.

— Vai cobrar deles?

— Não. Mas eles provavelmente vão tentar me pagar, de qualquer jeito.

— Vovó diria que ela deveria pagar a eles, por manter o senhor ocupado.

Ele deu um risinho.

— Como você sabe que ela não paga?

Owen mordeu a casca da laranja para começar a tirá-la, sentindo o gosto amargo, e depois enfiou as pontas dos dedos, pingando sumo enquanto descascava.

— Não faça isso em cima do meu piso — disse o avô.

Owen sempre achava que um cômodo chamado de oficina seria exatamente o tipo de lugar onde seria possível pingar suco de fruta no chão, mas esse não era o tipo de oficina do avô, onde nenhuma ferramenta e nenhum equipamento ou garrafa de produto químico seria encontrado fora do lugar.

— Sua avó perguntou sobre suas notas?

— Perguntou.

— Então eu não preciso?

Owen jogou a casca da laranja no lixo.

— O senhor meio que acabou de perguntar.

O avô afastou o olhar do cortador de grama.

— É verdade. — Depois se levantou com uma peça na mão e foi até a bancada na parede oposta, onde ficou remexendo em alguma coisa, de costas para Owen. — Vi seu antigo amigo um dia desses. Como é mesmo o nome dele, Javier?

— É? — Owen comeu um gomo de laranja. Era doce, não azeda, só com um mínimo de acidez.

— Não o vejo por aqui há um bom tempo.

Owen não disse nada. Só deu outra mordida.

— Você ainda é amigo dele?

— Mais ou menos. Na verdade, não.

— Não gostei muito do jeito dos caras que estavam com ele. Bandidinhos de gangue.

— Como o senhor sabe?

— Dava para ver.

— Isso me parece meio preconceituoso, vô. Javier não faz parte de nenhuma gangue.

— Espero que não. Ele sempre pareceu um garoto bom.

Owen comeu os últimos gomos da laranja, ficando com sumo no queixo.

O avô ainda estava de costas, trabalhando com a peça do cortador.

— Você fica longe desses caras, não é?

— Vovô, qual é!

— Só quero garantir. Esse bairro não é mais como quando sua avó e eu viemos para cá. Ainda era um lugar bem decente quando sua mãe estava crescendo, até os últimos anos do ensino médio. — Era quando a mãe de Owen tinha conhecido o pai dele, mas o avô deixou isso, subentendido apesar de Owen saber que ele estava pensando. — Sou velho e teimoso. Nunca iria me mudar da minha casa. Mas esse não é o lugar que eu escolheria para sua mãe criar você. Não mais.

— Não sou de nenhuma gangue.

— Sei que não é.

— Então por que a gente está conversando sobre isso?

O avô se virou, com o brilho da lâmpada fluorescente refletindo na careca.

— Só quero que você tenha cuidado. Você está com 15 anos. Sei mais sobre como são os garotos atualmente do que você pensa. É fácil ser arrastado para o caminho errado. Você quer fazer parte de alguma coisa. Começa a achar que consegue dar conta, e quando menos espera, está enfiado até a cabeça numa situação ruim.

Em geral, o tempo passado com o avô na oficina era assim. Era tanto uma chance para o avô trabalhar com Owen quanto com o motor. Owen sabia que a intenção dele era boa. Da avó também. Mas eles também estavam errados com relação a um monte de coisas.

— Só... — O avô balançou a cabeça e se virou de novo para a bancada. — Só tenha cuidado. Tem dever de casa?

— Fiz na escola.

— Ótimo. Então pode ir em frente nos estudos.

— A escola é igual a uma esteira ergométrica. Como é que a gente vai em frente numa esteira?

O avô riu de novo.

— Espertinho. Entre em casa e vá estudar alguma coisa.

Owen sorriu e saiu da oficina, voltando pelo caminho de tijolos até a porta dos fundos. Dentro de casa, viu que a avó tinha desligado a TV e agora trabalhava na cozinha, cortando cenouras na bancada, com uma tigela grande e uma pilha de legumes inteiros ali perto.

— Como vai a coisa lá fora? — perguntou ela.

— Bem. A senhora também acha que eu faço parte de alguma gangue?

— Ele tem razão em se preocupar. Um monte de garotos bons daqui acabou andando com as pessoas erradas. É difícil esquecer o que aconteceu com seu pai.

— É, a senhora e o vovô fazem questão de lembrar. — Owen fez menção de sair. — Vou para o meu quarto.

Ela pousou a faca.

— Só não queremos que você seja assim.

Owen não disse nada, porque se abrisse a boca acabaria encrencado. Por isso, se afastou dela, passou pela sala e foi pelo corredor até o seu quarto. Quando chegou, chutou algumas roupas para fora do caminho, de modo a trancar a porta. Ficou parado uns dois minutos, ofegando, olhando para o teto.

Sabia que o pai não tinha sido sempre perfeito. Tinha passado por alguns problemas na escola, cometido alguns roubos em lojas e atos de vandalismo, mas nada sério demais. Nada que pudesse tornar sua vida difícil depois dos 18 anos. Tinha superado tudo isso. O homem que Owen conhecia tinha trabalhado duro, andando na linha e, mesmo sem diploma de faculdade, tinha conseguido levar a família para um subúrbio com árvores na calçada, bicicletas nos gramados e dois carros bons na garagem. Mas os avós de Owen nunca lhe deram crédito por isso. Só viam o malandro do ensino médio, e quando seu pai foi preso, os meses do julgamento não passaram de um extenso *Viu? Nós estávamos certos o tempo todo*, direcionado para a mãe de Owen.

Mas não estavam certos. O juiz e o júri também não.

Owen foi até seu computador e se jogou na cadeira diante da mesa, derrubando uma torre de latas de refrigerante vazias perto do monitor. Estivera contando com Javier para garantir que a tecnologia fosse segura e parecesse correta, mas, se Javier não aparecesse, isso significava que tudo ficaria por sua conta. Bateu no teclado para acordar o computador e depois fez uma busca na internet, lendo sobre as Indústrias Abstergo, o Animus, uma coisa chamada Helix e aqueles consoles de jogos absurdamente caros. Mas era tudo papo corporativo, envernizado pelos departamentos de relações públicas ao ponto de reluzir sem dizer nada. Conseguiu mais um pouco em alguns grupos de mensagens, na maioria alertas e um monte de lenga-lenga paranoico sobre uma conspiração global envolvendo a Abstergo. Mas que conglomerado multinacional *não* envolvia conspiração? Essa lhe parecia ser a natureza do jogo.

Depois de algum tempo e mais buscas infrutíferas, sua mãe chegou do trabalho na copiadora. Owen escutou a porta da frente, a voz abafada dela na sala falando com sua avó, e alguns instantes depois, uma batida à porta do quarto.

Owen fechou o navegador.

— Pode entrar.

A maçaneta chacoalhou.

— Está trancada.

— Ah, desculpe. — Owen foi até a porta e abriu. — Esqueci.

— Tudo bem? — A mãe estava no corredor, usando a camisa polo do uniforme, o cabelo preso para trás, talvez com alguns fios grisalhos a mais do que no dia anterior.

— É, bem. Por quê?

— Vovó falou que você e o vovô conversaram.

Owen deu de ombros.

— Não foi diferente de qualquer outra conversa que a gente tem uma ou duas vezes por semana.

— Acho que ele ficou mesmo abalado quando viu o Javier.

Owen revirou os olhos.

— Ele não está numa gangue.

— Certo. — Ela levantou as mãos riscadas com as linhas curtas e vermelhas de alguns cortes recentes provocados por papel. — Se você diz que não... Mas é uma coisa boa seus avós se preocuparem, você sabe.

— É?

— Quer dizer que se importam.

Owen deu as costas para a porta aberta e foi cair na cama, deitado de costas, com as mãos atrás da cabeça.

— Não é exatamente como eu diria.

Ela entrou no quarto.

— Como você diria, então?

— Eu diria que eles se preocupam com a hipótese de eu assaltar um banco, como o meu pai.

A mãe se empertigou, como se tivesse trombado numa parede invisível.

— Não diga isso.

— Mas é o que eles estão pensando.

— Não foi o que eu quis dizer. Só... não diga isso.

— Por quê? Você também acredita. Ou pelo menos não nega mais quando eles puxam o assunto.

— Owen, por favor. Eu não posso... — Ela olhou para a porta.

— Deixa para lá. — Ele fechou os olhos. — É o que é.

Sua mãe ficou parada mais um minuto, e ele ouviu quando ela atravessou o quarto, abrindo caminho entre suas roupas, pisando em embalagens de comida, e fechou a porta depois de sair.

Mais tarde, naquela noite, depois de jantar e lavar os pratos, Owen escutou sua mãe ir para a cama no quarto ao lado, e pouco depois ouviu o avô arrastando os pés pelo corredor. Passaram-se mais duas horas antes que a avó desligasse os risos e a música carregada de saxofones de seus programas noturnos de entrevistas e fosse para a cama. Foi então que ele se levantou, ainda vestido, pôs um agasalho com capuz e saiu do quarto nas pontas dos pés. A porta da frente fazia barulho demais, por isso ele foi pelos fundos, com cuidado para não deixar a porta de tela bater depois de sua passagem.

Era uma noite fresca, com um vento que agitava algumas páginas de jornais pela rua. Ainda que seus avós mantivessem o quintal e a casa numa condição de cartão-postal, muitos vizinhos não faziam isso. Os que molhavam os gramados tinham principalmente ervas daninhas. Os que não molhavam tinham principalmente terra. A calçada havia rachado e se deformado antes de Owen se mudar para ali, mas desde então ninguém tinha consertado, e isso podia fazer com que alguém que não conhecesse a topografia tropeçasse no escuro.

Precisou correr para pegar o último ônibus da linha que passava perto da casa dos avós, mas conseguiu, e logo estava olhando as ruas através do reflexo na janela, indo para o endereço que Monroe tinha-lhe dado. Não era bem um endereço, mas uma localização perto de algumas fábricas e armazéns nos limites da cidade. Trocou de ônibus duas vezes, felizmente para linhas que corriam a noite toda, e depois andou mais de um quilômetro para chegar, passando por conjuntos residenciais cheios de pichações e lojas escuras e trancadas.

O trecho do parque industrial aonde acabou chegando parecia abandonado, com portas fechadas com cadeados, janelas quebradas e mato sufocando os espaços estreitos entre as construções. Postes esporádicos manchavam o chão com luz amarelo-vômito. Owen estava começando a se perguntar se Monroe o tinha feito de idiota, mas então viu o ônibus parado nas sombras.

Não era um veículo igual aos que ele tinha pegado para chegar ali. Este era velho, com para-lamas grandes e, entre eles, um capô arredondado e volumoso com uma grade larga, em ângulo, na frente, o tipo de modelo que um colecionador de ônibus clássicos desejaria, se é que existiam mesmo pessoas que colecionavam ônibus antigos. Era pintado de marrom, e todas as janelas estavam escurecidas, mas de algum modo não parecia tão abandonado quanto o ambiente ao redor.

Passos ressoaram no cascalho atrás dele, e Owen girou.

— Relaxa — disse Javier. — Sou eu. — Usava um agasalho branco com capuz, as mãos enfiadas nos bolsos.

Owen soltou o fôlego.

— Você veio.

— Eu pensei a respeito.

— Obrigado. — Owen assentiu na direção do ônibus. — É isso aí.

— Tem certeza desse negócio? — perguntou Javier. — Mexer com o seu DNA? Com o seu cérebro?

— Tenho. Preciso saber. Além disso, outros caras já fizeram.

— Foi o que ouvi dizer. E Monroe disse que isso ia funcionar?

— Não tivemos tempo para falar direito. Monroe disse só para me encontrar com ele aqui.

Javier deu de ombros.

— Então, vamos descobrir.

2

Owen foi até a porta da frente do ônibus e bateu com os nós dos dedos. Depois, enfiou as mãos nos bolsos enquanto esperava, com Javier parado atrás. Quando a porta finalmente se abriu rangendo, uma luz fria como de piscina de hotel jorrou em volta de uma figura em silhueta.

— Ainda bem que você conseguiu vir, Owen — disse Monroe, a voz profunda e sonora feito as batidas de um baixo elétrico. — Estou vendo que trouxe um amigo. Entrem.

A figura se virou e recuou para dentro do ônibus. Todo mundo na escola conhecia Monroe, o cara da informática. Quase todo mundo gostava dele, a não ser, talvez, alguns professores. Owen e Javier subiram a escada estreita e entraram atrás dele.

O interior do veículo era o oposto do exterior, completamente recondicionado com painéis brancos, lâmpadas tubulares e uma variedade de monitores de computador, e cheirava a plástico aquecido e ozônio. Nos fundos se reclinava uma poltrona ergonômica acolchoada. Monroe tinha parado à esquerda dela, usando as mesmas roupas que, de algum modo, ele usava na escola sem ser censurado: jeans desbotados, tênis All Star e uma camisa de flanela por cima da camiseta de uma banda que Owen não conhecia, com o cabelo indo até os ombros e um cavanhaque. Owen não sabia direito quantos anos ele tinha. Quarenta e tantos, talvez? Cinquenta e poucos?

— Javier, certo? — disse Monroe enquanto Javier subia a escada atrás de Owen.

— Como você sabe? — perguntou Javier.

Monroe estalou os dedos e bateu na têmpora.

— Memória eidética, malandro.

— O que é isso? Tipo memória fotográfica? — perguntou Owen.

— Não — respondeu Javier atrás dele. — Não é a mesma coisa. E isso ainda não explica como você me conhece.

— Passo muito tempo administrando o banco de dados dos estudantes — explicou Monroe. — Provavelmente reconheceria quase qualquer aluno da escola.

A resposta não pareceu aliviar Javier, que cruzou os braços e olhou ao redor.

— E o que é isso tudo?

— Isso? — Monroe abriu os braços. — Isso é você.

— Uau, cara — zombou Javier com a voz monótona. — Que coisa profunda!

— Relaxa — disse Monroe. — Quero dizer que tudo isso é para entrar em você. — Ele apontou um dedo para o peito de Owen. — No seu DNA.

— É — fungou Javier. — Por falar nisso. O que você está fazendo aqui? Isso não parece os consoles de entretenimento Animus que eu vi na internet.

Owen apreciou o fato de que Javier também tinha pesquisado um pouco antes de vir para cá.

— É porque você não vai encontrar nada sobre esse modelo na internet ou nas lojas — respondeu Monroe. — A Abstergo suprimiu tudo. Essa máquina é baseada no primeiro Animus. Mas eu fiz várias modificações fundamentais.

— Então isso aí é a coisa de verdade? — Javier deu um passo adiante, subitamente mais interessado.

— O que você quer dizer com "suprimiu"? — perguntou Owen, lembrando como tinha sido difícil encontrar alguma coisa em sua busca. — O quê? Tipo segredos industriais ou algo assim?

— Por aí — disse Monroe. — A Abstergo anuncia o Animus como uma ferramenta de pesquisa. Ou mesmo um instrumento de entretenimento. Muito caro.

— E o que esse aí faz? — perguntou Javier.

— No sentido mais básico é a mesma coisa. Eu pego uma amostra do seu DNA, analiso e destranco as memórias genéticas de todos os seus ancestrais armazenadas aí. Assim que temos isso, podemos criar simulações dessas memórias para você explorar. — Enquanto falava, algumas vezes ele virava a cabeça olhando pelo lado ou por cima do ombro de

Owen, não de um modo que parecesse estar evitando o contato visual; era mais como se parte da sua mente estivesse em outro local.

— E como esse aí é diferente? — perguntou Javier.

Monroe franziu a testa.

— Outros modelos podem acessar as memórias de qualquer pessoa que tenha o DNA armazenado na Nuvem da Abstergo...

— Mas eu li que essas simulações foram manipuladas pela Abstergo — disse Javier.

— Manipuladas como? — perguntou Owen.

— Eles são mais como um *reality show* — explicou Javier. — Eles editam tudo para você não saber da história completa.

— Exato — disse Monroe. — Os modelos mais novos do Animus servem para entretenimento e para o interesse próprio da Abstergo. As pessoas veem e experimentam a história como a Abstergo quer. Não dá para encontrar a verdade lá. Este modelo — ele pôs a mão no apoio de cabeça da poltrona reclinável — só pode acessar as *suas* memórias. Não corrompidas. É o único modo de encontrar a verdade que você estiver procurando.

— Como você o conseguiu? — perguntou Javier.

— Trabalhei para a Abstergo. Há muito tempo. Mais alguma pergunta?

Owen olhou de volta para Javier, que confirmou com a cabeça e disse:

— É, mais uma. Por que você está fazendo isso?

— Por que *você* está fazendo isso? — disse Monroe. — Eu convidei o Owen, e não você.

— Estou aqui porque o Owen é meu amigo e eu devo isso a ele.

Owen não se considerava sentimental, mas precisou admitir que gostou de ouvir isso.

— Bom — suspirou Monroe. — A verdade é que... estou fazendo isso porque também devo uma coisa a alguém.

Pelo tom pesado de sua voz, Owen soube que Monroe não entraria em detalhes, mas Javier não fez mais perguntas, e Monroe se virou para Owen.

— E qual é a verdade que você está procurando? Não tivemos tempo de entrar em detalhes na escola. De quem são as memórias que você quer explorar, afinal?

Owen inalou fundo.

— Do meu pai.

— Ah, certo. Os pais são importantes. — Monroe assentiu. — Alguma coisa específica?

— Preciso saber o que aconteceu com ele numa noite específica. Dezoito de dezembro. Há cinco anos.

— Ah. — Monroe balançou a cabeça. — Eu gostaria de ter sabido. Nesse caso não posso ajudar.

Owen deu um passo na direção dele.

— Como assim? Esse foi o motivo para eu ter vindo. Você disse...

— Você perguntou se eu poderia colocá-lo dentro das memórias do seu pai e eu disse que sim. E é verdade. Você não disse que queria entrar nas experiências do seu pai de apenas cinco anos atrás.

— Mas...

— Simplesmente não é possível. O seu DNA só vai conter as memórias do seu pai até o ponto em que você foi concebido, e não depois. Você não tem as memórias genéticas dele de quando você tinha... o quê, dez anos?

— Ele está certo — disse Javier. — Eu pensei nisso, mas achei que talvez ele tivesse algum tipo de tecnologia nova.

O ônibus em volta de Owen parecia estar encolhendo, ficando apertado, à medida que sua frustração e sua raiva cresciam.

— Então, o que vou fazer? Como posso entrar nas memórias dele naquela noite?

— Você precisa de um tipo de Animus diferente — respondeu Monroe. — E de uma amostra do DNA dele tirada *depois* daquela noite. É o único modo de a coisa estar codificada na memória genética.

Os músculos de Owen se retesaram a ponto de estremecer.

— Mas ele foi preso naquela noite. Foi levado embora e nunca mais voltou para casa. Eu não *tenho* o DNA dele.

Monroe suspirou.

— Então, sinto muito, de verdade, malandro.

Owen sentiu vontade de atravessar um dos monitores com o punho. Tinha vindo porque esse era o único modo. O único modo de provar a inocência do pai. O único modo de consertar as coisas. Mas não havia um modo. Owen não tinha como, e só agora percebia. Estava preso a essa vida, ouvindo os avós detonarem o pai, vendo sua mãe abrir mão das lembranças dele sem lutar.

— Se ele trouxesse o DNA do pai você conseguiria? — perguntou Javier.

— Sem dúvida — respondeu Monroe. — Com um tipo diferente de Animus e uma amostra do DNA dele tirada depois daquela noite.

Owen sentiu a mão de Javier em seu ombro.

— Talvez sua mãe tenha guardado alguma coisa. Alguma coisa com o DNA dele. Uma camisa velha, quem sabe?

— Não temos nada — disse Owen. — Nós precisávamos de dinheiro. Minha mãe vendeu tudo na tentativa de manter a casa. Mas nós a perdemos mesmo assim.

O ônibus ficou silencioso, a não ser pelo zumbido suave das ventoinhas dos computadores, os estalos e sons agudos dos discos rígidos. Owen não queria ir embora, porque isso seria admitir que tinha fracassado; simplesmente ficou imóvel no meio de todo aquele maquinário inútil.

— Escute — disse Monroe. — Eu faço isso há um tempo. Cidades diferentes. Escolas diferentes. Alguns caras vêm me procurar pela empolgação. Outros, como você, vêm porque querem respostas. Mas o negócio é que raramente encontram a resposta que estão procurando, e isso quase nunca resolve nada. Acho que talvez seja melhor você se perguntar por que a pergunta é tão importante.

— O que isso quer dizer? Meu pai foi para a prisão. Por uma coisa que ele não fez. Acho que é bem óbvio por que isso é importante para mim.

— Vamos embora — disse Javier. — Esse cara não tem nada para você.

— E você? — perguntou Monroe, olhando para Javier.

Javier estreitou os olhos.

— O que é que tem?

Monroe virou a cabeça na direção da poltrona.

— Quer experimentar?

— E o seu grande discurso? — disse Javier. — Isso não vai resolver nada.

— Você não vai entrar no Animus com uma pergunta. Mas sei que está curioso.

— Não finja que me conhece.

— Eu vi suas notas no exame nacional. Bem impressionantes. Se é mesmo quem você é. O cara que tirou aquelas notas estaria louco por isso.

Um momento passou sem que Javier negasse.

— Olha — disse Monroe —, não estou tentando forçar a barra. Faça o que quiser. Mas você está aqui, e é um tremendo barato ser outra pessoa durante um tempinho.

Javier olhou para Owen, e Owen encontrou uma expressão familiar, que não via há muito tempo. Monroe estava certo. Na época em que eram melhores amigos, quando Javier via alguma coisa que o deixasse curioso, ficava com essa expressão de empolgação decidida, a testa franzida com um riso. Estava com essa expressão agora, e Owen se perguntou se este seria o verdadeiro motivo para Javier ter vindo encontrá-lo naquela noite.

— Certo — concordou Javier. — Vamos lá.

— Falou! Sente-se. — Monroe se virou para alguns consoles e luzes piscantes.

Javier passou por Owen, indo até a poltrona reclinável. E enquanto ele se sentava lentamente, Owen sentiu uma onda de raiva e ressentimento. De algum modo seu antigo melhor amigo estava fazendo o que ele tinha vindo fazer. Javier deveria ajudá-lo, e não tomar seu lugar.

Javier se reclinou, as mãos nos braços da poltrona. Monroe ocupou uma cadeira giratória ao lado e pegou uma espécie de manopla de plástico conectada ao terminal de computador principal por um emaranhado de fios.

— Estenda o braço direito, por favor. — Monroe abriu a manopla como se fosse uma concha de marisco.

— O que é isso? — perguntou Javier.

— É um scanner. Manda a leitura genética para ser analisada pelo núcleo do Animus. Estenda o antebraço.

Javier puxou a manga do agasalho, e Monroe fechou a manopla em volta do braço exposto.

— Você vai sentir uma picada, para tirar o sangue.

Mas Javier não se encolheu.

— Bom. — Monroe girou a cadeira para um monitor e digitou no teclado.

Owen foi para um lugar onde pudesse ver a tela, mas nenhuma janela e nenhum texto passando fazia qualquer sentido para ele.

— Ei — disse Javier em voz baixa. — Owen.

Owen se virou para ele.

— Tudo bem, por você?

Owen deu de ombros.

— Tudo.

— Tem certeza?

— Isso importa?

Javier não respondeu.

Monroe digitou no teclado por mais alguns instantes.

— Excelente — disse. — Muito promissor.

— O que é? — perguntou Javier.

— Me dê um minuto. — Mais digitação. Mais coisas surgindo nas telas. Então, ele levantou os olhos na direção de Owen. — Vamos verificar uma coisa.

— O quê?

— Concordância de Memórias Genéticas. — Monroe pegou uma segunda manopla. — Me dê o seu braço.

Mas Owen cruzou os braços.

— Pensei que você tinha dito...

— Isso não tem a ver com o seu pai. Quero analisar sua compatibilidade com Javier.

— Como assim? — perguntou Javier.

— Se os dois tiveram algum ancestral presente no mesmo evento, suas memórias genéticas vão... tipo... se sobrepor. Vocês podem compartilhar uma simulação. Os dados combinados tornam a renderização mais robusta.

— Quer dizer que nós dois vamos entrar na simulação? — perguntou Owen. — Juntos?

— Sim — disse Monroe. — É uma das minhas modificações. Então, o que me diz?

Owen ficou intrigado com a oferta e meio que gostou da ideia de que Javier não poderia tomar completamente o seu lugar, afinal de contas. Estendeu o braço sem perguntar a Javier se estava tudo bem.

— Vamos nessa.

— Falou! — Monroe fechou a manopla em cima do antebraço de Owen. Owen sentiu a picada aguda de uma agulha, mas tentou não se encolher. — Dados chegando. Só vai demorar uns dois minutos para analisar e tabular sua Concordância de Memórias.

Owen ficou parado junto da poltrona, o braço ligado ao computador, olhando a tela.

— E se não tivermos ancestrais no mesmo lugar? — perguntou Javier.

— Se não tiverem concordância não posso gerar uma simulação compartilhada. — Mas depois de alguns minutos e de o núcleo do Animus ter feito sua análise, ele anunciou: — Uau, vocês... na verdade vocês têm algumas interseções realmente fortes.

— Algumas? — perguntou Owen.

— É. Isso é extremamente raro. Seus ancestrais cruzaram caminhos várias vezes, em diferentes locais e pontos da história...

Ele ficou olhando a tela, como se sua mente ainda estivesse se esforçando com alguma coisa.

— Então, vamos fazer isso? — perguntou Javier.

Monroe piscou.

— É. Certo. Bom, enquanto a memória é compilada, vamos acomodar Owen. — Ele foi até a frente do ônibus e trouxe um grosso tatame de ioga, que desenrolou no chão perto da poltrona. — Não é tão confortável quanto a poltrona, mas vai servir.

Owen se deitou no tatame, olhando o teto do ônibus, com o braço de Javier pendurado na cadeira acima dele. Owen sentiu e ouviu um leve zumbido vindo de todo o maquinário do Animus pulsando pelo piso embaixo. Monroe pegou dois capacetes com viseiras pretas e ajudou Javier e Owen a colocá-los. A viseira era mais leve do que parecia e era confortável, dominando a visão de Owen com uma escuridão por todos os lados, enquanto o capacete abafava a audição nos dois ouvidos, deixando-o incorpóreo.

Estão me ouvindo?

A voz de Monroe vinha de dentro do capacete.

— Estou — disse Owen.

Estou, disse Javier, a voz vindo da mesma fonte da de Monroe.

Falou! Certo, o negócio funciona assim. A primeira coisa que vou fazer é carregar o Corredor da Memória.

— O que é isso? — perguntou Javier.

É uma simulação transicional. Você pode pensar nela como a sala de espera do Animus. A exposição a uma simulação integral pode ser avassaladora, até mesmo causar danos psicológicos e físicos. Preciso levar vocês com calma. Quando estiverem ajustados ao Corredor, vou carregar a simulação inteira. Estão prontos? Isso vai ser esquisito.

— Pronto — disse Javier.

— Pronto — disse Owen.

Um segundo se passou, e então houve uma inundação, uma torrente de luz, sons e sensações, como entrar na luz do sol vindo de um lugar escuro, mas Owen não conseguia proteger os olhos daquilo. Simplesmente precisou suportar, até que sua visão se acomodou, os nervos se aquietaram e o ambiente entrou em foco.

Estava num vácuo cinza e infinito riscado por estalos de relâmpagos. Nuvens se acumulavam e pairavam ao redor, ocasionalmente se fundindo em ângulos geométricos que sugeriam alguma coisa tangível, a borda de um prédio, um galho de árvore. Em seguida, olhou para baixo e viu que ele não era ele.

Seu peito estava coberto por uma cota de malha sem mangas sobre uma túnica de couro pesada e cheia de rebites. Ambas eram compridas, chegando quase aos joelhos. Usava botas de couro que cobriam os tornozelos e luvas de couro, e uma espada pendia da cintura, numa bainha. Quando virou a cabeça, uma tira embaixo do queixo se esticou irritando a pele, e ele percebeu que tinha barba grossa. A tira segurava um elmo de metal de forma cônica e com uma aba metálica ligeiramente virada para baixo, justo na cabeça.

— É você? — perguntou alguém, logo atrás.

Owen se virou.

— Javier?

A figura atrás dele assentiu, mas não era Javier. Corpo diferente, rosto diferente, voz diferente. Era um homem de meia idade com pele morena, usando tanga e uma túnica grossa e acolchoada, com braços e pernas nus e sandálias nos pés. Listras de tinta vermelha e branca cobriam seu rosto, e ele usava um adereço de cabeça com penas coloridas se projetando atrás.

— Você está parecendo o conquistador — disse a figura que era Javier.

— Você parece um asteca, ou sei lá o quê — retrucou Owen.

Não exatamente. A voz de Monroe soou direto no ouvido de Owen, e ele supôs que também tivesse soado no de Javier. *Os astecas conquistaram boa parte do México, mas nem todo. Javier é um guerreiro tlaxcalteca. A nação dele foi uma das várias que lutaram* contra *os astecas antes da chegada dos europeus.*

— Como você sabe? — perguntou Javier.

O Animus, — respondeu Monroe. *À medida que analisa suas memórias genéticas, ele extrapola usando dados históricos conhecidos. Além disso, me diz que Javier está certo com relação ao seu ancestral, Owen. Você vai estar nas memórias de um conquistador espanhol. Um soldado chamado Alfonso del Castillo.*

— Ah — disse Javier. — Então, o seu povo conquistou o meu povo.

De novo, não exatamente, observou Monroe. *Hernán Cortés derrotou os tlaxcaltecas, mas eles acabaram se aliando a ele* contra os astecas, *que eram mais poderosos.*

— Hm — reagiu Javier. — Desculpe. Acho que o seu povo só passou a varíola ao meu.

— Eu nem sabia que tinha um ancestral conquistador — retrucou Owen, e não achava que precisava pedir desculpas por isso.

Parece que a simulação de vocês vai acontecer em 1519, disse Monroe. *Logo antes de Cortés derrotar os tlaxcaltecas.*

— Então, vamos para o México? — perguntou Owen. — Há centenas de anos?

Tecnicamente vocês não vão a lugar nenhum. Ainda estão no piso do meu ônibus. Mas vai parecer que estão indo a algum lugar. Por isso estamos usando o Corredor da Memória.

— E agora? — perguntou Javier.

Agora quero que vocês relaxem. Mexam-se um pouco. Acostumem-se a ser uma simulação do corpo de outra pessoa enquanto as memórias terminam de ser compiladas.

Owen deu um passo, depois outro. Realmente era estranho. Esse tal de Alfonso era mais baixo do que ele, com equilíbrio diferente, proporções diferentes de braços e pernas. Enquanto Javier se aproximava, Owen tirou a espada da bainha. A arma tinha um botão de ouro no final de uma empunhadura de couro enrolada com arame, e, acima disso, uma proteção curva que envolvia sua mão abaixo da cruzeta. A lâmina de um metro reluzia como prata.

— Saca só isso — disse a Javier, e cortou o ar com ela. A princípio a espada parecia meio incômoda em sua mão, pesada e sem firmeza. Mas então Owen notou uma coceira no pescoço e na mente, que aos poucos foi se transformando numa espécie de pressão no fundo do cérebro. Enquanto cedia à pressão e abria mão dos próprios pensamentos, seu controle sobre a arma ficou mais treinado e fluido. Ele cortou, aparou e estocou como se tivesse feito isso milhares de vezes. Mas sabia que nunca havia segurado uma espada na vida, e quando esse pensamento se firmou contra a pressão, ele perdeu parte do controle.

— Cuidado — reagiu Javier, saindo do caminho no instante em que a lâmina errou seu braço.

— Desculpe. — Owen olhou para a espada. — Isso foi esquisito.

O que foi esquisito?, perguntou Monroe.

Owen levantou os olhos, como se Monroe estivesse em algum lugar no vazio cinza.

— A espada. Foi como... se eu soubesse usar.

E sabe, disse Monroe. *Ou melhor, Alfonso del Castillo sabe.*

— Então foi ele? — perguntou Owen.

Você tem acesso às memórias dele. A todas elas.

— Foi como se ele quisesse assumir o controle.

De certa forma ele assume. E de certa forma você precisa deixar. A simulação acontece por um processo de sincronização. Para experimentar as memórias do seu ancestral, você precisa tipo ocupar um assento nos fundos e deixar que os ancestrais façam o que têm de fazer.

— Então não vamos ter o controle quando estivermos lá? — perguntou Javier.

Vocês têm alguma amplitude na simulação para fazerem suas coisas. Mas isso aqui não é viagem no tempo. Vocês não podem mudar o que aconteceu. Não podem mudar a memória, e caso se afastem muito dos parâmetros da memória vão perder a sincronia. Isso vai interromper a simulação e jogar vocês de volta ao Corredor ou até mesmo de volta ao mundo real. De qualquer modo, não é uma experiência agradável.

— E como vamos saber se estamos perdendo a sincronia? — indagou Javier.

Vocês vão sentir. E a simulação vai começar a dar defeito. Mas tentem não se preocupar com isso. Vocês vão aprender. Relaxem. O objetivo da viagem no Animus é sair da casca da sua cabeça e andar um tempo nos pensamentos de outra pessoa. Estão prontos?

Owen olhou para a espada e a enfiou de volta na bainha.

— Pronto.

É isso aí, disse Monroe. Quando eu apertar o interruptor, vai ser uma coisa avassaladora, muito mais do que quando vocês entraram no Corredor da Memória. Vão com calma que a sensação passa. E mais uma coisa: quando atravessarem, seus ancestrais podem não estar perto um do outro, mas vocês estão suficientemente próximos para compartilhar a simulação. De qualquer modo, não podem falar um com o outro como vocês mesmos. Só deixem a memória se desdobrar. Entenderam tudo?

— Entendi — respondeu Owen.

Estão preparados?

— Aperte o interruptor — disse Javier.

3

Javier ainda não tinha certeza se era boa ideia concordar com isso. Mas Monroe estava certo. Ele tinha ouvido uns dois caras falando sobre o Animus e estava curioso. Ou talvez na verdade só quisesse sair da própria cabeça por um tempinho. Sua vida estava complicada e enrolada demais.

Owen estava ali, à sua frente, no Corredor da Memória. Só que não era Owen, era um ancestral de Owen, um conquistador espanhol, até mesmo com um elmo e uma espada que, pelo jeito, ele sabia usar. Javier não sabia como seu rosto estava diferente naquele momento, mas o corpo parecia diferente demais. Esse seu ancestral tlaxcalteca era mais velho, com dores nas juntas, e a mente que tentava compartilhar o espaço na cabeça de Javier olhava o mundo de um jeito absolutamente estranho. Javier tinha topado essa viagem no Animus para entrar nos pensamentos de outra pessoa, mas sua cabeça só tinha ficado mais atulhada.

Lá vamos nós, disse Monroe em seu ouvido.

O Corredor da Memória se despedaçou com um clarão de luz ofuscante, e Javier sentiu um impulso de montanha russa chacoalhar o corpo inteiro, e, mais do que isso, sua mente. Ofegou e piscou, tonto, nauseado, enquanto a visão recuperava o foco aos poucos.

Estava num campo aberto cercado de montanhas, o sol quente e o ar fresco. O capim a seus pés era alto e denso. Numa das mãos segurava um escudo de madeira, pintado e coberto com penas, e, na outra, uma espécie de espada de madeira em cujo fio se enfileiravam lâminas de obsidiana afiadas como navalha, parecendo dentes, que de algum modo Javier sabia que se chamava *macuahuitl*. Guerreiros armados e vestidos do mesmo modo estavam dos dois lados, porém muitos não tinham adereços de cabeça emplumados como o seu. Mas em alguns deles os adereços eram mais elaborados ainda, erguendo-se como coroas altas com caudas compridas. Javier viu um homem segurando algum tipo de estandarte ramificado, coberto de penas, erguendo-se dois metros acima das costas, e outro usando o que parecia ser um grande pássaro branco, de pescoço comprido, com as asas abertas acima de sua cabeça.

Javier olhou para trás, por cima do ombro, e o que viu o deixou pasmo. Eram milhares, talvez dezenas de milhares de guerreiros. Cobriam a planície até as bordas da floresta e das montanhas. Trombetas soaram e vozes berraram o que só podiam ser gritos de batalha. Aquele era um exército indo para a guerra.

E parecia que Javier estava na primeira fila, com uma luta iminente. Olhou de novo ao redor, desta vez buscando uma rota de fuga, em pânico. Um guerreiro ao lado fez uma carranca confusa para ele e disse algo numa língua que Javier não conhecia.

— O quê? — perguntou Javier. — Não entendo. — E imediatamente sentiu a percepção ficando turva nas bordas. Perdeu a sensação nos braços e nas pernas, como se estivesse se desconectando do corpo.

O guerreiro pareceu mais confuso ainda, e até deu um passo para longe dele.

Relaxe, disse uma voz em seu ouvido. *Deixe seu ancestral falar.*

— Monroe?

É. Estou assistindo à sua simulação.

Isso tranquilizou Javier um pouco.

Deixe a memória seguir o seu curso, cara. Apenas deixe a memória seguir o seu curso.

Javier respirou fundo. Tentou se desligar do som do exército enorme às costas, do medo da batalha adiante, e relaxar a mente. Nesse momento, sentiu uma espécie de batida de tambor por trás dos pensamentos, uma ansiedade, e enquanto era encorajado por isso, o som ficou mais e mais alto, até que Javier pôde ouvir a voz de outra pessoa tentando sair. Parecia o tipo de *déjà vu* mais poderoso e desorientador, uma parte de sua mente experimentando algo ao mesmo tempo em que outra parte lembrava disso. A batida de tambor e a voz que gritava ficaram ensurdecedores, e finalmente Javier se entregou à mente e à vontade que buscava o controle. E nesse ponto sua voz irrompeu num grito de batalha numa língua estranha que agora ele entendia.

O guerreiro ao seu lado assentiu, parecendo tranquilizado, e também gritou. A consciência de Javier se ajustou, sua percepção ficou mais clara.

Ele era Chimalpopoca, um nobre *tecuhtli*, líder de homens e guerreiros que havia se destacado muitas vezes no campo de batalha contra os gananciosos e altivos opressores de seu povo, os astecas.

Mas agora um novo inimigo havia chegado às terras de seu povo, vindos do litoral e, se é que isso era digno de crédito, do outro lado do mar. Os estranhos pálidos marchavam na direção deles agora mesmo, montando suas enormes feras parecidas com cervos, carregando as armas que soltavam fogo, mas aqui neste terreno, neste dia, o povo do deus Camaxtli iria capturar ou matar todos eles.

— Você acha que eles são mesmo *teotl*? — perguntou um guerreiro ao lado de Chimalpopoca.

— Não sei — respondeu Chimalpopoca.

— Os totonac e os otomi dizem que eles não podem ser mortos. As flechas pareciam feitas de junco. A própria pele deles é de ferro...

— É só a armadura deles que é de ferro. — Chimalpopoca olhou sério para a fileira de carvalhos e pinheiros à frente da linha de batalha. — Aposto que por baixo eles sangram.

— Então você não acha que deveríamos tentar fazer as pazes com eles, como os totonac?

— Acho que deveríamos seguir as ordens do nosso líder.

— Mas até o pai de Xicotencatl, o Ancião, queria que fizéssemos as pazes. Até ouvi um boato de que algumas pessoas aqui no campo planejam não lutar.

— Então eles devem ter nascido sob um signo de covarde — disse Chimalpopoca. Ele havia nascido sob o signo do primeiro *ocelotl*, o que significava que estava destinado a morrer como prisioneiro de guerra, destino que muito tempo atrás ele tinha optado por enfrentar com bravura, mas que até agora não havia chegado.

— Talvez não lutar seja sabedoria — disse o guerreiro. — E não covardia.

— Se é nisso que você acredita, talvez devesse se juntar aos totonacs e construir uma cidade para esses *teotl* onde antes ficava sua fazenda...

As trombetas feitas de conchas soaram alto de novo, sinalizando a aproximação do inimigo. Chimalpopoca preparou o escudo, com o *macuahuitl* sedento de sangue daqueles estrangeiros. À frente, distantes, os primeiros deles, daqueles *teotl*, emergiram da floresta. Marchavam em formação com os escudos e as feras-cervos gigantes, os elmos de ferro e as espadas de ferro. Com eles vinha a arma que chamavam de canhão, que disparava pedras das entranhas junto com fagulhas e fogo, puxada para a batalha por traidores cempoala, traidores vindos de Totonacapan. Ao ver aquele tubo preto, Chimalpopoca sentiu medo, e por causa disso Javier também sentiu.

Então, Javier se perguntou o que aconteceria caso seu ancestral morresse naquele campo de batalha. Imaginou se sentiria a agonia de ser atravessado por uma espada ou arrebentado por um canhão. Sabia que seu corpo estava perfeitamente seguro fora da simulação, mas isso não impedia o terror, porque sua mente estava *lá*. A sensação de realidade da simulação, o cheiro de incenso e do suor de medo dos guerreiros ao redor, os relinchos dos cavalos dos conquistadores, a visão de suas armas muito superiores — ele sabia como isso iria acabar, e queria tirar seu ancestral dali.

Enquanto abrigava esses pensamentos e se firmava dentro da própria mente, deu um passo para fora da fileira de guerreiros e a simulação perdeu parte da clareza, como se mudasse de alta para baixa resolução.

Você está escorregando, disse Monroe. *Deixe a coisa seguir o seu curso.*

Agora era mais difícil fazer isso, com um exército de espanhóis avançando com suas armas de fogo e suas espadas, contra os quais Javier sabia que a arma de madeira e o escudo de Chimalpopoca poderiam fazer muito pouco.

— Estou tentando — disse Javier.

Você não pode mudar. É memória. Só tente se lembrar de que isso aconteceu há quinhentos anos. Você não pode evitar. Se tentar, vai perder a sincronia.

Javier adotou parte disso como um mantra.

Você não pode evitar, não pode evitar, não pode evitar.

Na verdade, isso o ajudou a entregar a mente de volta para as memórias de Chimalpopoca, levando a simulação de volta à intensidade e profundidade de antes.

Deviam ser apenas quatrocentos *teotl* que marchavam contra eles. Contra dez mil guerreiros tlaxcaltecas. Chimalpopoca sorriu com a certeza de que essa batalha terminaria logo, e se perguntou se o sangue *teotl* alimentaria os deuses tanto quanto o sangue humano. Esperava levar pelo menos um deles vivo para os sacerdotes sacrificarem nas pedras do altar.

Os homens ao redor pareciam ter menos certeza, mas ele os instigou com um grito de guerra, e eles o repetiram. O vale estremeceu com as vozes e os toques das trombetas de conchas, e pareceu que até mesmo os *teotl* se abalaram diante daquilo.

— Camaxtli está conosco! — gritou Chimalpopoca aos homens sob seu comando. — Os sinais estão conosco neste dia! — E seus homens gritaram empolgados.

Quando o inimigo chegou ao ponto do terreno que Xicontencatl havia designado, Chimalpopoca gritou a ordem de atacar, assim como os outros guerreiros, avançando de todos os lados contra os *teotl*, cercando-os completamente.

Os homens de Chimalpopoca dispararam uma saraivada de flechas e lanças que caíram feito chuva, porém a maior parte ricocheteou inofensiva nos escudos e armaduras dos *teotl*. Algumas poucas encontraram carne macia e se cravaram. Chimalpopoca riu enquanto ele e seus homens corriam pelo campo, as armas levantadas, mas antes que chegassem à linha dos inimigos, as armas de fogo rugiram com trovões inumeráveis.

Homens se sacudiram e caíram no chão dos dois lados de Chimalpopoca, sangrando a partir de enormes buracos dilacerados nos corpos. Mas ele continuou em frente sem diminuir o passo, levando seus guerreiros através de outra explosão de fogo, e depois através de uma saraivada daquelas flechas pequenas e malignas que furavam a armadura de couro mais grossa. Mas então os *teotl* vieram com suas feras para a refrega, pisoteando homens e brandindo espadas, matando guerreiros e partindo-os com os cascos.

Os primeiros guerreiros tlaxcaltecas a chegar à linha de infantaria oposta acertaram o flanco direito do inimigo, mas somente quebraram suas lanças e os dentes de obsidiana das espadas contra o ferro dos escudos dos estrangeiros.

Quando finalmente chegou à linha de frente deles, Chimalpopoca rosnou feroz e baixou a espada com força suficiente para fazer cambalear um *teotl*, mas imediatamente precisou se desviar do golpe da espada de outro demônio. Estava acontecendo assim por toda a frente de luta. Os estrangeiros se mantinham enfileirados e firmavam sua fileira contra o ataque, não se arriscando a perseguir nenhum alvo. Os homens de Chimalpopoca só podiam atacar e recuar, incomodando os invasores sem infligir qualquer dano verdadeiro, incapazes de romper sua fileira, mas sofrendo perdas enormes durante o esforço.

Chimalpopoca já sentia o cheiro que o sangue libera ao ser misturado com o solo, alimentando a terra. Se morresse hoje seria uma boa morte. Saltou à frente de novo, acertando a cabeça do *teotl* mais alto. O elmo do demônio recebeu a maior parte do golpe, mas seu pescoço se dobrou de um modo tremendamente satisfatório, e ele cambaleou para trás, mas foi substituído por outro guerreiro coberto de aros de ferro. Chimalpopoca encarou o recém-chegado antes de se desviar, e o que viu naqueles olhos estrangeiros acendeu um fogo por dentro dele.

De perto, as histórias eram verdadeiras. Aqueles homens, se é que eram homens, tinham pele clara, o rosto coberto por pelos amarelos. Mas Chimalpopoca tinha visto *medo* naqueles olhos. Um medo de guerreiro, medo da morte. Aqueles *teotl* eram mortais, afinal de contas, mesmo que não fossem totalmente humanos.

Nesse momento, um dos que montavam os cervos se destacou dos outros de seu grupo. A fera com armadura saltou e escoiceou, ferindo e pisoteando enquanto a espada do cavaleiro cortava e furava. Chimalpopoca fixou a sua fúria contra eles, contra aqueles deuses falsos, e jogou seu escudo longe. Em seguida, foi atravessando seu próprio povo na direção do inimigo montado, levantando o *macuahuitl* acima da cabeça com as duas mãos. Aproximou-se pelo lado, e quando estava à distância de uma vara, saltou no ar, voou na direção deles e baixou a arma contra o pescoço da besta parecida com um cervo. O animal nem conseguiu encontrar um grito antes de desmoronar. Chimalpopoca soube que tinha partido o pescoço dele, porque sentiu os ossos estalarem sob a lâmina de obsidiana.

O guerreiro montado caiu no chão, mas saltou rapidamente de pé, inseguro sobre uma perna ferida, brandindo a espada loucamente. Chimalpopoca queria combatê-lo, mas, antes que pudesse, outros três *teotl* se destacaram da fileira para defender o colega, e juntos os quatro recuaram para seu grupo.

— Eles demonstram lealdade! — gritou Chimalpopoca. — Pelo menos isso eles têm!

E eram quatrocentos que de algum modo mantinham a fileira contra dez mil. Chimalpopoca examinou o campo de batalha e percebeu que na verdade o número de guerreiros tlaxcaltecas parecia representar uma parte do sucesso do inimigo. Simplesmente havia guerreiros demais para manobrar com eficácia nessa planície. Mas outra parte tinha a ver com a estratégia dos *teotl*. Eles pareciam menos interessados em cativos do que os astecas, buscando apenas se defender, ou então matar ou mutilar os atacantes.

Mas Chimalpopoca não estava destinado a morrer em batalha. Examinou seu *macuahuitl* e descobriu que ele ainda tinha capacidade de cortar, até mesmo depois de matar a fera-cervo, que seus companheiros já tinham começado a retalhar para ser transportada.

Atacou o inimigo de novo, e o golpe de sua espada atordoou o *teotl* e despedaçou o resto dos dentes do *macuahuitl*. Desta vez, Chimalpopoca não recuou, uivou avançando para a brecha querendo romper a linha inimiga. Conseguiu abrir caminho com o ombro entre dois escudos de ferro, suficientemente perto para sentir os odores malignos que vinham daqueles demônios sem banho, e levantou o *machahuitl* cego para um segundo golpe contra a fileira interna.

Mas eles o envolveram. Sentiu muitas mãos o agarrarem. E apesar de se sacudir e chutar, eles o empurraram para o chão e o amarraram. Depois, o arrastaram da batalha mais para o meio deles, onde foi obrigado a permanecer caído na terra pisoteada, olhando os couros que os estrangeiros usavam para cobrir os pés, ouvindo os homens tlaxcaltecas berrarem enquanto ele não podia fazer nada. Foi isso que o fez chorar no capim. Não o medo, mas a impotência.

Pois esse era o seu destino. Sua morte estava se aproximando. Mas a que deus sombrio esses *teotl* iriam sacrificá-lo, e de que modo?

A batalha continuou ensanguentando a planície até que Chimalpopoca ouviu as trombetas de concha dando o toque de retirada, o que só podia significar que um alto *teuhtli* havia morrido. Em instantes, os inimigos o tinham posto de pé e, em seguida, empurrado para o meio deles, nas árvores, enquanto suas feras-cervos e os guerreiros que as montavam perseguiam a hoste dos tlaxcaltecas em fuga. Em seguida, a infantaria fez Chimalpopoca marchar cerca de uma centena de varas pela floresta até o acampamento deles, que fora estabelecido numa aldeia cujos moradores tinham evidentemente fugido. Naturalmente os *teotl* tinham ocupado o templo, o que talvez explicasse sua vitória, e mostraram a Chimalpopoca o lugar de sua morte. O deus deles os acompanhava, mas a que deus eles serviam?

Um dos homens pálidos puxou Chimalpopoca violentamente pelo braço, e apesar de Chimalpopoca não o reconhecer, Javier reconheceu o ancestral de Owen, o homem que ele tinha visto no Corredor da Memória. Sua consciência tentou assumir o domínio. Ele abriu a boca, a ponto de falar, mas isso provocou uma fratura instantânea na simulação, defeitos visuais, algumas árvores acima borrando em pixels. Lembrou-se de que Monroe tinha dito que não podiam falar um com o outro como se fossem eles próprios. Owen balançou a cabeça, sem falar, e Javier pôs uma barricada nos pensamentos para impedir que eles escorregassem mais para longe da memória, restaurando lentamente a sincronização, mas com um pouco de si mesmo mantido na superfície. Queria permanecer consciente de Owen, mas não se arriscaria à perda de sincronia falando com ele.

O *teotl* Owen puxou Chimalpopoca pela aldeia até uma casa e o empurrou para dentro. Ele bateu no chão com força, e o impacto tirou seu fôlego, seguido por alguns instantes ofegando na poeira enquanto o *teotl* se afastava.

— Não lute contra eles — disse alguém nas sombras, outro guerreiro tlaxcalteca prisioneiro. — Eles não querem nos fazer mal. Querem paz.

— Um tipo de paz muito incomum — disse Chimalpopoca, e rolou de costas para olhar quem falava. Era um rapaz, provavelmente ainda nem tinha capturado sua primeira vítima para sacrifício. Não sabia de nada. Nem estava amarrado, permanecia sentado humildemente no chão com os pulsos apoiados nos joelhos dobrados.

— Nós *os* atacamos — disse o rapaz.

— Você acha que eles não são hostis?

— Não precisa ser assim.

— Para mim só pode ser de um jeito — disse Chimalpopoca. — Está nos sinais.

4

A princípio Owen não havia reconhecido Javier, mas tinha quase certeza de que agora os dois sabiam quem era o outro e onde estavam, mas não podiam ser seus eus verdadeiros dentro do Animus. Precisavam jogar com essa memória compartilhada como inimigos ancestrais, o que provocava um desconforto emocional que estava um pouco próximo demais de sua realidade presente, e que Owen precisava suprimir para voltar à mente de Alfonso.

Essa mente não era um lugar agradável. Alfonso tinha feito algumas coisas bastante abomináveis, malignas, em Cuba, e com os maias em Potochán, cinco meses antes. Ainda que Owen não tivesse experimentado essas lembranças diretamente e não quisesse pensar nelas, uma percepção das mesmas havia colorido a batalha que Alfonso tinha acabado de travar e vencer.

A vitória ainda surpreendia Alfonso. A visão daqueles guerreiros em massa na planície quase o havia derrubado, mas o capitão o levou à vitória junto aos outros homens gritando "São Tiago e matem pela Espanha!"

Com Cortés era assim.

Seu líder tinha dominado governadores traiçoeiros e motins liderados por rivais assassinos, e ainda que as circunstâncias da expedição tivessem ficado tremendamente ruins, os homens ainda acreditavam em Cortés. Mesmo quando ele abriu rombos nos navios em Veracruz, acabando com qualquer possibilidade de recuo e os deixando presos nesta terra febril e estranha, Alfonso o saudou com fé, e faria isso até nos portões do inferno. Para onde eles pretendiam marchar.

Tenochtitlán.

A sede do império asteca e o local do tesouro do imperador. O sangue de Alfonso correu intensamente com a imagem do ouro na mente e com a parte dessa riqueza a que teria direito.

Mas para chegar àquela cidade fabulosa, precisariam primeiro cuidar desses nativos, que Cortés achava necessário transformar em aliados. Era uma estratégia que Alfonso não entendia nem conseguiria entender. Tinha visto de longe os rituais pagãos deles, as chacinas que cometiam diante de seus ídolos. Aqueles índios sedentos de sangue não eram de confiança; no entanto, Alfonso confiava em Cortés.

— Colocou o novo prisioneiro na casa? — perguntou outro soldado num posto próximo.

— Coloquei.

— Ele estava ferido?

— Não muito.

— Bom. O capitão vai ficar satisfeito. Leve um pouco de comida para eles.

Alfonso confirmou com a cabeça e foi, de má vontade, até uma das fogueiras de cozinhar. Ali encontrou um pouco da carne gordurosa dos cães sem pelo que os índios daquela região engordavam e comiam, e levou aos prisioneiros. O mais jovem, aprisionado no dia anterior, aceitou com gratidão, mas o recente, o mais velho, que tinham acabado de trazer, recusou. Isso não duraria. Cortés iria atraí-lo para o seu lado.

Alfonso assumiu sua posição de guarda do lado de fora da casa rústica feita de tijolos de barro e esperou. Tinha sorte de ter escapado incólume da escaramuça, por isso recebeu o serviço de guarda. Não que aqueles índios precisassem de uma guarda. Bom, pelo menos não o primeiro. O segundo, que tinham acabado de capturar, o que tinha matado a égua de Juan Sedeño, precisava ser vigiado. Obviamente era algum tipo de chefe, e não era indolente nem covarde como tantos deles. Alfonso quase podia admirá-lo.

O dia passou sem outras incursões por parte dos guerreiros nativos, e a folga permitiu que os mortos fossem enterrados. Cortés ordenou que esses ritos fossem realizados em segredo, sob os pisos das casas, de modo que nenhum índio visse que os *teotl*, como os nativos os chamavam, eram mortais.

No fim da tarde, a graciosa Marina foi até os prisioneiros com um padre, Gerónimo de Aguilar. Era a índia mais linda em que Alfonso já pusera os olhos, uma escrava dada a Cortés, que desde então tinha ganhado importância até ficar ao lado do capitão. O padre era um náufrago franciscano tornado meio selvagem pelos oito anos em que vivia com os maias. Os dois podiam traduzir as palavras do capitão para a língua desta região.

Alfonso se empertigou totalmente quando as duas figuras se aproximaram, e o sangue lhe subiu às bochechas quando a mulher de pele morena passou perto dele, pela porta, mas esse fogo esfriou rapidamente sob o olhar de censura do padre, e com os olhos baixos Alfonso os acompanhou, entrando.

Foram até o novo prisioneiro, e Aguilar se ajoelhou junto dele. O padre falou com Marina na língua dela, o maia, e então ela falou com o prisioneiro na língua asteca, mas Alfonso não entendia nada, porque nada era em espanhol. Sempre ficava inquieto ao testemunhar esse padrão de diálogo, porque jamais conseguia se livrar do pensamento e do medo de que aquelas criaturas peculiares estivessem conspirando.

Depois de algumas palavras trocadas na cadeia de línguas, Aguilar foi soltar as amarras que prendiam o prisioneiro.

Alfonso se adiantou.

— O que o senhor está fazendo?

— Cortés ordenou — respondeu o padre.

— Mas e se ele...

— Cortés ordenou — repetiu Aguilar, e isso resolveu a questão, mas Alfonso manteve a mão na espada.

O cacique esfregou os pulsos nos pontos em que a corda havia ferido a pele e onde ainda tinha manchas do sangue da égua, que havia secado e agora rachava e se descolava como cascas de ferida. O índio disse alguma coisa a Marina, parecendo raivoso e beligerante, e ela falou algo com Aguilar. Depois, eles inverteram a ordem e continuaram assim durante várias outras falas. Marina pegou algumas contas de vidro e ofereceu ao prisioneiro, um suborno dado como presente.

Ele recusou com nojo óbvio.

— O que ele disse? — perguntou Alfonso ao padre.

— Ele não vai cooperar. — Aguilar ficou de pé. — Prefere que o sacrifiquemos ao nosso deus.

— O quê? — perguntou Alfonso, e por baixo de seu horror Owen sentiu medo por Javier. Mas se fizesse qualquer coisa com relação a isso, a simulação iria se partir. — Eu... eu não entendo esses selvagens.

— Se eles não derem sangue aos seus deuses — explicou Aguilar —, acreditam que o sol vai parar de nascer. O mundo vai acabar. Para eles, a prática de sacrifícios não é cruel, mas um ato de renovação necessário.

— O senhor está falando como um deles — disse Alfonso, arriscando-se a uma afronta.

Mas Aguilar não reagiu assim.

— Passei a entendê-los.

— Então, deve ser selvagem também — reagiu Alfonso num momento e com uma palavra da qual a consciência de Owen tentou se afastar.

— Mas sem dúvida você entende a honra — observou Aguilar. — Ele acredita que seu destino é morrer como prisioneiro. Não quer fugir disso. Se ele se tornar nosso mensageiro, como Cortés gostaria, acredita que isso fará dele um covarde.

Durante toda essa conversa, Marina permaneceu silenciosa mas atenta, assim como os prisioneiros. Owen desejou ter algum modo de falar com Javier dentro da simulação, mas isso não parecia existir, pelo menos dentro do modelo do Animus modificado por Monroe. Era difícil simplesmente entregar a mente e o corpo a esse conquistador, a seu ancestral racista. Era difícil admitir que tinha essas memórias, o DNA desse homem, emaranhado ao seu.

Marina disse alguma coisa a Aguilar, e o padre assentiu enquanto respondia. Depois, os dois foram para a porta da casa.

— Aonde vocês vão? — perguntou Alfonso.

— Chamar o capitão — respondeu Aguilar.

— Mas ele não está amarrado — disse Alfonso, apontando para o cacique prisioneiro.

— Então, sugiro que o vigie — retrucou Aguilar, e depois saiu junto com a índia.

Alfonso se posicionou diante da porta, com a sombra caindo para dentro pelo piso, aumentada e enorme. O primeiro prisioneiro, o dócil, balançou a cabeça para o cacique e falou com ele em tom áspero. Então, foi até um canto do cômodo onde estava sua esteira de dormir e se deitou de costas para eles. O cacique não respondeu, apenas lançou um olhar duro para Alfonso com um tremor no maxilar rígido que fez a mão do espanhol se manter a postos junto da espada.

Um instante depois, um ronco emanou do primeiro cativo, e de novo Alfonso observou consigo mesmo como aqueles índios eram preguiçosos, ao mesmo tempo em que Owen sentia vontade de fazê-lo se calar. Mas não havia como calar uma memória. Precisava suportá-la, incapaz de falar com Javier sobre isso enquanto o tempo passava e a tensão na cabana crescia.

Depois de um tempo, vozes se aproximaram lá fora. Owen se perguntou o que os espanhóis fariam com Javier caso o ancestral dele se recusasse a cooperar. Se alguma coisa ruim estava para acontecer com ele, Owen não sabia se conseguiria simplesmente ficar parado, assistindo. Mas por enquanto se esforçou ao máximo para permanecer atrás da linha mental que dividia sua consciência da de Alfonso. Javier parecia fazer a mesma coisa, mantendo os papéis de guarda e prisioneiro.

Cortés marchou para dentro da casa, ainda usando sua armadura, e a luz do sol nas suas costas refletia dos ombros em raios que cegavam e que fizeram Alfonso apertar os olhos.

Alfonso baixou a cabeça.

— Senhor, tenha cuidado. O prisioneiro não está amarrado.

— Eu sei — respondeu ele. — Não me preocupo.

Diante da voz do capitão e da calma de sua postura, Alfonso descobriu que também não estava mais preocupado.

— Você alimentou esses homens? — perguntou Cortés.

— Sim, senhor.

— Fico satisfeito. — Cortés se virou para Aguilar. — Você garantiu a ele nossa intenção pacífica?

Aguilar confirmou com a cabeça.

— Sim.

Owen se perguntou como esse argumento seria válido, considerando a batalha que tinham acabado de travar, mas Alfonso não tinha esse tipo de dúvida.

— Faça isso de novo — disse Cortés. — Na minha presença.

Aguilar transmitiu para Marina uma mensagem que ela traduziu para o prisioneiro. Enquanto ela falava com o cacique, a postura dele pareceu um tanto mais suavizada do que antes, a voz, menos enfática ao responder.

— Ele pergunta quando vai ser sacrificado — explicou Aguilar.

— Diga que vamos poupá-lo — respondeu Cortés. — E cubra-o de presentes.

De novo, seguiu-se o padrão de traduções, assim como outra oferta das contas de vidro que o capitão vinha usando para atrair e subornar os índios. Desta vez, o prisioneiro aceitou.

— Ele diz que não quer se esconder do destino — disse Aguilar. — Acredita que vai morrer como prisioneiro de guerra. Um sacrifício ao nosso deus.

— Diga que tenho planos diferentes para ele — ordenou Cortés. — Quero que ele leve uma mensagem ao seu rei. Ao fazer isso, ele pode ser fundamental para trazer a paz entre nossos povos. Se ele tiver fé em mim, vou ajudar a libertar seu povo da tirania de Montezuma e dos astecas.

Depois que aquilo foi traduzido, o prisioneiro espiou o capitão com os olhos estreitados. Alfonso examinou a expressão do sujeito, esperando o momento em que o índio iria se tornar um crente, já que Cortés tornava todo mundo crente.

Houve um intervalo silencioso, o capitão olhando o índio a partir do trono de sua confiança e seu poder. Estava ali parado, resplandecente em sua armadura, segurando a adaga peculiar que sempre usava à cintura, presente de Carlos V, que tinha sido de Alfonso V, rei de Aragão, dada a ele pelo papa Calixto III.

Então, o momento aconteceu, os olhos do prisioneiro se arregalaram e ele assentiu. Falou com Marina no que Alfonso achou que era um tom reverente, que ela traduziu para Aguilar, e que Aguilar traduziu para Cortés.

— Ele será seu mensageiro — disse o padre.

— Fico feliz. — Cortés tirou a mão da adaga.

O que acabou de acontecer? A voz de Monroe gritou penetrando no momento, empurrando Owen adiante, à frente da memória de Alfonso. *O que é isso?*

Owen não teve certeza do que ele estava perguntando, mas antes que pudesse perguntar ou responder, Monroe falou de novo em seu ouvido.

Precisamos abortar agora. Isso pode ser meio difícil. Segurem firme.

A cabana explodiu. O mundo da simulação se despedaçou em outro clarão de luz que ofuscava a mente, rasgando as figuras de Cortés, Marina e Gerónimo de Aguilar. Um arco de dor atravessou a cabeça de Owen e ele resistiu à ânsia de gritar, apertando os olhos com força até que isso passou.

Estavam de volta ao Corredor da Memória, ainda vestindo os corpos dos ancestrais.

— Que diabo foi isso? — perguntou Javier. — Por que você arrancou a gente?

É... ah... complicado. A simulação ia ficar instável. Era melhor tirar vocês antes que isso acontecesse.

— Melhor do que o que acabou acontecendo? — perguntou Owen. — Pareceu que meu cérebro estava pegando fogo.

Desculpe, disse Monroe. *Só fiquem firmes. Preciso verificar umas coisas...*

— Que coisas? — perguntou Owen.

Mas Monroe não respondeu.

— Dá para acreditar naquela batalha? — disse Javier ao lado de Owen. — Não foi um negócio doido?

— É. Só que meu ancestral era um monstro.

— Ele não parece muito ruim. Quero dizer, para um conquistador espanhol.

— Você não sabe o que ele fez — observou Owen, sentindo o botão polido da espada. — E não gosto de pensar nisso, portanto não pergunte.

— Não vou perguntar. Acho que posso adivinhar, de qualquer modo. — Javier olhou para as mãos. — Chimalpopoca fez umas coisas malucas também.

— Cimapooquê?

— Chimalpopoca. É o meu nome. Quero dizer, o nome dele. Está começando a ficar confuso, não é?

— Não. Eu não sou nem um pouco igual a esse cara.

— Mesmo assim isso é muito doido, certo?

Owen deu de ombros dentro de Alfonso.

— Acho que é...

Certo, disse Monroe. *Estou pronto para tirar vocês do Corredor. Estão preparados?*

— Mais do que preparados — respondeu Owen.

Certo, simulação terminando em três, dois, um...

O Corredor se fragmentou, porém mais suavemente do que a simulação um momento atrás. Owen fechou os olhos de novo, e quando abriu, estava deitado no piso do ônibus, olhando o negrume vazio da viseira desligada. Tirou o capacete e viu Monroe acima, rapidamente desconectando Javier da poltrona reclinável.

— E aí, por que a simulação ficou instável? — perguntou Javier.

— Esse Animus não foi projetado para compartilhar uma simulação entre duas pessoas. — Monroe terminou com Javier e se abaixou perto de Owen, desconectando-o e puxando-o de pé, com os movimentos bruscos e apressados. — Minhas modificações podem ficar sobrecarregadas. Quando isso acontece, ele se desliga.

— E você sabia disso antes de mandar a gente? — perguntou Owen.

— Ah, é, eu sabia. — Em seguida Monroe foi empurrando os dois pelo ônibus, passando por todos os monitores, na direção da porta da frente. — Desculpe. Achei que ele iria aguentar.

— Esse negócio está esquisito — disse Javier.

— Ei, pelo menos vocês puderam experimentar o Animus por um tempo. — Em seguida, Monroe abriu a porta do ônibus. — Mas é hora de irem.

— Espera aí — disse Owen. Obviamente Monroe estava tentando se livrar deles, agindo de modo estranho. Os caras da escola confiavam nele porque ele era maneiro, meio rebelde, e como coordenador da área de informática fingia não ver boa parte do que eles faziam nos computadores e na internet. Era sempre tranquilo. Agora parecia pirado com alguma coisa. — Sério, o que aconteceu?

— Nada. — Monroe balançou a cabeça e cutucou os dois para descerem a escada. — Só um barato de adrenalina. Fiquei meio assustado.

Javier desceu do ônibus e chegou primeiro ao chão.

— Espera aí, a gente correu perigo?

Owen saiu do ônibus e se virou para olhar Monroe.

Ele coçou a testa.

— Talvez. Mas acho que tirei vocês a tempo.

— *Acha?* — perguntou Owen.

— Tirei. Tirei vocês a tempo.

Agora Owen sentiu que estava começando a pirar, só um pouco, imaginando se aquela máquina poderia danificar seu cérebro de algum modo.

— Vão para casa — disse Monroe. — Depressa. Vocês vão ficar bem. — Em seguida, fechou a porta do ônibus.

Owen e Javier ficaram parados do lado de fora, no chão de cascalho. Nenhum dos dois disse nada. Só olharam um para o outro, e, depois, de volta para o ônibus.

O motor foi ligado e todas as luzes do veículo se acenderam, os faróis pálidos e as luzes de freio vermelhas na traseira brilhando através de uma súbita nuvem de fumaça de descarga cheirando a queimado. As engrenagens rangeram e o veículo se moveu. Owen e Javier saíram do caminho enquanto Monroe dava marcha a ré saindo do lugar onde havia estacionado, depois se afastava lentamente, deixando-os sozinhos no parque industrial.

— Que diabo foi aquilo? — perguntou Javier. — Aonde ele vai?

— Não sei.

— Por que ele ficou tão pirado?

— Antes de desligar a simulação, ele perguntou alguma coisa.

Javier deu de ombros.

— O negócio foi simplesmente esquisito, malandro.

— Que parte? Monroe? Ou o Animus?

— Os dois. Tudo. O Animus. Quero dizer, aquilo foi muito doido, não foi?

— Foi. Doido.

Javier enfiou as mãos nos bolsos.

— Bom. É melhor eu ir para casa.

— É. — Owen se perguntou se isso mudaria alguma coisa entre eles no dia seguinte, na escola. — Eu também.

Separaram-se, e Owen pegou os mesmos ônibus de volta, mas precisou andar muito mais agora, já que a última linha tinha parado de rodar até a manhã. Quando chegou à casa dos avós, o céu escuro tinha luz suficiente numa borda para indicar que a noite havia acabado. Mas ainda era muito cedo. Cedo demais para alguém estar acordado.

Mas dentro da casa todas as luzes estavam acesas.

5

Os avós e a mãe estavam acordados, sentados em volta da mesa da cozinha. Sua avó usava o roupão atoalhado rosa-choque, os cabelos enrolados em bobes embaixo de uma rede. O avô tinha vestido um suéter e uma camiseta, e a mãe estava totalmente vestida. Quando Owen entrou, todos levantaram os olhos e sua mãe saiu correndo da cadeira para envolver seu pescoço com os braços.

— Ah, graças a Deus — disse ela. — Achei que você tinha... — Mas não terminou.

— Achou que eu tinha o quê?

— Onde você esteve? — perguntou o avô, com a voz muito mais dura do que à tarde, na oficina.

— Só dei uma saída.

— Para fazer o quê? — perguntou o avô.

— Só fui andar.

A avó suspirou, apoiou os cotovelos na mesa e esfregou os olhos.

— Só fui andar — imitou o avô.

— É — afirmou Owen. — Só fui andar.

— Bom, agora você está em casa — disse a mãe.

Owen tentou sorrir.

— Desculpe se preocupei você.

Ela lhe deu outro abraço e depois o soltou.

— Acho que todos deveríamos voltar para a cama e dormir pelo menos um pouco. Você tem escola e eu tenho um turno de trabalho cedo.

— Seria bom — disse Owen, aliviado e surpreso porque eles pareciam tão dispostos a deixar a coisa para lá.

Mas seu avô se sentou de novo na cadeira e abriu as mãos como asas.

— É isso? É só isso o que você vai dizer?

— Vô, por favor...

— Não. — Ele balançou a cabeça. — Não, isso é sério. Você não sabe o que ele...

— Sei que ele chegou em casa em segurança — disse a mãe. — É o que importa.

— Não é só isso o que importa. — O avô de Owen o encarou. — Importa o que ele estava fazendo na rua a essa hora. Você não deveria deixar que ele escapasse assim. Não deveria...

— Ele é *meu* filho — disse ela. — Eu o crio do meu jeito.

— Você está sob o nosso teto — insistiu o avô. — E se você se lembra, ele não é o primeiro dessa família a ficar saindo de fininho à noite. Eu, pelo menos, não gostaria de repetir o passado.

Isso fez a mãe de Owen parar, e ela pareceu perder seja lá o que tivesse achado antes dentro de si para defendê-lo. Owen podia ver que estava sozinho de novo.

— O senhor me pegou, vovô — disse ele. — Eu estava assaltando um banco.

As mãos da avó caíram na mesa com um chacoalhar dos dedos. Os olhos do avô se arregalaram e sua mãe suspirou.

— É — disse Owen, que ainda não tinha acabado. — Eu senti uma ânsia irresistível, sabe? Tipo quando a gente precisa de um hambúrguer ou algo assim. Eu simplesmente precisava roubar um banco, como se fosse um instinto. Mas não se preocupe, eu dei o dinheiro a um orfanato enquanto vinha para casa. Sou um cara mais do tipo Robin Hood.

— Owen, por favor — pediu a mãe. — Você não está ajudando.

— Nem você — retrucou Owen.

— Não fale com sua mãe desse jeito! — O avô apontou um dedo para ele. — Mostre algum respeito.

— *Respeito?* — disse Owen. — Eu nem sei o que essa palavra significa para o senhor.

— Sabe, sim. — O avô se levantou com um leve guincho da cadeira que ele empurrou com a parte de trás dos joelhos e da mesa que ele apertou com os nós dos dedos. — Ou pelo menos tentei lhe ensinar respeito.

— Como? Detonando o meu pai o tempo todo?

Então, a avó falou:

— Nós só falamos a verdade...

— Essa não é a verdade! — gritou Owen.

— É sim — disse a avó, baixando a voz até um sussurro. — O seu pai era viciado em jogo e nenhum de nós sabia. Ele juntou um grupo de velhos amigos e roubou um banco. Atirou num guarda inocente que tinha mulher e dois filhos esperando em casa. Seu pai teve sorte por não ter sido condenado à morte...

— Ele foi condenado à morte — reagiu Owen.

Os lábios dela se comprimiram.

— Não esperamos que você não ame seu pai. Mas esperamos que você seja honesto consigo mesmo com relação a ele.

Owen *era* honesto. Por isso não acreditava em nada do que ela havia dito. Simplesmente seu pai não teria como fazer aquelas coisas. Acreditar nisso seria a saída fácil. A verdade mais difícil era que seu pai tinha caído numa cilada feita pelos velhos amigos.

— Por falar em honestidade — disse o avô —, ainda quero saber o que você estava fazendo. Não banque o espertinho. Só diga. Porque a esta hora da noite não gosto de nenhuma das ideias que me vem à mente.

Owen decidiu que a única saída seria entregar alguma verdade a eles.

— Eu me encontrei com o Javier.

— Aquele bandidinho? — perguntou o avô. — Por quê?

— Ele não é bandido. — Owen precisou conter a frustração. — Eu... só tinha que conversar umas coisas.

— Que coisas? — perguntou a avó.

— Coisas sobre o meu pai. Coisas que obviamente não posso falar com nenhum de vocês.

Isso os silenciou por alguns instantes, porque depois do que tinham acabado de dizer, não havia como o questionarem.

— Obrigada por contar — disse a mãe.

Owen deu de ombros.

— É, bem. Vocês não me deram muita opção, não é?

— Da próxima vez, avise quando for sair — pediu o avô. — Posso respeitar o fato de que você precise conversar com alguém da sua idade.

Posso respeitar sua privacidade. Mas precisamos saber que você está em segurança.

— Ótimo — disse Owen.

— E se lembre do que eu disse antes. — O avô chegou diante de Owen e pôs a mão em seu ombro. — É fácil passar do limite. Tenha cuidado. Certo?

— Certo.

Depois disso, pôde ir para o quarto, onde nem chegou a dormir.

Javier estava esperando fora da escola quando Owen chegou mais tarde, naquela manhã. Owen ficou meio surpreso, mas feliz porque talvez a experiência na simulação do Animus tivesse restaurado um pouco da amizade.

— Tudo bem quando você chegou em casa? — perguntou Javier.

— Eles me pegaram quando entrei. Tenho quase certeza de que minha mãe achou que eu tinha fugido. Mas tudo bem.

— Pegaram você? — Javier assobiou. — Malandro, se minha mãe me pegasse eu não estaria aqui agora, isso eu garanto. Ela iria pirar achando que eu entrei para uma gangue, que nem o meu irmão.

Os dois se viraram e foram para a entrada principal da escola.

— Como está o seu irmão?

— Saiu da cadeia. Está tentando ficar longe de encrenca.

— E seu pai? — Quando Owen e Javier eram mais unidos, Javier costumava falar que nunca trabalhava o suficiente nem era durão o suficiente para agradar ao pai, que tinha começado a vida com muito menos do que ele.

Javier olhou para o chão.

— Está como sempre. E o seu avô?

— O mesmo de sempre.

Chegaram à porta e entraram para a área principal onde os alunos se sentavam, tomavam o café da manhã ou simplesmente batiam papo antes das aulas. Um estandarte enorme pendia do teto, com o mascote da escola, um norueguês com um daqueles elmos chifrudos de desenho animado que, segundo Javier, os vikings nunca tinham usado.

— Quero falar com o Monroe — disse Javier. — Você vem?

— Sobre ontem à noite?

— É. Quero saber por que ele acabou com tudo daquele jeito.

Atravessaram a área comum e subiram a escadaria larga para o segundo andar. Dali, foram para o principal laboratório de informática da escola, onde Monroe tinha uma sala. Mas quando bateram à porta, outro homem atendeu, um careca de óculos usando camisa xadrez de botões e calça cáqui.

— Cadê o Monroe? — perguntou Owen.

— Não faço ideia — respondeu o sujeito. — Deixou uma mensagem ontem à noite, dizendo que estava se demitindo.

— Ele se demitiu? — perguntou Javier.

O homem confirmou com a cabeça.

— Nem deu o aviso prévio. Eu sou o substituto por enquanto. — Ele olhou por cima do ombro, para a sala. — Ainda estou tentando descobrir o que ele vinha fazendo, para ser honesto. Vocês precisam de alguma coisa?

— Não — respondeu Owen. — Tudo bem.

— Tudo bem, então. — O sujeito se virou e voltou para a antiga mesa de Monroe.

Javier olhou para Owen e sinalizou com a cabeça, para longe da porta. Depois de terem andado certa distância no corredor, Javier disse:

— Isso está ficando esquisito.

— Eu sei.

— Como foi que você fez contato com o Monroe?

— Não tem muito o que dizer. Um cara me contou que ele tinha um console de entretenimento Animus e que às vezes deixava os alunos usarem. Ninguém que eu conheça tem um. Por isso, perguntei a ele se eu podia usar também, e ele disse quando e onde.

— Mas agora ele sumiu. E está com o nosso DNA, junto com o de um punhado de outros alunos.

— O que você quer dizer?

— Não sei. Mas tenho quase certeza de que ele está aprontando alguma coisa.

Owen não fazia ideia do que poderia ser, e pelo jeito eles jamais poderiam descobrir. O sinal tocou antes que pudessem falar mais.

Javier olhou os alunos que passavam ao redor, indo para as aulas, e de repente parecia outra vez o novo Javier, o que Owen não conhecia.

— Acho que vejo você por aí — disse ele de um modo meio definitivo.

— A gente se vê — respondeu Owen, percebendo que talvez as coisas não tivessem voltado a ser como antigamente, como tinha esperado.

Javier se afastou. Owen foi para a aula.

Passou o resto do dia pensando no que havia acontecido com Monroe. Fazia só um ano que ele trabalhava na escola, e ninguém sabia o que tinha feito antes. Em algum momento, havia trabalhado na Abstergo. Mas o modo como tinha arrancado os dois da simulação e abandonado o trabalho de repente levava Owen a concordar com Javier: sem dúvida alguma coisa estava acontecendo.

Por outro lado, o clima na casa de Owen parecia ter melhorado perceptivelmente, quando ele entrou. Sua avó desligou a TV e se ofereceu para fazer um sanduíche. Depois, sentou-se na cozinha enquanto ele comia, falando sobre jardinagem, perguntando sobre seu dia. Pouco depois, o avô precisou ir à loja de peças de automóvel. Owen foi com ele, e na volta os dois tomaram um milk shake. Era como se os avós se sentissem mal com relação a alguma coisa e estivessem tentando compensar.

— Vamos visitar sua tia-avó Susie amanhã — disse o avô quando chegaram ao seu quarteirão. — Ela vai fazer uma cirurgia e vamos passar a noite lá.

O canudinho de Owen ofegou e gorgolejou enquanto ele sugava o resto do milk shake de caramelo.

— Certo.

— Você vai ficar sozinho até sua mãe voltar do trabalho.

— Tudo bem. — Ele tinha ficado sozinho um monte de vezes antes. Parecia que a ausência noturna de Owen havia mesmo abalado todo mundo.

— Sua mãe vai pegar o último turno — disse o avô.

— Vou ficar bem.

— Então está certo.

O pai de Owen não foi citado em toda aquela tarde, nem suas notas. Mas o confronto da madrugada também não foi abordado, e eles não pediram desculpas por nada. Quando a mãe voltou para casa, abraçou Owen um bocado, sem dizer coisa nenhuma, a não ser pelo desespero silencioso que comunicou com os olhos cansados e tristes, e Owen soube que nada havia mudado de verdade. Sua vida tinha voltado ao que era, só que agora tinha menos ainda do que havia pensado que era sua última opção.

No caminho para a escola no dia seguinte, sentiu como se alguém o estivesse seguindo. A princípio, achou que fosse o avô vigiando-o, mas sempre que se virava para olhar não via nada, a não ser pedestres comuns e o tráfego, e sabia que seu avô não era tão hábil. Mas a sensação incômoda de olhos voltados para ele não saiu da nuca até chegar à escola.

Monroe continuava sumido. De vez, pelo que parecia. De algum modo, Owen precisaria encontrar uma nova maneira de provar a inocência do pai sem usar memória genética. Antes de tentar o Animus, tinha escrito a todas as organizações de Justiça que assumiam casos de condenações erradas, mas todas o haviam recusado. Disseram que os advogados gastavam tempo e energia libertando clientes vivos da prisão, e não inocentando os que já haviam morrido lá.

As coisas com Javier estavam melhores, mas não muito. Quando Owen passou por ele no corredor depois da segunda aula, Javier o cumprimentou com a cabeça e disse olá, mas estava com os outros amigos e não parou para falar. Mas Javier o alcançou depois das aulas, enquanto Owen ia para casa.

— Ei, ficou sabendo alguma coisa do Monroe? — perguntou.

Owen balançou a cabeça.

— Acho que ele não vai voltar.

— É quase como se ele estivesse fugindo de alguém.

— Tive a sensação de que alguém estava me seguindo hoje de manhã.

— Eu senti isso ontem — disse Javier. — O que está acontecendo?

— Não sei.

— Pensei em voltar ao parque industrial. Só para checar as coisas um pouco mais à luz do dia. Quer ir?

— Agora? — Os avós de Owen não estavam em casa. Desde que Owen voltasse antes do fim do turno de serviço da mãe, estaria bem. — Certo, vamos.

Assim, mudaram de rumo e foram para um ponto de ônibus. Dali, refizeram boa parte da rota que Owen havia percorrido duas noites atrás, e chegaram ao parque industrial pouco depois. De dia, o lugar parecia um pouco menos abandonado do que no escuro. Havia mais alguns veículos parados aqui e ali, na maior parte utilitários, e alguns armazéns e prédios ainda eram usados, pelo menos em parte. Encontraram o lugar onde Monroe tinha estacionado o ônibus, onde os pneus grossos tinham achatado o mato e deixado marcas no cascalho. Fizeram uma busca na área, mas não encontraram nenhuma pista.

Javier chutou o chão, espalhando pedras.

— O que estamos fazendo aqui?

— Não sei — disse Owen. — A ideia foi sua.

Javier andou um pouco, e chutou o cascalho de novo.

— Quero entrar de novo.

— No Animus? Por quê?

— Para ver o que ele fez depois.

— Quem?

— Chimalpopoca. Meu ancestral. Ele simplesmente baixou a cabeça, malandro. Cortés entrou em cena e ele se curvou.

— Parece que todo mundo fazia isso com Cortés, ele...

— Não, você não entende. — Javier parou de andar e deu um soco na palma da mão. — Eu estava... ele estava totalmente preparado para morrer. Era um guerreiro, era fiel a si mesmo. Mas, depois, simplesmente cedeu sem lutar.

Dava para ver que isso tocava numa ferida dentro de Javier, mas eles não eram mais amigos suficientemente íntimos para que Owen soubesse o que era.

— Por que você está abalado com isso? O negócio aconteceu há centenas de anos.

— Acha que eu não sei? Não *parece* que foi há centenas de anos. Parece que foi há duas noites. — Javier balançou a cabeça. — Esquece. Vou para casa.

— Javier...

— Vejo você mais tarde. — Ele se afastou antes que Owen pudesse dizer mais alguma coisa.

Owen o viu se afastar, olhou de novo ao redor, e depois começou a voltar para a casa dos avós. Sua mãe ainda demoraria para chegar, por isso ele decidiu fazer a maior parte do caminho a pé, deixando os pensamentos e os pés percorrerem as ruas até que, num determinado ponto, levantou os olhos e percebeu que talvez sua rota não tivesse sido tão sem objetivo quanto imaginava. O banco que seu pai tinha sido acusado de roubar estava a apenas dois quarteirões dali.

Desviou-se do caminho para olhá-lo.

Só tinha estado ali uma vez, e mesmo então haviam passado de carro, os avós e a mãe ficando num silêncio absoluto como se estivessem passando perto de uma sepultura aberta. De algum modo, o prédio tinha parecido sinistro para Owen, e ainda parecia. Era esguio e moderno, todo de vidro escuro e com cantos elegantes, ocupando o térreo de um prédio de escritórios, a vitrine pintada com um logotipo em vermelho profundo da MALTA BANKING CORPORATION e um cartaz anunciando as taxas de juros.

Owen entrou no saguão, com o piso de mármore cinza e o tapete liso, o cheiro de papel e o farfalhar suave do ar condicionado. Caixas trabalhavam em silêncio atrás do balcão, e clientes esperavam em fila. Não restava qualquer sinal do roubo ou da morte do guarda, nenhum eco do tiro. A vida simplesmente havia seguido adiante para esse banco, para todas as pessoas ali e para o seu dinheiro. Elas continuavam depositando e sacando como se a vida de Owen não tivesse sido completamente descarrilhada pelos fatos ocorridos ali.

De repente, o saguão pareceu pequeno e apertado, e o ar frio tinha um aroma rançoso. Owen deu meia-volta, saiu de novo e se sentou num banco do outro lado da rua, virado para a agência. Ficou examinando-a, olhando as pessoas entrar e sair, até que o banco fechou e os guardas trancaram as portas. Então, eram 17h17, a hora em que supostamente seu pai saiu do banheiro do banco onde estivera escondido. Em seguida, eram 17h24, a hora do primeiro tiro, e depois, eram 17h27, quando o guarda morreu por hemorragia. Owen ainda sabia de cada parada ao longo da linha temporal estabelecida pelo promotor, assim como ainda podia se lembrar de cada quadro da filmagem granulosa em preto e branco mostrando o assaltante mascarado. Ficou sentado enquanto a tarde se transformava no crepúsculo, repassando toda a sequência de acontecimentos, de novo e de novo, procurando alguma discrepância que tivesse deixado passar. Algo que o promotor e os advogados de defesa não tivessem percebido. Algo que desse uma dúvida razoável ao júri.

Mas não encontrou nada. De novo.

Então, estava escuro, com apenas um fiapo de tráfego de pedestres na rua, e Owen soube que era tarde. Tinha perdido a noção do tempo, atolado em pensamentos, e percebeu que precisava ir para casa. Levantou-se, deu uma última olhada para o banco, e foi rapidamente para um ponto de ônibus, mas perdeu o daquele horário por uns dois minutos. Em vez de esperar o próximo, decidiu cortar caminho até outra rua passando por um beco e pegar uma linha diferente, que também iria deixá-lo na casa dos avós antes da chegada da mãe.

O beco era estreito e estava parcialmente obstruído em alguns lugares por montes de lixo, pilhas de velhas placas de madeira e rolos de arame. Mais ou menos na metade do beco, Owen teve de novo aquela sensação de ser observado, como se alguém o tivesse seguido. Desta vez, quando se virou para olhar, viu a silhueta de um homem vindo em silêncio na sua direção.

6

Owen pensou em correr. Pensou em gritar para o estranho, exigindo saber quem ele era. Pensou em simplesmente se esconder em algum lugar do beco. Mas cada uma dessas opções parecia uma reação exagerada naquele momento. Provavelmente era apenas alguém tentando cortar caminho até a outra rua, como ele. Decidiu permanecer calmo e seguir em frente, mas acelerou o passo para ficar à frente da figura.

Antes de ter ido muito longe, os passos do estranho se aceleraram atrás dele, chegando mais perto, com o eco reverberando por suas costas e sobre o couro cabeludo. Owen partiu numa corrida instintiva sem olhar para trás. Os passos do perseguidor aceleraram para acompanhar seu ritmo, e nesse ponto Owen soube que havia algo errado e correu a toda velocidade.

— Owen! — gritou uma voz desconhecida. — Está tudo bem! Owen, pare!

Owen não parou até sair do beco e chegar à calçada banhada de luz na próxima avenida. Havia várias pessoas por ali; uma pizzaria e uma loja de bebidas continuavam abertas. Owen se sentiu seguro o bastante para dar meia-volta e esperar o perseguidor, para descobrir quem ele era e como o sujeito sabia seu nome.

Um instante depois o homem surgiu, usando terno cinza com as manchas da passagem pelo beco escuro. Parecia jovem, com cabelo castanho curto e feições arredondadas. Quando fez contato visual com Owen, suspirou e assentiu, e depois andou até ele.

— Obrigado por esperar — disse. — Eu...

— Quem é você? — perguntou Owen. — Por que está me seguindo?

O homem olhou em volta, mas não para a rua. Seu olhar parecia estar procurando algo acima deles, nos telhados e nas escadas de incêndio.

— O que acha de irmos a algum lugar e conversarmos discretamente?

— Não vou a lugar nenhum com você.

— É justo. Então, vou ser breve. Você se envolveu recentemente com um homem chamado Monroe, não foi?

— Quem? — perguntou Owen, achando que talvez isso tivesse a ver com o desaparecimento de Monroe.

— Ele lhe deu acesso a um Animus, correto?

— O que é um Animus? — *Como, diabos, esse cara sabe tanto?* — Quem é você, afinal?

— Monroe está de posse de um equipamento roubado. Nós estamos tentando recuperá-lo. Agradeceríamos se você cooperasse.

Será que esse cara trabalhava para a Abstergo? Isso explicaria como Monroe tinha o Animus, para começo de conversa, mas talvez também explicasse por que Monroe havia desaparecido.

— Eu gostaria de poder ajudar. — Owen confiava muito mais em Monroe do que naquele cara. — Olha, preciso ir. — E deu as costas para o estranho. — É tarde; minha mãe está me esperando...

— Vi você no banco — disse o homem, enfatizando a última palavra.

Owen parou e se virou lentamente.

— Poderíamos ajudá-lo com o seu problema — disse o estranho —, se você nos ajudar com o nosso.

— Ah, é? E qual é o meu problema?

— Você acredita que seu pai era inocente.

As palavras dele desequilibraram Owen, e por um momento ele não soube como responder.

— Poderíamos ajudar você a descobrir a verdade sobre o que aconteceu naquela noite.

— O que você está falando? — Owen levantou a voz e deu um passo na direção do sujeito. — O que você sabe sobre meu pai?

— Tudo vai ser explicado. Mas você precisa vir... — O homem ofegou levemente. Encolheu-se e levantou a mão como se quisesse afastar uma mosca do rosto. Depois estremeceu, os olhos se reviraram e o corpo desmoronou no chão, com um pequeno dardo se projetando do pescoço.

Owen o encarou por alguns segundos, confuso, depois seus olhos se arregalaram e ele olhou para os prédios ao redor, com as inumeráveis janelas escuras e as saliências sombrias. O dardo tinha vindo de algum lugar acima, e Owen ficou dividido entre se abaixar para ajudar o homem e procurar alguma cobertura.

Nesse momento, uma motocicleta virou a esquina com o motor rugindo de um modo incomum, profundo, como um inseto gigantesco. Veio a toda velocidade na direção de Owen, esguia e preta, e parou cantando pneus diante dele. Então, o motoqueiro levantou o capacete, revelando um rosto familiar.

— Monroe? — perguntou Owen.

— Suba — disse Monroe. — Agora.

Em seguida, jogou outro capacete, que Owen pegou na barriga.

— Mas...

— Agora!

Owen pulou na garupa da motocicleta atrás de Monroe e pôs o capacete enquanto ele acelerava. A moto saltou pela rua, e Owen olhou para os prédios que passavam por ele rapidamente. A viseira do capacete se acendeu com um mostrador interno de linhas de quadrícula, alvos móveis e leituras que Owen não entendia.

A voz de Monroe soou no ouvido de Owen através de um fone no capacete.

— Iniciar turvamento.

— Iniciar o quê? — perguntou Owen.

Então, sua visão pareceu falhar, como se ele estivesse de volta ao Animus. Imagens sucessivas da motocicleta cascatearam à frente e se espalharam para os dois lados. Quando Owen olhou para trás, viu uma trilha de imagens seguindo-os, espalhando-se pela estrada como os quadros de um filme em câmera lenta.

Turvamento iniciado, disse uma voz computadorizada de mulher no ouvido de Owen.

— O que é isso? — perguntou Owen.

— Projeção holográfica — respondeu Monroe, virando uma esquina. — Para que seja mais difícil que nos acertem. — Ele acelerou a moto de novo, e o som do motor ficou mais alto enquanto disparavam à frente. — Escanear sinais fantasmas — disse.

Escaneando..., disse a mulher computadorizada.

— Sinais fantasmas? — perguntou Owen.

Sinal fantasma captado.

— Resolver e sincronizar — disse Monroe.

A imagem na viseira de Owen mudou, e ele viu uma figura reluzente movendo-se na periferia da visão. Virou-se para ela e viu a silhueta em infravermelho de um homem movendo-se em velocidade impossível no alto, contra o fundo escurecido da cidade. A figura saltava de um telhado para o outro e parecia escalar paredes verticais, indo atrás deles.

— Como...? — pergunto Owen. — O que é aquilo?

— Explico depois. Só fique de olho nele enquanto tento despistá-lo.

Virou outra esquina e mais outra, curvas e mais curvas, mas o sinal fantasma permanecia com eles, passando sobre o topo de quarteirões inteiros. Num determinado ponto, a figura chegou a ficar um pouco à frente deles e parou. Owen o imaginou mirando com a mesma arma de dardos que tinha usado para acertar o cara da Abstergo.

— Cuidado! — gritou para Monroe.

— Estou vendo. Segure-se firme. — Monroe freou, cantando pneus numa curva fechada que quase jogou Owen para fora da moto. Depois, girou no sentido contrário e partiu na direção oposta, passando pela placa de entrada numa via expressa.

Owen apontou para ela.

— Podemos despistá-lo por ali?

— Vale tentar.

Monroe pegou a rampa de entrada e acelerou muito a moto. A roda da frente saiu do chão por um instante enquanto eles partiam pela estrada. Owen permaneceu atento à figura reluzente, que aos poucos foi ficando mais e mais para trás, cada vez menor, até finalmente sumir.

Sinal fantasma perdido, disse a mulher computadorizada.

— Tivemos sorte — disse Monroe. — Ele poderia estar de moto também.

— Quem era aquele cara?

— Eu disse que explicaria depois...

— Explique agora! — gritou Owen.

Monroe suspirou.

— Ele era um Assassino. Você não está mais em segurança.

Owen quase gargalhou ao pensar que era alvo de um matador. Mas então se lembrou do dardo no pescoço do cara da Abstergo.

— E o Javier? — perguntou Owen.

— Já peguei ele. Estamos indo para lá.

— Para onde?

— Você vai ver.

Por enquanto, Owen decidiu esperar, e prestou atenção na direção aonde iam. Algumas saídas depois, Monroe pegou o rodoanel, fazendo um arco longo ao redor da cidade, e em seguida saiu da via expressa perto do cais. Passaram por uma refinaria e depois entraram numa área de armazéns altos parecidos com o parque industrial do outro lado da cidade, só que este lugar parecia em melhor estado de manutenção e usado com mais frequência. Mas estava deserto àquela hora da noite.

Monroe desligou os faróis da moto e foi para um prédio menor aninhado entre duas estruturas grandes; depois, usou um controle remoto para abrir uma porta de aço mecânica. Passou a moto pela abertura enorme e fechou a porta em seguida, prendendo-os numa escuridão quase total.

Desligou o motor da moto e desceu.

— Espere aí um segundo.

O mostrador na viseira de Owen se apagou, e ele esperou enquanto Monroe se afastava, sumindo de vista. Um instante depois, uma luz se acendeu acima, inundando o espaço em volta de Owen com uma fluorescência fria. O armazém era espaçoso e estava vazio, a não ser pelo ônibus antigo que abrigava o Animus parado ali perto. Monroe estava voltando para a moto carregando seu capacete. Owen tirou o dele e desceu do veículo. De perto, sob a luz, a moto parecia pertencer tanto ao ar quanto ao chão, angulosa e curva de um modo que sugeria algo projetado para passar totalmente despercebido. Owen tinha praticado *motocross* com o pai, mas essa moto era totalmente diferente.

— Bom — disse ele. — *Isso tudo* é bem tecnológico. — Em seguida, pôs o capacete no banco da moto. — Imagino que a Abstergo teria algo a dizer a respeito, não é?

— Provavelmente. — Monroe jogou as chaves no capacete e o colocou ao lado do de Owen. — Venha, vamos nos juntar aos outros. —

Monroe se movia e falava com uma intensidade que Owen não estava acostumado a ver nele.

— Outros?

Monroe não respondeu; em vez disso, se afastou até uma escada estreita que subia junto a uma parede do armazém chegando a uma porta no segundo andar. Owen foi atrás, os passos dos dois ressoando nos degraus de metal corrugado. Quando chegaram à porta, Monroe digitou um código no teclado de uma fechadura eletrônica e a porta se abriu.

— Por aqui — disse ele.

Entraram num corredor com piso de placas de linóleo pintalgado, com a parede pré-moldada sem pintura. Monroe passou com Owen por algumas portas até chegar a outra trancada com uma fechadura de teclado. Quando ele digitou o teclado e abriu a porta, Owen sentiu um sopro de ar frio e ouviu sons de computadores e vozes conversando.

— Aqui estamos — disse Monroe ficando de lado. Sinalizou para Owen ir em frente.

Owen entrou numa sala grande, desconexa, com vários espaços iluminados e trechos de escuridão no meio. As vozes que tinha escutado vinham de um arranjo de sofás e poltronas em volta de uma grande mesa de centro feita de vidro preto. Um grupo de adolescentes mais ou menos da idade dele ocupava os móveis, e Javier estava entre eles.

— Vamos apresentar você — disse Monroe enquanto passava em volta de Owen e ia até os outros.

Owen foi atrás, e quando chegaram à luz, o grupo ficou em silêncio e Javier se levantou.

— Você conseguiu — disse ele, parecendo aliviado. — Tudo bem?

— Tudo — respondeu Owen. — Estou bem. Que negócio é esse?

— Pergunte a ele — disse Javier, assentindo para Monroe. — É dele.

Monroe pigarreou.

— Senhoras e senhores, este é o Owen. Owen, você já conhece o Javier. Estes são Grace e o irmão dela, David. — Ele indicou uma garota de pele marrom escura e sorriso suave, com o cabelo encaracolado puxado para trás, e o garoto mais novo e mais magro sentado junto dela riu por baixo de óculos de armação branca. Os dois usavam roupas legais, com jeans de grife pelos quais a mãe de Owen nunca poderia pagar.

— E esta é Natalya — disse Monroe, apontando para uma garota com pele morena clara e olhos meio asiáticos, o cabelo castanho com tons de bronze. Usava um agasalho com capuz azul-marinho, simples, por cima de uma camiseta, e respondeu ao cumprimento de cabeça de Owen com expressão vazia.

— E finalmente — disse Monroe, indicando um garoto que Owen tinha acabado de ver, sentado numa cadeira de rodas —, este é o Sean.

— Prazer em conhecê-lo, Owen — cumprimentou o garoto de cadeira de rodas. Tinha cabelo meio ruivo e curto, pele clara com sardas espalhadas e ombros e braços fortes.

— Bom te conhecer também. — Em seguida, Owen se virou para Monroe. — O que estamos fazendo aqui? E você ainda não me falou sobre aquele Assassino.

— Assassino? — perguntou Javier.

Monroe levantou as mãos e contraiu levemente o pescoço.

— Fique frio um minuto, certo? Vou explicar tudo...

— Não tenho um minuto — disse Owen. — Preciso ir para casa. Quero dizer, minha mãe está correndo perigo?

— Não — respondeu Monroe. — Isso posso garantir.

— Como?

— Ela é inocente. Isso violaria um dogma do Credo. Mas estou pondo o carro na frente dos bois. Por favor, Owen, Javier, sentem-se.

Owen e Javier se entreolharam; depois, ocuparam lentamente um sofá.

— Agora — disse Monroe —, com a exceção de Owen e Javier, e, claro, de Grace e David, nenhum de vocês se conhecem. São de escolas diferentes, de bairros diferentes, têm passados diferentes. Mas têm uma coisa em comum. Seu DNA. Todos usaram o meu Animus, e a verdade é que eu estava procurando vocês.

— Por quê? — perguntou Sean.

Monroe se inclinou e tirou um pequeno tablet de uma fenda na mesinha de centro. Passou os dedos e deu um toque na tela, e uma imagem reluzente da Terra em 3-D saltou da superfície de vidro preto, quase do tamanho da mesa. Girou devagar no eixo, enquanto pontos brilhantes pulsavam em numerosos locais da superfície.

— Uau — disse David, levantando os óculos. — *Isso* é maneiro.

— A Abstergo deve estar muito pê da vida com você — disse Owen.

— Me dê algum crédito — disse Monroe. — Essa mesa é toda minha.

— O que são esses pontos? — perguntou Grace, inclinando-se à frente.

— Acontecimentos por toda a história.

— Que tipo de acontecimentos? — perguntou Grace.

Monroe tinha relaxado e voltado à postura normal, com as mãos nos bolsos.

— Vou contar umas coisas muito doidas a vocês. Mas vocês precisam acreditar. Juro que é tudo verdade. — Ele andou em volta da mesa, olhando periodicamente para a imagem da Terra. — Duas facções vêm travando uma guerra secreta pelo destino da humanidade desde o início da história escrita, e provavelmente por mais tempo do que isso. Essas facções são ancestrais. Foram chamadas por muitos nomes, mas no momento são conhecidas como a Irmandade dos Assassinos e a Ordem dos Templários.

— Sociedades secretas? — reagiu Sean. — Tá falando sério?

— Olhe em volta — disse Monroe. — Isso parece sério para você?

— Então, esse Assassino que perseguiu a gente fazia parte da tal Irmandade? — perguntou Owen.

— É.

— Por que ele atirou naquele cara da Abstergo?

— A Abstergo é uma fachada dos Templários.

Owen pensou no que o estranho tinha dito antes que o dardo do assassino o acertasse. Tinha mencionado o pai de Owen, e Owen se perguntou se seu pai teria algo a ver com essa guerra secreta.

— Esses pontos — disse Monroe — representam acontecimentos, pessoas ou lugares conhecidos ligados ao conflito entre os Assassinos e os Templários. — Ele levantou uma das mãos e tocou um dos muitos pontos que piscavam na península Itálica. Quando fez isso, uma segunda imagem se abriu à frente, a de um homem vestindo um colete bordado, com mangas bufantes e uma capa com um capuz pontudo sombreando o rosto. — Este é Ezio Auditore, um nobre do século XV, e talvez um dos maiores Assassinos da história. Mas as raízes da Irmandade na

Itália remontam a um passado mais antigo, ao *Liberalis Circulum* romano. — Ele apagou essa janela, deu alguns passos e tocou um ponto no Oriente Médio. A imagem que se abriu era a de uma fortaleza de montanha. — Este foi um dos bastiões da Irmandade dos Assassinos, destruído pelos mongóis na Idade Média num ato de vingança pelo assassinato de Gengis Khan. — Monroe fechou essa janela e andou ao redor da Terra, até tocar um ponto no litoral oeste dos Estados Unidos. — A Revolução Americana não foi somente uma luta pela independência da coroa inglesa. Foi uma guerra pela alma da nação, influenciada por essas duas facções.

Monroe tinha aberto apenas uma pequena fração dos inumeráveis pontos brilhantes. Se cada um deles representava um evento dessa guerra secreta, o âmbito do conflito era incrível. Quase inacreditável. No entanto, Owen não podia deixar de acreditar, porque tinha visto um Assassino em ação.

— Pelo que eles estão lutando? — perguntou Natalya. Era a primeira vez que ela falava, e sua voz conseguia ser suave e forte ao mesmo tempo.

Monroe passou a mão sobre o tablet e a imagem do Globo sumiu.

— Para responder isso, deixe que eu pinte uma imagem para vocês. Imaginem uma sociedade se desfazendo. Aumento nos crime violentos, pobreza se alastrando, desigualdade racial, tudo junto. Uma sociedade parecida com o inferno. Para trazê-la de volta da borda da destruição há dois caminhos possíveis. O primeiro é as pessoas no poder imporem ordem ao caos. Moldar e guiar a sociedade à força na direção do desenvolvimento. A segunda é colocar o poder nas mãos do povo, deixar que ele decida por si mesmo que tipo de sociedade quer construir e confiar em seu caráter inato superior. Bom, qual desses caminhos vocês escolheriam?

Ninguém falou. Owen se perguntou se a pergunta era retórica ou se Monroe esperava uma resposta. Mas ele foi logo em frente.

— É por isso que eles estão lutando, Natalya. A Ordem dos Templários representa os que estão no poder, os que estão decididos a guiar a humanidade para um caminho melhor. Os Assassinos defendem o livre arbítrio de cada indivíduo numa sociedade. As duas facções tentam fazer as coisas do modo como acreditam que devem ser.

— Então estão lutando pela mesma coisa? — perguntou David.

— Eles *querem* a mesma coisa. Estão disputando o modo de conseguir isso.

— Durante centenas de anos? — questionou Sean.

— Durante milhares de anos — disse Monroe.

— Por que está contando isso à gente? — perguntou Grace. — Não temos nada a ver com isso.

Monroe cruzou os braços.

— É aí que você se engana.

— Como? — perguntou Javier.

— Eu vi o DNA de vocês. Vi seus ancestrais. Por nascimento, cada um de vocês aqui é um Assassino ou um Templário. — Ele olhou para Javier. — Alguns de vocês são as duas coisas.

7

Sean olhou os outros ao redor, imaginando se algum deles estava engolindo o que Monroe tinha acabado de contar. O tal de Owen dizia que tinha visto um daqueles Assassinos disparar contra alguém à frente dele, e presumindo que o cara não fosse mentiroso nem maluco, era uma informação que Sean não poderia ignorar.

Quando Monroe o havia procurado mais cedo, naquela tarde, prometendo mais tempo no Animus, Sean nem hesitou. O Animus o havia tirado da cadeira de rodas e lhe devolvido as pernas, e ele toparia isso a qualquer momento. Mas parecia que Monroe estivera escondendo um objetivo próprio, e Sean não sabia direito o que achar disso, dessa guerra secreta.

— Isso é muito doido, malandro — disse Javier, que parecia um cara bem durão, meio quieto, e talvez não muito inteligente.

— Eu avisei, disse que era louco — retrucou Monroe. — Isso não torna a coisa inverídica.

— E daí, se for verdade? — perguntou Grace. — E daí se temos ancestrais Assassinos ou Templários, sei lá há quanto tempo? Tenho certeza de que um monte de gente também tem. Isso não explica por que você trouxe a gente aqui.

— Nem o que você andou fazendo — disse Owen. — Indo a várias escolas com o seu Animus.

— Na verdade, isso são duas perguntas — respondeu Monroe. — Vou começar com a segunda, porque tem uma resposta bem simples. Basicamente acho que tanto os Assassinos quanto os Templários estão errados.

— Então, você acredita em quê? — perguntou Sean. Parecia importante saber qual era a de Monroe, considerando que ele havia examinado o DNA deles. Sean sabia como responderia à pergunta feita por Monroe antes. Queria ordem. Queria um mundo onde as pessoas não tivessem permissão para dirigir bêbadas e arruinar a vida dos outros. Havia o certo e o errado. E isso as pessoas não podiam decidir por elas mesmas.

— Acredito no livre-arbítrio — disse Monroe.

— Então concorda com os Assassinos — concluiu Sean.

Monroe balançou a cabeça.

— Não acho que os Assassinos acreditem no livre-arbítrio. Eles dizem que sim, mas exigem que cada membro de sua Irmandade jure lealdade e obediência absolutas. Não acredito que devamos entregar nosso livre-arbítrio a qualquer pessoa, facção ou credo. Os Assassinos e os Templários precisam ser impedidos, e um modo que eu tenho para isso é chegar a vocês primeiro. Antes que eles possam recrutá-los.

— Recrutar? — perguntou Grace.

— Parece que você está tentando tirar nosso livre-arbítrio — observou Javier.

— De jeito nenhum. — Monroe suspirou. — Vocês podem fazer o que acham que seja certo. Sempre. Meu único objetivo era que vocês tivessem consciência das coisas.

— Mas não foi por isso que nos trouxe aqui? — perguntou Grace.

Monroe apontou para Owen e Javier.

— Trouxe vocês aqui por causa deles. Há algumas noites eles entraram no Animus e encontraram uma coisa que tanto os Assassinos quanto os Templários fariam qualquer coisa para obter.

Owen e Javier se entreolharam e Owen disse:

— Foi por isso que você tirou a gente. Não havia nada errado com a simulação.

— É — concordou Monroe. — Não havia nada errado com a simulação. Minha aparelhagem funciona, e minhas simulações não se desmontam. Mas eu precisava tirar vocês de lá.

— Por quê? — quis saber Javier.

— Como precaução. Examinei cada linha de código que roda no Animus, mas sabia que podia ter deixado passar alguma coisa. E estava certo. Foi por isso que o agente da Abstergo apareceu, e é por isso que o Assassino está aqui. Eles sabem.

— Sabem o quê? — perguntou Sean.

— Que encontramos um Pedaço do Éden.

— O que é um Pedaço do Éden? — indagou David, inclinando-se à frente.

Sean já gostava daquele cara. Era curioso e parecia sério.

Monroe hesitou.

— Um Pedaço do Éden é uma relíquia poderosa de uma civilização antiga, anterior à humanidade. Eles possuíam tecnologias incríveis, e alguns exemplares delas sobreviveram até os dias atuais. Mas em geral estão bem escondidos.

— A adaga — disse Javier. — A de Cortés?

Monroe confirmou com a cabeça.

— É o que ela era. — Javier deu um soco na palma da mão. — Eu sabia que alguma coisa estava acontecendo. Aquela coisa fez uma lavagem cerebral inteira em mim... quer dizer, no meu ancestral.

Owen também assentiu.

— Meu ancestral também acreditava em praticamente tudo o que Cortés dizia.

— É — concordou Monroe. — Cada Pedaço do Éden tem um efeito e um propósito diferentes. Parece que o que vocês encontraram pode alterar a fé de uma pessoa e transformá-la em crente. Pode ser por isso que alguns historiadores acham que os astecas acreditavam que Cortés era um deus.

Sean não gostou da ideia de alguma coisa que pudesse mexer desse jeito com sua cabeça.

— Então, se esses Pedaços do Éden estão escondidos — perguntou David — como é que alguém pode encontrá-los?

— Memórias genéticas — respondeu Monroe. — Se os Assassinos ou os Templários identificam alguém na história que teve contato com um Pedaço do Éden, eles usam o Animus para regredir pelas memórias dos descendentes da pessoa até localizá-lo. E é aí que Owen e Javier entram.

Grace revirou os olhos.

— E o resto de nós?

— Acredito que *todos* vocês são essenciais para encontrar esse Pedaço do Eden específico.

— Mas Owen e Javier já o encontraram — insistiu Sean.

— Eles interagiram com ele. Mas não testemunharam o local onde foi deixado. Não acredito que a relíquia tenha ficado no México. — Ele levantou o tablet, e o holograma da mesa de centro surgiu de novo com uma imagem em preto e branco de um prédio grande e antigo. — Este é o hotel Astor House, em Nova York, em meados do século XIX. O Clube Asteca se reunia aqui.

— Clube Asteca? — perguntou Javier.

— Uma pequena sociedade militar de veteranos que serviram durante a guerra entre o México e os Estados Unidos na década de 1840. Depois de Cortés conquistar Tenochtitlán, acho que a adaga permaneceu na Cidade do México até a ocupação americana, quando foi tirada do Tesouro do governo espanhol. Porque... olhem isto. — A tela mudou para a imagem de vários homens. Sean reconheceu um deles como Ulysses S. Grant, que foi presidente dos Estados Unidos. — Apesar do pequeno número de membros, o Clube Asteca conseguiu, de algum modo, produzir seis candidatos a presidente da República, três dos quais foram eleitos, além de vários congressistas e outras altas autoridades. Quais são as chances de isso acontecer? Acredito que o clube estabeleceu seu poder político usando o Pedaço do Éden.

— Então, você está dizendo que todos esses caras eram Assassinos? — perguntou David. — Ou Templários?

— Não estou dizendo nada disso. — Monroe cruzou os braços em volta do tablet. — Se bem que alguns podem ter sido uma coisa ou outra.

— Mas quem são os mocinhos? — perguntou David. — Os Assassinos ou os Templários?

— Nenhum dos dois — respondeu Monroe. — Ou os dois, dependendo de como você analisa a situação. Ambos têm boas intenções, e ambos são capazes de atos malignos.

— Ainda estou querendo saber onde é que a gente entra — disse Grace.

— Certo — continuou Monroe. — Agora chegamos a todos vocês. — Ele mudou a imagem, e seis duplas hélices de DNA se estenderam pelo campo em espirais horizontais paralelas. — Juntei vocês porque todos têm uma Concordância de Memória espantosamente alta. — Surgiram linhas verticais, cruzando os fios de DNA em pontos equivalentes. — Seus ancestrais fizeram contato de algum modo com o Pedaço do Éden, ou um com o outro, durante o mesmo acontecimento.

Sean esperou que isso significasse o que ele imaginava.

— Que acontecimento? — perguntou Owen.

— Os Tumultos do Alistamento em 1863. Cidade de Nova York.

— Tumultos do Alistamento? — quis saber Javier.

— Foi durante a Guerra Civil — explicou Grace. — O governo estava alistando homens para lutar contra o Sul, mas se você fosse rico, podia pagar para não ir.

— Isso mesmo — concordou Monroe. — Por isso irromperam tumultos em Nova York. Gangues, turbas, milhares de pessoas. Foi uma anarquia.

— E eles atacaram todos os negros da cidade — acrescentou Grace. — Chegaram a incendiar um orfanato de crianças negras.

— Então nós vamos voltar? Para lá? — perguntou Sean, um pouco menos ansioso agora que sabia mais sobre a situação.

— Vocês é que decidem — respondeu Monroe. — Mas espero que sim. Qualquer um de vocês pode ser a chave, e acredito que é essencial localizarmos o Pedaço do Éden antes que os Assassinos e os Templários consigam.

— Por quê? — perguntou Natalya.

Esta era apenas a segunda ou terceira coisa que Sean a ouvia dizer desde que a tinha conhecido, mas quando ela falava, ele prestava atenção. Algo nela o atraía. Ela era linda, claro, mas havia alguma coisa além disso, que ele não conseguia identificar. Mas para falar com ela, ele teria de empurrar a cadeira de rodas até lá, e até agora não tinha conhecido uma garota que achasse a cadeira muito atraente.

— O que você vai fazer se encontrar? — perguntou Natalya.

— Escondê-lo de novo. Onde nenhuma memória possa encontrá-lo. O importante é impedir que caia nas mãos da Irmandade dos Assassinos ou na Ordem dos Templários.

— Como vamos saber que você não vai usar essa coisa? — quis saber Javier.

Monroe olhou para cada um deles.

— Vocês vão ter de confiar em mim, assim como estou confiando em vocês. E então, topam?

— O quê? — perguntou Owen.

— Entrar no Animus. Uma simulação compartilhada. Experimentar as memórias dos seus ancestrais, e esperemos que descubram o que aconteceu com o Pedaço do Éden.

— Esperemos? — disse Javier.

— Olhem. — Monroe desligou a imagem e pôs o tablet na mesa. — Sei que isso é minha culpa e lamento. Todos vocês correm perigo por minha causa. Achei que tinha o Animus em segurança. De algum modo, ele alertou a Abstergo. Eu estava tentando fazer a coisa certa, dando a vocês acesso às suas origens, mas o tiro saiu pela culatra, e agora que há um novo Pedaço do Eden em jogo, os Assassinos e os Templários não vão parar até que ele seja encontrado. Mas a escolha é de vocês. — Ele deu um passo para trás, afastando-se. — Sério. A escolha de vocês.

— E os nossos pais? — perguntou Natalya.

— O tempo no Animus é tempo mental. Tempo de sonho. É subjetivo, com dias de memórias passando em questão de minutos ou horas no mundo real. Vocês vão voltar antes do amanhecer.

Sean segurou os aros das rodas da cadeira. Não deixaria passar outra chance no Animus. Quando outra oportunidade como aquela surgiria?

— Eu topo — disse.

Todo mundo se virou para olhá-lo.

Sean se empertigou na cadeira e os encarou, confiante.

— Quem está comigo?

— Eu vou — respondeu David.

— Vai o quê? — Grace fez uma carranca para o irmão mais novo. — O que você acha que está fazendo?

David deu de ombros.

— Quero ajudar.

— Por quê? — perguntou Grace.

— Por que não? — quis saber Sean.

— Por que não? — reagiu Grace. — Você não acabou de me ouvir falando sobre os Tumultos do Alistamento? Pare e pense um minuto nas suas aulas de história. Na última vez em que David e eu entramos no Animus, havia bebedouros que nós não tínhamos permissão de usar. Isso agora vai ser muito, muito pior.

Esta era uma coisa que Sean não tinha parado para pensar, e ficou num silêncio sem graça.

— Bom, eu vou — disse Javier.

— Eu também estou dentro — declarou Owen.

— E eu — completou Natalya.

Com isso restaram Grace e David sem se comprometer. David já havia dito que queria ir, mas Sean tinha quase certeza de que ele não iria sem a irmã mais velha. Agora, David olhou para ela enquanto ela olhava o grupo ao redor, e finalmente de novo para o irmão.

— Como você sabe que isso vai dar certo? — perguntou Grace a Monroe. — É só com isso que eu me importo. Nós estamos correndo perigo agora. Como você acha que isso vai deixar a gente a salvo?

— É mais seguro do que não fazer nada. Se encontrarmos primeiro o Pedaço do Éden, e então eu o esconder, suas memórias genéticas não terão mais a resposta. Eles vão deixar vocês em paz.

Sean notou a postura rígida de Grace se dobrar um pouco enquanto ela parecia ceder.

— Certo — admitiu ela. — Eu vou.

— É isso aí — disse Monroe. — Quanto antes fizermos isso, melhor. O Animus está ali. — Ele apontou para o outro lado do espaço escuro, outra ilha de luz cheia de computadores e equipamentos.

Todos os outros se levantaram dos sofás e foram direto para lá. Sean precisou recuar sua cadeira de rodas entre os sofás para manobrar em volta dos móveis e da mesa holográfica, e ficou meio preso por um instante. Fazia um tempo que isso não lhe acontecia, e ele trincou o maxilar.

Owen deu dois passos até ele.

— Precisa de um empurrão?

— Consegui — respondeu Sean, parecendo mais brusco do que pretendia, apesar de seu tom combinar com a irritação sentida. Fazia dois anos desde o acidente, e ele não sabia quando essa frustração e essa raiva iriam embora, ou se sequer iriam algum dia. Talvez continuassem apenas borbulhando por dentro até que ele entrasse em combustão espontânea devido a toda aquela fricção contida por dentro. Gostaria pelo menos de saber o que fazer com as tentativas de gentileza da parte dos outros, pelo bem deles e seu. — Já vou chegar em um minuto — disse.

— Certo, então. — Owen confirmou com a cabeça. Depois, foi se juntar aos outros, mas Sean notou que foi uma caminhada intencionalmente lenta, destinada a fazer com que ele não se sentisse deixado muito para trás, o que só lhe provocou mais frustração.

Quando Sean finalmente alcançou os outros, encontrou-os amontoados na frente do Animus, cujo núcleo Monroe parecia ter trazido do ônibus para ali. O terminal principal estava no centro de um círculo de poltronas reclináveis, como os raios de uma roda, com os apoios de cabeça apontados para o centro.

Monroe assentiu indicando aquilo.

— Por favor, escolham uma cadeira e fiquem confortáveis.

— Isso não vai só repetir o mesmo erro? — perguntou Javier. — O Animus não vai deixar que a Abstergo saiba de novo?

Sean olhou de novo para ele. Talvez Javier fosse mais inteligente do que ele havia pensado.

— Desta vez, não — respondeu Monroe. — Isolei completamente a unidade e instalei um *firewall* de um modo que não era possível no ônibus. Aqui, estamos seguros.

Sean levou a cadeira até uma poltrona e travou as rodas. Depois, fez força, erguendo-se da cadeira e indo para a poltrona.

— Uau — disse Javier, parado ali perto. — Você tem uma tremenda força.

— Não. — Sean deu de ombros. — É só técnica.

Mas ele sempre tinha sido forte. Seus treinadores diziam isso antes do acidente. Sean ainda tinha a força na parte superior do corpo, mas as pernas tinham virado osso e tendões. Girou os quadris na poltrona e depois usou os braços para puxar as pernas, uma de cada vez. Naquele momento, conseguiu se deitar e ficaria confortável, não fosse a empolgação que crescia por dentro. Lembrou-se da emoção da primeira vez no Animus. Seu ancestral tinha sido um agricultor simples na Irlanda, o que provavelmente não seria uma simulação empolgante para qualquer um dos outros. Mas Sean tinha *andado* nos campos de cevada do ancestral. Tinha caminhado neles do nascer do sol ao crepúsculo, trabalhando na terra, e isso bastava.

— Todos vocês já fizeram isso — disse Monroe. — Mas só alguns entraram numa simulação compartilhada. Basicamente vocês não podem interagir como se fossem vocês mesmos, caso contrário vão sair de sincronia. Se tentarem encontrar uns aos outros, ou se disserem coisas que seus ancestrais não diriam na frente de outras pessoas, vão perder a sincronia. Entenderam?

Todos disseram que sim.

Monroe andou ao redor do círculo, ajudando cada um a se conectar ao Animus.

— O Pedaço do Éden parece ser algum tipo de adaga — disse ele. — Não pudemos olhar direito no México, mas parece que ela tem um formato incomum. Fiquem de olhos abertos.

Ele estendeu a mão para Sean e lhe entregou um capacete, que o garoto pôs na cabeça, envolvendo-se em escuridão. Alguns instantes depois, com todo mundo posicionado, Sean ouviu Monroe ir até os controles do Animus no centro.

Todos podem me ouvir?, perguntou ele através do capacete.

Podiam.

É isso aí. Só me deem um segundo e vou jogar todos no Corredor da Memória. Passou-se outro momento em que Sean apertou os punhos, ansioso. *Certo, todo mundo preparado?*

Preparado, disseram vários ao mesmo tempo, inclusive Sean.

Certo. Corredor da Memória em três, dois, um...

Uma luz ofuscante cegou Sean quando o visor se acendeu, imergindo-o no vácuo do Corredor. Enquanto as imagens à sua volta entravam em foco, a primeira coisa que ele notou foi que estava de pé, e sozinho. E era alto. Na verdade, era enorme.

— Você parece um policial — disse um homem parado junto dele. Usava uma cartola alta e peluda, casaca escura e comprida que chegava aos joelhos, um colete vermelho bordado e calças xadrez. Suíças grossas cresciam até a linha do maxilar, e ele tinha uma faca enorme pendurada à cintura.

Sean olhou para sua própria casaca escura, os botões de latão e o colarinho alto. Usava um quepe chato com aba curta e distintivo da Polícia Metropolitana na frente.

— É verdade — disse. — Pareço mesmo um policial. Nem sei com que você parece. Quem... quem é você?

— Owen — respondeu o homem, com um tom rouco na voz, mas depois inclinou a cabeça de lado. — E eu sou... — Em seguida, baixou os olhos para o pulso, parou um momento e fechou o punho. Uma lâmina de faca saltou de dentro da manga da casaca, e depois se retraiu num instante. — Sou um Assassino.

Sean deu um passo para longe dele.

— Bom saber.

— Acho que sou um Templário — disse outro homem atrás.

Sean se virou para olhá-lo junto com os outros. O segundo que havia falado era grande, mas não tanto quanto Sean, e falava com um leve sotaque irlandês. Não tinha chapéu, e usava colete por cima de uma camisa branca suja, com as mangas dobradas, e um lenço amarrado no pescoço. Tinha um avental curto amarrado à cintura, que lhe dava a aparência de garçom.

— Javier? — perguntou Owen.

O garçom confirmou com a cabeça.

— Eu sempre soube que minha mãe tinha alguma coisa de irlandesa.

Um homem mais velho, de cabelo branco, e uma mulher mais nova, adolescente, estavam perto um do outro, atrás de Javier, ambos negros, ambos vestidos como serviçais. A garota usava vestido escuro e um avental branco com babados que cobria o peito e os ombros. O homem usava casaca preta e calça, colete e camisa branca.

— Por favor, diga que não somos escravos — pediu a garota.

— Não são — respondeu uma jovem pequenina ao lado deles. Ela usava um elegante vestido vermelho com renda preta e tinha cabelo escuro e sedoso, olhos escuros e feições suaves. — Nova York era um estado livre antes mesmo da Guerra Civil.

— Natalya? — perguntou Sean à garota.

— É — respondeu ela.

— Eu, ah, acho que sou seu pai — disse David a Grace.

— Acho que você está certo — concordou Grace. — Mas espero que isso não signifique que você está no comando.

Certo, observou a voz de Monroe. *As memórias estão quase terminando de se compilar. Podem começar se aclimatando às identidades dos seus ancestrais. Daqui a pouco vou carregar a simulação inteira. Mas há outra coisa que vocês precisam saber.*

— O quê? — perguntou Grace.

Diferentemente do resto de vocês, David está experimentando uma memória extrapolada.

— O que é isso? — perguntou David.

Bom, tecnicamente você não tem nenhuma memória do seu ancestral gerada depois do momento em que sua filha foi concebida, porque foi aí que seus genes foram passados. Portanto, você vai ter as memórias de sua vida de antes desse momento, mas não de depois. Mas como seu ancestral cruzou caminho com os outros aqui, o Animus está usando as memórias deles para criar sua simulação.

— O que isso significa para ele? — perguntou Grace.

Significa que ele terá um pouquinho mais de liberdade na simulação. Como não sabemos tudo o que seu ancestral estava fazendo em cada momento, ele não vai perder a sincronicidade tão facilmente. Mas também significa que ele terá de estar no lugar certo na hora certa para cruzar o caminho com o resto de vocês.

— O que acontece se eu não estiver no lugar certo na hora certa? — quis saber David.

Isso poderia quebrar toda a simulação.

— Fantástico — disse David. — Pressão nenhuma.

Tudo bem. Certo, preparem-se todos. Sean teve a mesma sensação que havia experimentado na primeira vez no Animus, como uma maré ou um rio se comprimindo contra ele. Podia firmar os pés e fazer força contra aquilo, ou podia simplesmente se deixar ser levado rio abaixo. Sentiu a corrente tomar forma, jogando vozes e pensamentos contra sua mente, e deixou que tudo isso o varresse, trazendo uma nova consciência.

Ele era Tommy Greyling, patrulheiro do esquadrão de elite da Broadway, transferido do Departamento Central oito meses antes, e antes disso era da Décima Oitava delegacia, e antes tinha levado uma bala na coxa em Bull Run, na Virgínia, mas de algum modo não perdeu a perna. Tinha voltado para a cidade de Nova York depois dessa batalha, e se viu num tipo diferente de guerra, travada nas ruas com tijolos e facas.

— Sou cantora — disse Natalya, parada ali perto com suas roupas finas. Suas feições pareciam familiares a Tommy. — Cantora de ópera.

Por baixo da admiração de Tommy pela mulher, Sean percebeu que era Natalya quem tinha falado, e que ela havia parecido quase apavorada. Obviamente era tímida, tendo dito talvez meia dúzia de palavras desde que Sean a havia conhecido, de modo que talvez o que a amedrontasse fosse a ideia de ser uma artista no palco.

Estamos prontos, disse Monroe. *Vou iniciar a simulação na contagem de três. Preparem-se. Os Tumultos do Alistamento foram um inferno na Terra.*

8

Natalya se olhou no espelho, sozinha num camarim, mas o rosto que a encarava de volta não era o seu. Essa jovem, cuja mente ambiciosa e cuja vontade clamavam para subir da consciência substituta de Natalya para o topo do cartaz, tinha cabelo preto que reluzia à luz quente do lampião a gás. Tinha olhos grandes, em volta dos quais uma maquiagem densa havia sido aplicada. Usava um vestido escarlate que Natalya se lembrava vagamente de ter comprado em Paris por uma quantia que estava quase certa de que iria deixá-la pasma, se fosse ajustada segundo a inflação.

Era cantora de ópera. E não era qualquer cantora de ópera. Era Adelina Patti. Tinha subido ao palco pela primeira vez, como criança prodígio, aos 7 anos. Agora, com 20, já fizera turnês pelos Estados Unidos, pela Europa e a Rússia. Tinha cantado para Abraham Lincoln e sua esposa Mary Todd na Casa Branca, no ano anterior, a convite pessoal.

Alguém bateu à porta suavemente.

— Mademoiselle?

Natalya recuou para trás da cortina e deixou Adelina ocupar o palco.

— Sim?

— É o William — respondeu o homem. — Estou com seu pagamento, mademoiselle. Posso entrar?

— Pode.

A porta se abriu, e o gerente do Niblo's Garden entrou em seu camarim. Era baixo e um tanto rotundo no meio, mas em nenhum outro lugar. Carregava uma pequena pasta de couro, que colocou no chão aos pés dela.

— Peço desculpas se parece vulgar tratar de modo tão direto com a senhorita — disse ele. — Se o seu empresário não tivesse adoecido tão de repente...

— Obrigada, senhor. Não precisa se desculpar. O pagamento é integral, não é? — Ela se curvou e pegou a pasta pelas alças, percebendo que devia pesar quase quatro quilos. No preço atual do ouro, deveria pesar cinco. — *Não* foi pago integralmente?

William tirou um lenço do bolso e enxugou a testa.

— Infelizmente, Senhorita Patti, não foi. Eu trouxe 4 mil em ouro e teremos o resto, isto é, os últimos mil para a senhorita, depois das vendas de ingressos para o espetáculo.

— Achei que meu contrato deixava claras as condições.

— Sim, perfeitamente claras.

— Cinco mil em ouro. Pagamento adiantado. Integralmente. Ou não subirei ao palco.

— Sim, claro. — William enxugou a testa de novo. — Pensei que talvez...

— O quê? Pensou que talvez eu aceitasse uma exceção?

— Essa era a minha esperança, sim. — O olhar de William havia baixado para o chão, e evidentemente estava ancorado ali. Adelina podia ver que ele estava assoberbado, e sabia que ele não conseguiria encontrar uma saída sozinho.

— Certo, eis o que você vai fazer, William. Talvez você tenha notado que eu ainda não calcei os sapatos. Vou calçá-los quando os termos do meu contrato forem cumpridos. Portanto, você vai descer e ver quanto dinheiro de ingressos entrou, e daí vai tirar o resto do meu cachê. Mas eu *vou* fazer uma exceção para você.

William levantou os olhos.

— Sim?

— Vou aceitar dinheiro, em vez de ouro.

Os ombros dele se afrouxaram e ele assentiu.

— Sim, mademoiselle. — Com uma ligeira reverência, ele saiu do camarim e ela ficou sozinha de novo.

Natalya olhou de trás da cortina da consciência, admirando a demonstração de força e a confiança de Adelina. Natalya tinha confiança também, mas raramente a demonstrava. A maioria das pessoas presumia que ela fosse tímida, mas não era assim. Não tinha medo das pessoas nem ficava ansiosa com elas. Preferia se considerar reservada. Mas não havia nada reservado em Adelina Patti, e apesar de Natalya saber que não estaria de fato num palco cantando na frente de pessoas, morria de medo da experiência simulada, e esperava que talvez William não voltasse com o resto do cachê.

Interessante, disse Monroe.

— O que foi? — perguntou Natalya.

Adelina Patti se casou três vezes, mas não teve filhos, segundo os registros.

— Bom, ela é minha ancestral, portanto, deve ter tido algum filho em algum momento.

Ela teve alguns casos amorosos. Talvez tenha tido um filho secreto, de algum deles.

— Três casamentos? Casos amorosos? — Natalya balançou a cabeça. — Ela realmente fazia as coisas do jeito dela.

Parece que sim.

Vários instantes depois, William bateu à porta e Natalya saiu de cena.

— Entre — disse Adelina.

William abriu a porta e voltou para o camarim, ainda enxugando a testa.

— Conseguiu? — perguntou Adelina.

— Tenho 800 dólares. — William puxou um maço de notas da casaca e entregou a Adelina. — Espero que isso baste por enquanto. A casa está cheia, e tenho certeza de que a senhorita não quer manter a plateia esperando.

Adelina sorriu e aceitou o dinheiro, que pôs dentro da mala com o ouro. Então, pegou o sapato esquerdo e o calçou, e William deu um suspirou profundo.

— Obrigado, mademoiselle, obrigado. Eu...

Adelina estendeu a mão e lhe entregou o sapato direito, que ele aceitou como se fosse uma coisa frágil e quente. Em seguida, ela se reclinou na cadeira, com um pé calçado e outro descalço.

— Vou calçar esse outro quando você tiver trazido os 200 dólares que faltam. Minha plateia vai esperar.

Ele empalideceu visivelmente, gaguejou e saiu do camarim com uma reverência apressada, ainda segurando o sapato.

Natalya quase riu dentro da mente daquela jovem. Numa época em que as mulheres tinham poucas opções, Adelina havia usado seu talento para garantir uma posição de riqueza, mas talvez, mais importante do que isso, de poder.

Mas estava chegando a hora da apresentação, e ainda que Adelina estivesse perfeitamente calma, Natalya não estava.

Quando William retornou, sua batida à porta pareceu insistente e desesperada.

— Entre — disse Adelina em tom muito agradável.

Ele irrompeu no camarim, sem fôlego.

— Aqui, mademoiselle, aqui. — Entregou um segundo maço de dinheiro, além do sapato direito. — Duzentos dólares. Pagamento integral.

Ela aceitou as duas coisas assentindo com graça.

— Obrigada, senhor. — Colocou o dinheiro na mala, enquanto William olhava o relógio de bolso, e depois calçou o sapato. — Será um prazer me apresentar.

— Permite que eu a acompanhe? — perguntou William, estendendo o braço dobrado.

Ela o segurou com a mão enluvada.

— Claro.

Saíram do camarim, que William trancou, e depois atravessaram os bastidores do teatro. Era de fato um local maravilhoso, talvez o teatro mais moderno que Adelina tinha visto. Milhares de metros de tubos para a luz a gás, um espaço abobadado cheio de passarelas, e um sistema complicadíssimo de cordas e polias para levantar e baixar as peças de cenários. E uma plateia de mais de três mil lugares.

O nervosismo de Natalya aumentou mais ainda com esse pensamento, ao mesmo tempo em que ele empolgava Adelina.

Os números de abertura da noite já haviam acontecido, vinhetas curtas destinadas a deliciar e aumentar a ansiedade pela atração especial, e o apresentador da noite já estava no palco falando sobre ela. Adelina parou na coxia, esperando o momento de entrar.

Ao lado, William se inclinou e sussurrou:

— Você sabe que ganha mais dinheiro em uma semana do que o presidente dos Estados Unidos em um ano.

Então, o apresentador disse:

— O talento mundialmente famoso e incomparável da senhorita Adelina Patti.

E a plateia explodiu em aplausos. O momento de sua entrada havia chegado.

— Então, William, da próxima vez, convide o presidente para cantar.

Adelina sorriu e pisou no palco.

Os aplausos se intensificaram assim que ela chegou às luzes, e Adelina se curvou e fez uma reverência lenta e graciosa. O apresentador já havia saído do palco, e ela ocupou seu lugar no centro. O público enchia cada parte do teatro, desde as primeiras filas diante da orquestra até a fileira mais alta do terceiro balcão dourado lá em cima. Ela assentiu e deu um sorriso para os camarotes enquanto os aplausos continuavam por vários instantes. Quando finalmente pararam, o maestro pôs a orquestra em ação, e enquanto a música subia, Natalya se pegou experimentando uma coisa que nunca, jamais teria feito na vida.

Adelina vinha de uma família de cantores, um lar cheio do espírito do entretenimento e das apresentações. Natalya tinha vindo de um lar calmo cheio das lembranças dos tempos difíceis dos avós no Casaquistão, sob o domínio da União Soviética, e a determinação silenciosa de manter a cabeça baixa e melhorar a vida por meio do trabalho duro. Adelina era um pássaro canoro, Natalya era um arado.

Mas agora Natalya precisava cantar diante de uma plateia de três mil pessoas, algo que em condições normais seria completamente impossível de se pensar. Mas se lembrou de que na verdade aquela não era ela, que sua consciência e suas reservas podiam permanecer no fundo do palco, deixando Adelina brilhar.

Cantou a área de Zerlina, do *Don Giovanni*. Cantou Elvira de *Il Puritani* e Maria de *La Figlia del Reggimento*, de Donizetti. Sua voz, clara e intensa como mel, preenchia o teatro, e a plateia a adorava. A princípio, Natalya a observava como se fosse de longe, mantendo uma distância segura. Mas, a cada música, se obrigava a emergir um pouquinho mais de trás da cortina da mente, até que a apresentação estava terminando e ela se sentiu pronta para experimentar uma coisa. Enquanto Adelina fazia as últimas reverências, Natalya se firmou e pisou trêmula na luz do palco, empurrando Adelina para trás.

O tamanho e o peso da plateia caíram sobre ela, a caverna reluzente do teatro era imensa e estava cheia com a torrente dos aplausos. Era demais, e Natalya perdeu o fôlego e apertou a barriga. A simulação do Animus falhou, dispersando as partes mais distantes do teatro numa névoa cinza escura.

Tudo bem?, perguntou Monroe.

— Tudo bem — sussurrou Natalya, e se obrigou a permanecer ali, sentindo a pressão da atenção da plateia, em parte por curiosidade, e em parte simplesmente para se desafiar. Empertigou as costas para adotar a postura de Adelina, e a integridade da simulação voltou aos poucos. Levantou o rosto para as luzes que margeavam os balcões superiores. Sorriu e fez uma reverência, certificando-se de que a simulação estava totalmente restaurada antes de recuar de novo e dar o controle a Adelina.

Depois da apresentação, William a acompanhou até uma exótica sala de estar, para uma recepção íntima com alguns dos patronos mais proeminentes do teatro. De novo, Natalya ficou olhando pasma, movendo-se atrás da mente de Adelina enquanto a cantora deslizava pela sala, encantando todo mundo. Ela tomava champanhe gelado e comia ostras, salgados e outros petiscos. Sorvete de laranja e baunilha foi servido para aplacar o calor da noite e o espaço fechado da sala. Mas uma coisa que Natalya percebeu aos poucos foi que Adelina se sentia solitária. De algum modo, no meio de todas aquelas pessoas, ela estava sozinha. Adelina sabia muito bem que nenhum daqueles patronos do teatro se importava com ela. Ela os entretinha, e, se não fosse isso, só mereceria sua indiferença educada.

Algumas conversas, tanto diretas quanto entreouvidas, interessavam muito mais a Natalya do que a Adelina, mas Natalya não podia fazer nada para participar delas. Só podia ouvir e prestar atenção enquanto vivia nas memórias de Adelina daquela noite.

— Danem-se aqueles sulistas! — disse um homem de cabelo branco e bigode branco e grosso que se enrolava em volta das bochechas. — E eles podem levar junto Tweed e o Tammany.

— Cuidado, Cornelius — disse um dos homens que estavam com ele.

— Por quê? Lee enfiou o rabo entre as pernas e voltou correndo para a Virgínia. A vitória de Grant em Vicksburg vai virar a maré dessa guerra, tenho certeza. Não tenho nenhum medo desses simpatizantes do Sul democrata.

— Você é ousado demais, Cornelius — disse outro homem. — O resultado da guerra não está nem um pouco decidido. E, independentemente de quem ganhar, você ainda tem seus negócios. É melhor não fazer inimigos, se um pouco mais de prudência puder evitar isso.

— Bah! — reagiu Cornelius.

Adelina foi andando e começou a conversar com algumas damas usando vestidos luxuosos, rendas e joias que provavelmente custavam mais ainda do que os dela. Depois de um cumprimento cordial e de uma rodada de elogios ao seu desempenho, a conversa retornou às raízes estabelecidas antes da chegada de Adelina.

— Eles vão continuar com o alistamento? — perguntou uma ruiva.

— Vão — respondeu uma dama grisalha.

— Acho um erro.

— Alistamento? — perguntou Adelina.

— Ah, isso mesmo — disse a primeira mulher. — Você mora na Inglaterra. O presidente Lincoln está recrutando os homens capazes para lutar contra os rebeldes, veja só. A cidade está praticamente pegando em armas por causa disso. Eu pensei que talvez isso fosse cancelado.

— Seria, se dependesse da vontade do governador Seymour e do prefeito — disse a mulher mais velha. — Mas o general de divisão Wool está decidido a ir em frente.

— A senhora tem filhos? — perguntou Adelina. — Está preocupada com a hipótese de serem convocados?

— De jeito nenhum — respondeu a mulher, com os diamantes relampejando. — A Lei de Recrutamento permite que os homens paguem uma taxa de 300 dólares para se isentar do serviço. Mesmo que meus filhos sejam alistados, não lutarão.

— De fato é uma quantia pequena a pedir — disse a ruiva.

Mesmo sendo uma mulher rica, Adelina achou que a palavra *pequena* provavelmente significava algo muito diferente para quem trabalhava nas fábricas e nas ruas, para os operários que viviam na imundície de

Five Points e do Bowery, para quem 300 dólares provavelmente significavam um ano de pagamento, ou mais. Eles não podiam usar a riqueza para escapar da carnificina do campo de batalha. Mas Adelina guardou essa observação para si.

A partir daí, a conversa passou com facilidade para questões mundanas, e tanto Adelina quanto Natalya ficaram entediadas. Era bem tarde quando a reunião finalmente se encerrou, e William, nervoso, levou Adelina para uma carruagem com a maleta do cachê.

— Eu gostaria mesmo que a senhoria me deixasse acompanhá-la — disse William. — Ou mandar alguém, se me achar questionável.

— Não é isso — disse Adelina. A afronta anterior de William com relação ao cachê não a irritava mais nem um pouco. — Simplesmente sou capaz de ir sozinha.

— Não tenho dúvidas. Mas eu desejaria que seu empresário estivesse com a senhorita.

— Eu não desejo, e você também não deveria desejar, a não ser que seu desejo seja ficar muito doente.

William sorriu, e sua concordância pareceu relutante.

— Muito bem.

— Boa noite — disse Adelina. — Você tem um lindo teatro, e espero cantar de novo aqui em breve.

— Eu também. — Em seguida, William ordenou que o cocheiro levasse Adelina para o Hotel Quinta Avenida, onde ela estava hospedada.

O calor da noite de julho ainda não havia passado, mas pelo menos o ar de Nova York tinha um cheiro mais limpo do que o miasma sufocado de fuligem que dominava a casa de Adelina em Londres. Ela estava ansiosa pela turnê pelas revigorantes estações de água de Mannheim e Frankfurt, na Alemanha, no fim do mês.

A carruagem a levou pela Broadway. Que continuava cheia de uma atividade curiosa apesar de ter passado bastante da meia-noite. Adelina não gostou da aparência dos homens que continuavam na rua. Pareciam rufiões e especialistas em tumultos, membros das gangues de rua que dominavam Five Points e o Bowery, mais ao sul da ilha. Eles corriam de um lado para o outro, para cima e para baixo, com objetividade e determinação, mas Adelina não sabia que objetivo seria.

Mas Natalya sabia. Os tumultos eram iminentes. Na certa, os líderes das gangues os estavam coordenando e tramando agora mesmo. E Adelina havia pegado uma carruagem às duas da madrugada, sozinha, carregando quatro mil dólares em ouro e mais mil em dinheiro vivo. A primeira vez de Natalya no Animus não tinha sido nem um pouco perigosa. Havia experimentado a chegada da avó aos Estados Unidos, o medo, a empolgação e a alegria daquilo. Mas esta situação era muito diferente.

Queria ter um modo de alertar Adelina, mas depois de terem percorrido uns doze quarteirões e passado pela Union Square, a carruagem parou. Natalya quis gritar para Adelina fugir, mas...

— Cocheiro? — gritou Adelina. — Por que paramos?

Mas o cocheiro não respondeu. Em vez disso, um rosto de homem espiou pela janela da carruagem.

— Boa noite, senhorita — disse ele.

— Cocheiro! — exclamou Adelina, mas então percebeu que a carruagem havia parado ali de propósito.

Estendeu a mão para a maçaneta, querendo impedir que ela girasse, mas o homem a arrancou de suas mãos e escancarou a porta. Seu olhar saltou pelo interior da carruagem e pousou na maleta. Mergulhou para cima dela, mas Adelina agarrou as alças ao mesmo tempo, e os dois lutaram pela maleta, rosnando e xingando. O homem firmou uma bota contra a moldura da porta, mas Adelina fez o mesmo pelo lado de dentro. Natalya não conseguia acreditar na força dela.

— Calma aí! — disse o homem. — Só quero a bolsa!

— Socorro! — gritou Adelina. — Alguém me ajude!

O homem se inclinou pela porta para agarrar melhor, e quando ele fez isso, Adelina conseguiu rolar um pouco no banco da carruagem e depois chutou-o no rosto, com o pé que estava livre. A cabeça dele foi virada para trás com um grunhido, e quando ele voltou à posição normal, estava com sangue escorrendo pelas narinas, sobre o lábio superior e o queixo. Ele soltou as alças, e Adelina viu sua fúria. Preparou-se para o ataque enquanto ele rosnava e mergulhava dentro da carruagem.

Natalya queria sair da simulação. Não tinha concordado com isso. Não queria experimentar isso.

— Me solta! — gritaram Natalya e Adelina.

9

Grace estava encostada na parede de uma sala de jantar, com quatro homens sentados à mesa à sua frente e um aparador cheio de comida à direita. David estava na outra extremidade do aparador, espiando-a através dos olhos ridículos de um velho de cabelos brancos. Ridículos porque pensar nele como seu pai quase a fazia gargalhar. Ele era tão confiante e ingênuo, tão sincero, mas ela amava isso, e não queria ver o mundo tirar essas coisas dele na marra. Portanto, em geral era ela quem cuidava dele.

— Eliza, está tudo bem? — perguntou um dos homens à mesa.

Ele era muito grande, devia ter uns 120 ou mesmo 130 quilos, e apesar de parecer que parte desse peso já tivesse sido composta por músculos na juventude, agora a maior parte não era. Ele e os outros homens à mesa estavam encarando-a. Todos usavam ternos com colete, delicadas correntes de relógio pendendo dos bolsos, e joias que relampejavam nos punhos e lapelas.

— Estou bem — respondeu Grace.

Todos os homens fizeram carrancas, e um deles zombou dela. Grace sentiu a simulação rejeitando-a, como se fosse empurrada para fora de um trem de metrô enquanto o mundo passa num borrão. Olhou para David. Seus olhos arregalados imploravam que ela fizesse alguma coisa, que dissesse alguma coisa, mas tinha de ser a coisa *certa*.

Grace odiava essa parte do Animus. Odiava ceder o controle da mente, que sempre fora a única coisa que mais ninguém podia tocar. Sua mente era seu palácio, seu templo e seu jardim, tudo ao mesmo tempo. Mas agora havia outra pessoa tentando entrar, uma mente invasora tentando escalar as paredes e residir.

— Eliza, qual é o seu problema? — perguntou o grandalhão.

— Nada — respondeu Grace. Era empregada dele e odiava essa ideia. Provavelmente esperavam que o chamasse de *patrão*, que fizesse reverência ou sabe-se lá o quê.

— Deve ser o calor, Sr. Tweed — disse David, mas Grace não sabia se ele ainda era David. O olhar parecia mais velho, com um tipo de preocupação diferente. — Se ela precisar se deitar, eu posso terminar de servir, senhor.

A simulação ficou mais turva ainda e Grace sentiu as portas da mesma se fechando em sua cara, a ponto de deixá-la para trás.

O grandalhão voltou a atenção para Grace.

— É isso? Você precisa se deitar?

A mente invasora pareceu desesperada, lutando para entrar. Se Grace não abrisse o portão deixando que ela passasse agora mesmo, estaria fora da simulação, e isso deixaria David sozinho. Grace não podia deixar que isso acontecesse, portanto, trincou os dentes, odiando e se ressentindo de Monroe por obrigá-la a fazer aquilo, e abriu as barricadas da mente.

Eliza entrou num ímpeto, uma garota de fala mansa que tinha perdido a mãe aos 8 anos, e cujo pai a amava e cuidava dela sozinho do melhor modo possível nestes últimos nove anos a serviço do Sr. Tweed, e a quem ela jamais poderia frustrar.

— Desculpe, Sr. Tweed — disse ela, fazendo uma reverência. — Acho que me perdi um instante. Deve ser o calor. Desculpe, senhor.

— Tudo bem. — O Sr. Tweed estava com as mãos grandes pousadas na barriga gorda. — Melhorou agora?

— Melhorei. Já passou.

— Bom — disse o Sr. Tweed. — Vou querer mais pato.

— Sim, senhor. — Eliza se virou para o aparador, onde o festim havia sido arrumado. Além do pato havia ostras, rosbife de filé, presunto com molho de champanhe e molejas de cordeiro. Ela pegou a bandeja de pato e levou-a ao Sr. Tweed. Depois de ele se servir, ela levou a bandeja para os convidados, ao redor da mesa.

— Chefe, sua cozinheira é tão boa quanto Ranhofer — exclamou o Sr. Connolly, um homem que parecia um tijolo com cabeça volumosa.

— E espero que sim — disse o Sr. Tweed. — Eu a mandei ao Delmonico's para ter aulas com ele. E não me chame de Chefe.

— Gosto da palavra — observou o Sr. Hall com um brilho por trás do pincenê e um sorriso repuxado por trás da barba elegante. — Chefe Tweed. Combina com você.

— Vejamos se pega — disse o Sr. Sweeny com uma carranca que inclinou seu bigode grosso e grande.

— Se pegar, pegou — admitiu o Sr. Tweed. — Aceito as pessoas desta cidade como o que elas são, e elas podem me chamar como quiserem, diabos. Mas aqui sou só Tweed ou Bill, entendido? — O Sr. Tweed se recostou na cadeira. — Ou Grande Cacique — acrescentou, provocando risos à mesa. — É uma pena que o general Sanford não possa estar conosco. Mas a cooperação dele amanhã me foi garantida.

— Ele vai conter as tropas? — perguntou o Sr. Sweeny.

O Sr. Tweed assentiu.

Eliza e seu pai serviram aos convidados por mais uma hora aproximadamente, até que a comida acabou, na maior parte consumida pelo Sr. Tweed, e o vinho acabou, na maior parte consumido pelos outros.

— Senhores — disse o Sr. Tweed —, por mais que a noite tenha sido esplêndida, temos questões importantes a discutir antes de nos recolhermos, e minha mulher decretou explicitamente que me espera em casa antes do alvorecer. Vamos passar à biblioteca?

Os outros concordaram e se levantaram. Foram juntos da sala de jantar para o corredor principal, e um instante depois a porta da biblioteca se fechando emudeceu as vozes deles.

— Vamos arrumar essa bagunça — disse o pai de Eliza. — Depois, podemos ver o que Margaret fez para a gente na cozinha.

— Eu gostaria que o senhor Tweed contratasse mais empregados — disse Eliza, empilhando as bandejas de prata vazias. A casa com fachada de arenito não era grande, mas era muita coisa para dois serviçais, uma cozinheira e sua ajudante. E Eliza queria fazer algo mais do que limpar a casa do Sr. Tweed. Queria fazer alguma coisa da vida, como outros homens e mulheres negros tinham feito. Talvez abrir uma loja ou um restaurante...

— Para ele não faria sentido contratar mais alguém — disse seu pai. — O Sr. Tweed nunca para aqui. Se não usasse esta casa para se encontrar com os colegas, como faz, duvido que manteria algum de nós. Simplesmente agradeça. Poderia ser muito pior. Um monte de gente por aí...

Ele não terminou, mas Eliza sabia o que o pai queria dizer. A cidade de Nova York e o Brooklyn estavam sendo inundados por irlandeses e alemães, e não havia empregos suficientes. Os negros eram concorrência, e a cidade não queria mais escravos libertos vindo do Sul e procurando trabalho. Por isso houvera conversas sobre a cidade passar para o lado dos Rebeldes. Assim, os sulistas do Partido Democrata em Nova York simpatizavam com os confederados e queriam que a União fosse derrotada.

Grace experimentava esses pensamentos com a mesma raiva e impotência que tivera com as memórias de sua bisavó sobre lugares "só para brancos". Nada disso era certo, mas não havia nada que Grace pudesse fazer. Olhou a bandeja cheia de pratos em suas mãos e ficou pasma com a semelhança momentânea com sua última vez no Animus. Sua bisavó havia feito limpeza em casas de damas brancas e ricas, e nesse momento pareceu que suas ancestrais não faziam nada além de segurar pilhas de pratos sujos.

Bateu com a bandeja na mesa com um pouco de força e fez uma colher cair no chão. Deixou-a ali, ao mesmo tempo em que sentia a simulação enfraquecer.

— Eliza? — perguntou o velho que era seu pai e David. Como a simulação de David era extrapolada, ele estava agindo nesse momento como Eliza recordava, e se mantendo na sincronização melhor do que ela. — Algum problema?

— Não é nada — respondeu Grace.

— Não parece que seja nada.

Grace se obrigou a se abaixar e pegar a colher, e sentiu a simulação ganhar força.

— Sei que você se preocupa comigo — disse o pai de Eliza. — Mas eu me preocupo mais com você. Preciso saber que vai estar bem cuidada quando eu partir...

Então, Eliza reagiu:

— Por favor, não fale...

— Eu falo a verdade. — Ele levantou uma das mãos calejadas. — Não adianta se esconder. A verdade sempre encontra a gente. Sua avó não chegou a ver a liberdade, mas eu garanti que qualquer filho meu nascesse livre. Sei que você deseja mais do que isso. Um dia você vai ter mais, muito mais. Sei que vai. Mas estes são tempos muito difíceis, e você tem um emprego e um patrão bom.

Eliza e Grace o encararam por um momento, e ambas perceberam que ele estava certo. Grace não podia mudar essa história, por mais que sentisse raiva, e lutar contra isso só iria expulsá-la da simulação. Tinha vindo porque Monroe disse que encontrar esse Pedaço do Éden era o melhor modo de tornar a vida mais segura para ela e David. Então, era isso que iria fazer.

— Sim, papai — disse Eliza.

E foi ajudá-lo a juntar os talheres.

— Você é decidida e corajosa. Daria orgulho ao nome da sua avó.

— Espero que sim.

Grace deixou a consciência de Eliza sair de segundo plano e deu à garota livre acesso ao resto da propriedade de sua mente. Eliza começou de imediato a tirar os pratos e arrumar a mesa com eficiência e velocidade junto do pai, ainda que ultimamente ele estivesse um pouco mais lento, encolhendo-se por causa de dores nas juntas quando achava que ela não estava olhando. Mas por enquanto ela podia compensar pela fraqueza do pai, e até então o Sr. Tweed não tinha visto motivo para demiti-lo.

Levaram todos os pratos para a cozinha, onde a ajudante de Margaret cuidaria deles, e depois disso o pai de Eliza iria polir a prataria. Margaret tinha cozido uma perna de cordeiro que seria para os convidados do Sr. Tweed, mas o Sr. Tweed mandou não servir, o que significou uma refeição incomum e deliciosa para os poucos empregados. Eles comeram juntos em volta da mesa da cozinha, mas rapidamente, já que os convidados estariam prontos para partir em breve. Margaret até colocou um pouco de geleia de menta para comer com a carne.

Assim que estavam terminando, ouviram a porta da biblioteca se abrir, e vozes masculinas se entrechocaram no corredor principal. Eliza e seu pai foram ver se os convidados precisavam de alguma coisa, e eles saíram um a um para suas carruagens, partindo pela noite quente. Depois de todos terem partido, o Sr. Tweed chamou o pai de Eliza para a biblioteca e fechou a porta de novo.

Isso provocou alguma inquietação em Eliza, e, ainda que ela se arriscasse a alguma encrenca, foi para perto da grade de metal junto ao piso do corredor adjacente, através do qual podia ouvir a conversa.

— Há algum modo de impedir? — perguntou seu pai.

— Duvido de que até mesmo o cancelamento do alistamento impediria isso, no ponto atual. Não é mais um problema a ser resolvido, e sim, a ser administrado.

— Vai ser muito ruim?

— Vai ser diferente de tudo o que já foi visto nesta cidade — disse o Sr. Tweed. — Ou mesmo neste país.

— Pior do que os tumultos causados pela polícia?

— Acredito que sim. Mas algo de bom surgirá das cinzas. Eu estarei lá, com os poderes do Tammany Hall por trás, para reconstruir a cidade com sabedoria e força. Mas devemos agir rapidamente. Você está à altura do desafio?

— Estou, Sr. Tweed.

— Tenho uma carta para você entregar. Preciso de um mensageiro que não levante suspeitas. Além disso, preciso de alguém em quem possa confiar, e no correr dos anos, aprendi a confiar em você.

— Aonde devo entregá-la, senhor?

— Há um estabelecimento no Quarto Distrito. O Hole-in-the-Wall. Já ouviu falar?

— Sim, senhor. É bastante infame.

— É mesmo. Lá, há um garçom chamado Porrete Cormac.

— Porrete? Imagino que não seja o seu nome de batismo.

— Não. Na verdade é o oposto de um nome de batismo, e não tenho dúvida de que, se fosse batizado, ele chocaria o padre. Entregue esta carta a ele.

— Sim, senhor. Quando?

— Esta noite.

— Esta noite?

— Sim. Consegue fazer isso?

— Claro, Sr. Tweed.

— Ótimo! E agora vou indo, e espero que a Sra. Tweed não esteja muito chateada. Gostaria de trocar uma palavrinha com sua filha antes de sair.

— Claro, Sr. Tweed.

Eliza não sabia o que o Sr. Tweed poderia querer com ela, mas se afastou o mais silenciosamente possível do local de escuta e foi rapidamente ao saguão da frente, andando como se por acaso estivesse passando no momento em que a porta da biblioteca se abriu.

— Ah, Eliza — disse o Sr. Tweed. — Acabei de dizer ao seu pai que queria trocar uma palavrinha com você.

— Claro, Sr. Tweed — respondeu Eliza.

— No Tammany ficamos sabendo que amanhã podem acontecer problemas nas ruas. É por isso que os Srs. Connolly, Hall e Sweeny estiveram aqui esta noite.

— Que tipo de problemas?

— É o maldito alistamento do Lincoln. O primeiro sorteio de nomes está marcado para amanhã. Haverá protestos, sem dúvida. Mas achamos que eles ficarão violentos. É melhor você ficar longe das ruas a partir de amanhã de manhã.

— Como o senhor quiser, Sr. Tweed. Mas certamente...

— As pessoas de sua cor não estarão em segurança, Eliza. — O Sr. Tweed a encarou enfaticamente. — A raiva é um carvão quente, e quando as pessoas ficam com raiva, precisam de um lugar para extravasá-la. Há muitos que culpam as pessoas de sua raça pela situação atual. Por favor, ouça o que eu digo e fique longe das ruas. Você estará em segurança nesta casa.

Eliza baixou a cabeça.

— Farei isso, Sr. Tweed.

— Desculpe ser tão grosseiro, mas é assim. — Ele foi até a porta da frente e pegou o chapéu e a bengala no cabide perto da entrada. — Você sabe que não tenho nada contra nenhuma raça ou religião. Olho para um homem e vejo apenas uma coisa. Sabe o que é?

— O quê, senhor?

— Um eleitor em potencial. — O Sr. Tweed abriu a porta. — Se o Congresso achar que os cães devem ter o direito de votar, eu comandarei pessoalmente a passeata contra os gatos e serei presidente do comitê pela erradicação das pulgas. Boa noite.

Eliza se perguntou se o Sr. Tweed achava mais provável os cães votarem do que os negros ou as mulheres.

— Boa noite, senhor.

O pai de Eliza acompanhou o Sr. Tweed até a rua, onde o ajudou a se espremer na carruagem. Assim que esta partiu pela rua, ele voltou e entregou a Eliza a chave da casa.

— Tranque quando eu sair.

— Papai, não vá.

— Não vá? — perguntou o pai de Eliza, e depois a olhou de lado. — Andou escutando de novo?

— Não pude evitar. Fiquei preocupada.

— Com o quê? Comigo?

Eliza baixou a cabeça. Já havia perdido a mãe, e às vezes esse ferimento ainda podia se abrir em carne viva. Não conseguia imaginar a vida caso o perdesse também.

— Eliza. Eu sobrevivi semanas nos pântanos, escondido dos capitães do mato. Viajei centenas de quilômetros e me escondi em sótãos e porões durante dias, sem luz, ar ou um final à vista. Vi horrores que você jamais verá, pela graça de Deus Todo-Poderoso e de uma vitória da União para o presidente Lincoln. — Ele a segurou pelos ombros e beijou sua testa. — Acho que posso atravessar a cidade em segurança para entregar uma carta, até mesmo num antro de piratas como o Hole-in-the-Wall.

— Tenha cuidado.

— Vou ter. Não devo demorar mais do que duas horas. Tranque a porta, mas espere e preste atenção quando eu voltar. Não gosto muito da ideia de passar a noite do lado de fora, na soleira.

— Está bem, papai.

Ele saiu pela porta da frente e balançou a cabeça para ela, da calçada, esperando que Eliza trancasse a porta com a chave que ele lhe dera. Assim que fez isso, ela foi terminar de limpar a sala de jantar. Levou a toalha de mesa à lavanderia, depois foi trabalhar polindo a prataria que a ajudante de Margaret tinha lavado, algo que ela podia fazer pelo pai.

Em pouco tempo, a casa estava arrumada e normalmente ela teria ido para a cama, como Margaret. Mas Eliza precisava esperar acordada, e de qualquer modo não conseguiria dormir até saber que o pai estava em casa. Decidiu pegar um livro na biblioteca. O Sr. Tweed nunca havia proibido isso especificamente, por isso ela entrou com cautela e olhou as estantes, com o cheiro de tabaco e couro a toda volta.

Os volumes eram notavelmente desprovidos de qualquer coisa interessante, mas, afinal de contas, aquela não era a residência principal do Sr. Tweed, não era sequer uma residência verdadeira. Ele tinha um quarto mobiliado no andar de cima, mas nunca havia dormido ali, pelo que Eliza soubesse.

Atravessou a sala até a mesa dele, uma vasta peça de madeira escurecida e muito lustrosa, com uma reentrância quadrada em cada canto. A vastidão da mesa abrigava uma variedade de itens, inclusive um maço de papéis, provavelmente o mesmo tipo em que o Sr. Tweed havia escrito a carta que o pai de Eliza tinha ido entregar. Ela se perguntou o que poderia ser tão importante a ponto de seu pai ter de entregar à noite, na véspera de um levante. O que valia o preço de colocá-lo em perigo?

Pegou a folha de cima e olhou com atenção. A mão pesada do Sr. Tweed tinha deixado uma trilha fantasmagórica de sua escrita. Mas de algum modo, Eliza não precisou se esforçar para ver aquilo, o que era uma capacidade que ela possuía às vezes. Era como se a mensagem emitisse uma radiância sutil que ela sentia tanto quanto via. E o que leu a deixou gelada.

Senhor Cormac,

Chegou ao conhecimento da Ordem que um Assassino se infiltrou na cidade de Nova York. Seu nome é Darius, e sabemos que seu objetivo o leva ao Astor House nesta noite. Não sabemos o que ele deseja lá, mas deve ser algo de valor tremendo para que a Irmandade se arrisque a uma incursão dessas numa época tão agitada. Você deve encontrar o Assassino e impedi-lo. Não hesite em matá-lo. Confio em sua excepcional discrição. Traga qualquer coisa que esteja com ele para minha casa na rua 36 amanhã à noite. Irei me encontrar lá com você assim que puder, mas primeiro preciso ser visto em público cumprindo minhas obrigações com o prefeito e os vereadores.

Nada pode atrapalhar nossos planos. Amanhã a cidade irá queimar, derrubando Opdyke e o governador Seymour. A cidade e o estado pertencerão rdem, e tendo Nova York como nosso fulcro, alteraremos guerra e retomaremos a nação. Sua tarefa está dada.

— *o Grão-Mestre*

olhou para a carta, que parecia queimar suas mãos trêmulas. tendia boa parte do que estava escrito, mas sabia que ela repre-algo de intenção poderosa e implacável, e que o Sr. Tweed não ue aparentava ser. Essa carta ia além da política e dos votos, até uito maior e mais perigoso, e Eliza sabia que, se ela chegasse ao tino, aquilo significaria a destruição da cidade e mais ainda. Era uma carta que seu pai não deveria entregar.

Mas, por cima do ombro de Eliza, Grace achava que sabia o que a carta significava. A menção do Astor House e algo de tremendo valor devia significar o Pedaço do Éden. Era isso que eles tinham vindo procurar no Animus. Grace lutou contra o impulso de sair de sincronia e tirar o controle de Eliza, para fazer o que tinha vindo fazer. Mas Grace não precisou lutar muito, porque um instante depois Eliza se levantou da mesa e foi para o corredor principal.

Duvidava de que alcançaria o pai a tempo, mas precisava tentar. Pegou uma echarpe na chapeleira para cobrir o cabelo, destrancou a porta e saiu na noite.

10

Javier sabia que essa era uma noite diferente no Hole-in-the-Wall, trabalho a ser feito antes do amanhecer. Até agora, todos os xeretas tinham voltado informando que os canas, meganhas e cães de guarda não tinham a menor ideia do fogo do inferno que choveria sobre eles de manhã. Todos os chefes políticos sabiam que algo estava sendo armado, mas também sabiam que deveriam fingir que não o viam. Tweed tinha garantido isso.

— Porrete — sussurrou Gallus Mag direto em seu ouvido. — Está batizando a bebida?

— Estou.

— Por que misturar com água? Estamos ficando com pouca?

— Não. Mas precisamos de todo mundo com a cabeça no lugar de manhã. Não vai adiantar nada se todos estiverem meio chumbados e dormindo.

Gallus Mag se inclinou para longe, assentindo, e se afastou. Era tão alta quanto Porrete e usava calças com suspensórios, uma pistola e uma meia cheia de areia molhada pendendo do cinto, para o caso de ter de derrubar alguém. Mas esta noite ela não precisaria dessa arma.

Durante todo o dia, tinham chegado sujeitos com mensagens sob a bandeira branca da trégua. Aqui e em outros lugares da cidade, os líderes das gangues coordenavam a arruaça do dia seguinte. Os Bowery Boys, os Guardas das Baratas, os Rapazes da Alvorada, e até as gangues menores, todas tinham deixado de lado a inimizade pela chance de ganhar um prêmio muito maior. Se tivessem sucesso no empreendimento, logo seriam donas de toda a porcaria da cidade, pronta para ser estripada e dividida depois da matança.

Um freguês bateu com seus três centavos no balcão e assentiu na direção do barril sobre a prateleira atrás.

— Sem copo.

Porrete assentiu e lhe ofereceu a ponta da mangueira de borracha. Depois que o homem a segurou entre os dentes e confirmou com a cabeça, Porrete virou a válvula do barril, deixando sair o gin mais barato que o Hole-in-the-Wall tinha a oferecer. Depois, ficou olhando o homem sugar, engolir e sugar, até que precisou de uma parada para respirar, e Porrete cortou o suprimento. Tinha aprendido a identificar a expressão arregalada, de rosto vermelho, de alguém a ponto de ofegar, e podia virar a válvula no momento exato para não derramar uma gota.

O homem enxugou a boca com a manga do paletó e cambaleou. Porrete não o conhecia e não esperava que ele tivesse grande utilidade no dia seguinte, bêbado ou não.

— Mais um? — perguntou Porrete. — Tem grana?

O homem balançou a cabeça.

— Essa vai me deixar no ponto.

Porrete assentiu e puxou a mangueira de volta, enrolando-a ao lado da jarra de Gallus Mag cheia de orelhas humanas em conserva. Algumas ela havia arrancado com as mãos, algumas tinha cortado, mas a maioria ela tirava com os dentes. E ficavam ali numa jarra na prateleira, como troféu e alerta para quem quisesse provocar encrenca em seu estabelecimento. A pirata Sadie Cabrita tinha provocado Gallus Mag e deixado a prova daquela briga ali. Em algum lugar naquela mistura avermelhada estava a orelha de um homem que simplesmente havia perguntado a idade de Mag.

Mais alguns malandros da beira do rio entraram, e Porrete assentiu para eles indicando os fundos do estabelecimento, onde as tarefas estavam sendo distribuídas. A chave para a vitória seriam os ataques simultâneos. Com os regimentos da cidade ainda na Pensilvânia, a única força que restava era a Polícia Metropolitana, e o número de homens podia ser facilmente suplantado se eles fossem divididos por múltiplos pontos de ataque.

Então, um velho negro e alquebrado entrou pela porta, usando casaca de serviçal. Algumas pessoas no salão o notaram, e Gallus Mag se moveu para interferir, caso necessário. O homem, de cabelos brancos e costas meio encurvadas, examinou o salão, confiante, e foi até o balcão.

Atrás da linha da mente de Porrete, Javíer o reconheceu do Corredor da Memória, mas não queria se arriscar a interromper a sincronia dizendo alguma coisa no bar apinhado.

— Estou procurando Porrete Cormac — disse o serviçal.

— Quem é você? — perguntou Porrete.

— Meu nome é Abraham. Trabalho para o Sr. William Tweed.

Fazia semanas que Porrete não via o Grão-Mestre pessoalmente. Era um risco grande demais para o plano. Tweed e o Tammany deviam estar em condições de *acabar* com os tumultos, e não de ser vistos como os agitadores, para a trama funcionar.

— Sou Porrete Cormac — disse ele.

Abraham tirou uma carta de um bolso interno do colete.

— O Sr. Tweed pediu que eu lhe entregasse isso.

Porrete pegou a carta, e Abraham se virou para ir embora.

— Espere até que eu leia — disse Porrete. Frequentemente havia ordens que teriam a ver com o mensageiro.

Abraham assentiu e ficou junto ao balcão.

Porrete quebrou o lacre de cera do envelope, gravado com a cruz templária, e tirou a carta. Enquanto lia, as pancadas do sangue bombeando aumentaram de volume em seus ouvidos, um som de tambor convocando-o à guerra.

Seu avô, Shay Patrick Cormac, tinha sido um formidável caçador de Assassinos, e nesta noite Porrete era convocado a seguir por esse caminho e honrar seu legado. Varius iria se submeter à Ordem dos Templários ou morrer pelas mãos de Porrete.

— É só, senhor? — perguntou Abraham.

Porrete levantou a carta.

— O Sr. Tweed confia em você.

— Tento ser digno dessa confiança.

— Bom. Em troca quero garantir que você vá para casa em segurança.

— Posso ir sozinho.

— Tenho certeza de que sim — disse Porrete. — Mas isso não muda meu pensamento. — Ele levou a mão em concha à boca. — Gallus Mag!

— O que é? — gritou ela do outro lado do salão.

— O chefe precisa de mim.

Ela assentiu na direção da porta.

— Então, vá.

Porrete tirou o avental e saiu de trás do balcão.

— Espere aqui.

Abraham assentiu, e Porrete foi até o porão da taberna para se equipar. Primeiro, prendeu algumas peças de armadura rígida feita de couro, uma em volta do pescoço, e as outras, nas costas e no peito. Depois, vestiu o casaco de couro comprido e pôs um cinto com várias facas, soqueiras e uma pistola. Pegou sua luneta Herschel, depois pendurou o fuzil de ar comprimido no ombro, além da bandoleira com dardos e granadas. O fuzil era uma arma engenhosa passada a Porrete pelo avô, por sua vez dada a ele por Benjamin Franklin, e ele o carregava com orgulho.

Desta vez, Javier gostou de estar num corpo mais jovem. Chimalpopoca havia carregado as dores da velhice, o que era uma experiência estranha. A atração dele por aquela tradutora, Marina, também tinha sido estranha. Porrete também gostava de mulheres, mas a única coisa que doía nele eram os muitos ferimentos sofridos em treinamentos e brigas.

De volta no salão, sua aparência armada pareceu espantar Abraham por um momento, enquanto Porrete passava por ele e dizia:

— Vamos.

Levou Abraham da taberna para a rua. Membros de gangues andavam de um lado para o outro nas calçadas, alguns empurrando carrinhos de mão cheios de pedaços de tijolos e pedras de calçamento, armando-se para a batalha. Porrete levou Abraham por um quarteirão em direção ao oeste, pela Dover, até a Pearl Street. Ali viu Joe Magrelo com sua carroça e assobiou.

— Quero que você leve esse homem para casa — disse Porrete.

Joe Magrelo olhou para Abraham.

— Ele?

— Ele é empregado do Chefe Tweed. Algum problema?

— Senhor, eu posso mesmo ir sozinho — disse Abraham, mas Porrete o ignorou.

Joe Magrelo deu de ombros.

— Sem problema. Se ele é homem do chefe.

— Bom. — Porrete era contra a escravidão e não tinha nada contra os negros que moravam na cidade. Eles não eram o problema. Mas sabia que o dia seguinte seria o diabo para eles. O Grão-Mestre também se opunha à escravidão. Dizia que era um sistema insustentável que atravancava o progresso. Mas estava disposto a usar o tema da escravidão para cravar uma cunha fundo no país com o objetivo de dividi-lo, para que pudesse ser consertado do modo certo. — Leve-o para onde ele quiser — ordenou a Joe Magrelo. — Garanta que ele chegue ileso ao seu destino.

Abraham subiu na carroça, e Joe Magrelo instigou os cavalos pela Pearl Street. Depois de terem virado a esquina e sumido de vista, Porrete se virou para fazer o resto da tarefa.

O Astor House ficava a muito mais de um quilômetro de distância do Hole-in-the-Wall. Era um lugar onde as mulheres cintilavam com joias como uma fundição, e os homens bebiam em taças de cristal, e não em mangueiras de borracha. Uma vez, Porrete tinha visto o cardápio da refeição comum dos cavalheiros, um festim de sete pratos composto de sopa, peixe, carne assada, prato principal, pastelaria e sobremesa, servido toda noite num salão ladeado de colunas de mármore e mesas brancas. O local existia sem ser perturbado pelos moradores do Quarto Distrito porque Tweed precisava do dinheiro dos ricos assim como precisava dos músculos das gangues. A ordem mantinha a cidade em equilíbrio.

Mas às vezes era necessária uma correção.

Da Pearl Street, Porrete seguiu a Frankfort para o oeste, passando pelo Tammany Hall, até chegar ao parque City Hall e os trilhos da Ferrovia do Harlem. Parte da estratégia para o dia seguinte implicava arrancar os trilhos em pontos essenciais para impedir o transporte rápido de patrulheiros ou armas. Isso, e mais o corte das linhas de telégrafo dariam à turba toda a vantagem necessária para tomar a ilha.

Porrete viu o Astor House erguendo-se acima das árvores como uma fortaleza branca perto da ponta sul do parque, onde a Park Row encontrava a Broadway, com o pináculo da capela de St. Paul logo ao sul. Ali decidiu empregar o treinamento de discrição que tinha recebido do pai e do avô e subiu, escalando a parede mais próxima usando rachaduras, saliências e calhas, até chegar ao telhado. Essa era uma habilidade tradicional dos Assassinos, mas os Cormacs vinham usando por muito tempo as táticas da Irmandade contra ela própria.

Então, Porrete atravessou a Spruce e depois a Beekman, saltando por cima dos telhados, desviando-se de chaminés e passando rapidamente pelas cumeeiras, espalhando pássaros surpresos nos ninhos, com a cidade abaixo e o céu noturno acima. Quando chegou à esquina da Ann Street com a Broadway, em frente à capela e ao hotel, parou e assumiu uma posição de sentinela para observar o terreno embaixo.

Varius não usaria a entrada principal do hotel, assim como Porrete, por isso ele ficou de olho nas janelas e no telhado, mas depois de esperar e vigiar durante uma hora, não viu qualquer sinal do Assassino.

Porrete decidiu que precisava de um ponto de observação diferente e melhor, por isso desceu à rua, atravessou a Broadway, e passou pelas quatro colunas na frente da capela de St. Paul. Depois, escalou a igreja usando o cunhal no canto sudoeste e subiu a torre do relógio até o pináculo, como um Assassino faria.

Houvera um tempo em que o pináculo dessa igreja era o ponto mais alto da ilha. Mas agora existiam outras igrejas visíveis à distância, a de St. Mark e a Trinity, golpeando para o alto como facas atravessando da carne da cidade.

Agora, Porrete tinha uma visão boa do Astor House, e mais tempo se passou sem qualquer sinal do Assassino, e apesar de a noite ter se aprofundado, a cidade permaneceu acordada, tremendo de ansiedade.

Então, ele o viu. Veio do oeste, pela Church Street, e escalou o hotel com facilidade. Estava fora do alcance para o fuzil de ar comprimido, por isso Porrete simplesmente o observou durante vários instantes, não querendo se mover e revelar sua localização, em vez disso dando um risinho e adorando a vantagem de que desfrutava. Varius usava a casaca comprida de um membro da gangue dos Bowery Boys, mas tinha deixado a cartola para trás. Fazia sentido que ele fosse um Bowery Boy, já que eles haviam se aliado aos republicanos, contra o Tammany e os Templários.

Até agora Javier tinha deixado Porrete assumir o comando de suas memórias, mas reconheceu a roupa que o ancestral de Owen tinha usado. Parte de Javier queria gritar um aviso, mas como acontecera com David no Hole-in-the-Wall, isso implicava o risco da perda de sincronia.

O Assassino ancestral de Owen parecia saber exatamente aonde ia, e assim que chegou ao telhado do hotel seguiu pela borda até um ponto específico, e depois, passou pela borda. Em seguida, desceu feito uma aranha até uma certa janela escura e passou por ela.

Porrete se perguntou o que o Assassino buscava no hotel. Como o Grão-Mestre havia dito, devia ser algo de tremendo valor. Poderia ser um objeto, ou talvez uma informação. No primeiro caso, seria uma coisa bastante fácil de se extrair, mas no segundo, seria mais agradável. Primeiro, ele ungiria o sujeito com seus punhos e, se isso não desse certo, faria com que ele conhecesse suas facas.

Mas, por trás da linha, Javier já sabia o que Varius queria pegar, ou pelo menos o que ele esperava que fosse.

A adaga. O Pedaço do Éden.

Por isso, Javier estava deixando Porrete assumir o comando. Assim que tinham lido a carta do Grão-Mestre, Javier sabia que era isso que Monroe havia mandado os seis procurarem no Animus.

Porrete se moveu, e Javier recuou de novo enquanto a mente do templário buscava o controle e descia da torre da igreja. Ele atravessou a boca escura do adro do prédio, com suas lápides parecendo dentes, e se agachou atrás de uma árvore para espiar. Tinha uma visão clara da janela, e preparou o fuzil com um dardo de sonífero. Era possível que a queda matasse o Assassino, mas era um risco que Porrete estava disposto a correr. Ele tinha a ideia de que o Assassino estava atrás de um objeto, que poderia ser recuperado muito mais facilmente de um cadáver.

Alguns minutos tensos se passaram, sem ao menos um vento nos galhos da árvore acima. Um mosquito picou a nuca de Porrete, atrás da orelha, mas ele jamais afastou o olhar da janela.

Quando finalmente a casaca comprida do Assassino saiu das sombras, Porrete esperou até ele parecer preparado para subir de volta ao telhado, e disparou. O fuzil de ar comprimido estalou, o dardo sibilou, mas quando acertou a casaca, o tecido se dobrou para dentro como uma casca de ovo quebrada antes de tombar de volta para dentro do hotel.

Porrete havia caído no engodo da casaca vazia.

Amaldiçoou a si mesmo, pendurando o fuzil de volta no ombro, e depois subiu a árvore e pulou a cerca da igreja para a Vesey Street. Pousou rolando e subiu correndo pela fachada do hotel até a janela, mas ficou pendurado no parapeito antes de entrar. Sem dúvida, o Assassino estava deitado esperando-o.

Soltou uma das mãos, pendurado pela outra, e tirou do cinto uma granada de fumaça, que jogou pela janela aberta. Ela explodiu com um som abafado, e Porrete se inclinou para cima e entrou.

Caiu num tapete grosso e se afastou rapidamente da janela, para longe da nuvem de fumaça, mas soube instantaneamente que estava sozinho. Ou o Assassino já havia fugido, ou a granada de fumaça o tinha expulsado do cômodo. De qualquer modo, Porrete precisava encontrá-lo.

Avançou, e a única luz era a que as janelas e as cortinas de cambraia deixavam entrar. O tapete era turco, a sala, bem decorada com poltronas, uma mesa e uma escrivaninha, mas até agora não havia a mínima pista de quem a ocupava. Havia duas portas, uma à esquerda, aberta, e Porrete foi para lá.

Armou-se com duas facas, uma em cada mão, ambas à vista para combinar com a arma preferida dos Assassinos, a lâmina oculta. Quando chegou à porta, parou para escutar. Não ouvindo nada do outro lado, nem uma respiração ou um batimento cardíaco, passou e encontrou outro cômodo vazio, porém decorado com riqueza. Sobre o console da lareira estava pendurado um emblema, uma cruz militar, com as palavras EXÉRCITO DE OCUPAÇÃO DA CIDADE DO MÉXICO gravadas num círculo no centro.

Esses aposentos pertenciam ao Clube Asteca, que o Grão-Mestre suspeitava de que fosse ligado à Irmandade. Mas, nesse caso, por que Varius invadiria os escritórios de seus aliados?

Porrete passou pela porta seguinte, com as facas preparadas, e chegou ao que parecia a entrada principal da suíte, toda de mármore. Outra porta estava aberta à direita, levando a uma sala de jantar, e dali Porrete entrou numa biblioteca, tudo isso sem qualquer sinal do Assassino. A segunda porta da biblioteca levou-o de volta à primeira sala, mas ele percebeu instantaneamente que a porta estivera fechada quando ele tinha passado pela janela.

O Assassino o fizera andar num círculo.

Porrete correu até a janela, olhou para a rua vazia e depois para cima, a tempo de ver a casaca do Assassino passar pela borda do telhado.

Embainhou as facas e subiu atrás dele; depois, escalou a parede do hotel. No telhado, abaixou-se e esperou. Não havia nenhum prédio suficientemente perto para ser alcançado com um salto, o que significava que o Assassino estava ali em cima, em algum lugar, escondido no labirinto de chaminés e claraboias.

— Não sei o que está passando nessa sua cabeça — disse Porrete, com a voz ecoando sobre o telhado. — Mas você não é páreo para mim! Meu avô caçava Assassinos como você! Ele exterminou alguns dos maiores dos seus!

Seguiu-se um momento de silêncio.

Ouviu o assobio agudo de uma faca voando na sua direção, e se abaixou pouco antes que ela arrancasse seu escalpo. A faca voou para longe do telhado e caiu na rua.

— Seu avô já foi Assassino — respondeu uma voz. Ela parecia vir de algum lugar à direita. — Ele deu as costas para a Irmandade e o Credo que tinha jurado seguir! Ele não passava de um covarde e traidor!

— Jamais foi traidor da verdade! Ele jamais traiu a Ordem dos Templários! — Porrete preparou o fuzil com outro dardo de sonífero. — E me ensinou a matar insetos como você.

Porrete sabia que o Assassino podia fazer a voz parecer que vinha de outro lugar, por isso fechou os olhos, acalmou a respiração e tentou ouvir outros sinais. Quando escutou o farfalhar de tecido à esquerda, girou o fuzil na direção do som, os olhos ainda fechados, guiado pelos ouvidos e por uma visão interna. Disparou.

Abriu os olhos ao escutar um grunhido, e depois correu na direção da sacada enquanto o Assassino caía.

11

Tommy caminhava pela Broadway, indo para a casa com fachada de arenito marrom onde morava desde que tinha voltado da guerra. A casa, um prédio novo e elegante perto do parque Madison, pertencia ao seu rico irmão mais velho e à esposa dele. Os dois não tinham filhos e a casa tinha espaço de sobra, e generosamente deixaram que ele ficasse ali mesmo depois da convalescença. Mas Tommy esperava não ter de depender dessa indulgência por muito mais tempo. Não que não gostasse de estar perto dos dois. Mas eles não entendiam nem um pouco o que Tommy havia passado na guerra. Às vezes, parecia que não existia outra alma em toda a cidade que entendesse. Ele se sentia só, mesmo na companhia de outras pessoas. Especialmente na companhia de outras pessoas, uma experiência familiar que Sean entendia muito bem, mesmo enquanto desfrutava do uso das pernas de Tommy.

Ainda estava com seu uniforme da polícia, tendo acabado de sair da patrulha, e sua presença na rua não parecia provocar um efeito diferente do usual nas atitudes dos outros pedestres. Eles o olhavam de lado, e apesar de manter distância, tinham um caráter confiante e hostil.

Viu Bowery Boys e Guardas das Baratas, todos bem fora de seus territórios no sul da ilha. Eles seguiam pela rua lado a lado, ignorando os inimigos jurados com uma determinação séria. Carregavam braçadas de porretes e tijolos, machados e barras de ferro.

Alguma coisa estava errada.

— Aonde vocês vão com isso? — perguntou a um sujeito que tinha aparência de irlandês.

— Respondo amanhã. — O sujeito deu um risinho que era quase um rosnado. — Isso é um juramento. — E foi andando.

Tommy podia ter detido o vagabundo até saber a verdade, mas era tarde, ele estava fora do turno de patrulha e sozinho, e esta noite as ruas estavam cheias dos aliados do sujeito. Assim, Tommy seguiu seu caminho para casa.

Seu irmão mais velho tinha se saído bem no ramo industrial, e enquanto Tommy ia para a guerra, o irmão ganhara dinheiro vendendo o mesmo equipamento que Tommy e seus colegas soldados da União usavam no campo. Boa parte era inútil logo na chegada; botas que se desfaziam na chuva, rações já estragadas nas latas. Seu irmão dizia ignorar esses defeitos, além de afirmar que desejava consertar isso, e Tommy queria acreditar que ele era sincero.

Tinha acabado de chegar à Union Square e passado pela grande estátua de George Washington a cavalo quando ouviu um grito de mulher, pedindo socorro mais adiante. Tommy soltou o cassetete do cinto e saiu correndo para o norte através do parque. E dentro da corrente dessa memória, Sean se empolgou com o vento nos cabelos, o som das botas no caminho de cascalho.

Quando chegou ao lado oposto, Tommy viu uma carruagem parada na Broadway. Dois rufiões estavam do lado de fora, e as pernas de outro se projetavam da porta aberta. O cocheiro estava sentado como se nada acontecesse, o que significava que nitidamente participava do assalto. Outros pedestres haviam se afastado.

— Parados! — gritou Tommy, brandindo o cassetete. — Polícia!

— Sykes, tem um meganha aí! — disse um vigia, e os dois bandidos do lado de fora da carruagem se viraram para Tommy, um deles também armado com um porrete, o outro, com um cutelo.

Tommy diminuiu o passo a alguns metros de distância e balançou o cassetete algumas vezes para soltar o braço.

— Meu Deus, ele é um gigante, não é? — disse o primeiro ao outro. — Mas, quanto mais alto, maior a queda.

— Acha que pode me derrubar? — perguntou Tommy. — Podem tentar, rapazes. Sou do Esquadrão da Broadway.

Ao escutar isso, os dois hesitaram visivelmente, balançando-se de um pé para o outro. O homem dentro da carruagem saiu e ficou entre os dois colegas, com o nariz sangrando, nitidamente quebrado. Uma mulher olhou de dentro da carruagem atrás deles, com o cabelo meio desgrenhado, mas afora isso parecendo incólume. Mesmo empolgado com a memória, Sean reconheceu a cantora ancestral de Natalya.

— Ouvi dizer que são necessários pelo menos cinco caras para derrubar um porco do Esquadrão da Broadway. — O líder colocou um soco-inglês cheio de espetos. — Aposto que nós conseguimos com três.

— Eu não apostaria nisso, rapazes — disse Tommy, abrindo os braços.

Os três o atacaram ao mesmo tempo. Tommy se desviou do cutelo, e o arco longo de seu cassetete acertou os outros dois no mesmo movimento, um no braço e o outro nas costelas. Eles tombaram para trás, e Tommy enterrou o punho na boca do sujeito com o cutelo, quebrando dentes. O malandro caiu embolado enquanto os outros dois voltavam.

Tommy se desviou do soco-inglês, mas ao custo de uma pancada de porrete no ombro, que só o fez cambalear sem causar dano sério. Firmou-se e contra-atacou com uma saraivada de golpes de seu cassetete, que partiu a arma do sujeito ao meio e inutilizou seu braço. Então, Tommy se virou enquanto o outro vinha, e acertou a mão que usava o soco-inglês. Os pregos que o sujeito considerava tão mortais terminaram misturados com os ossos de sua mão. Os dois rolaram no chão, segurando os membros feridos e gemendo.

— Cuidado! — gritou a mulher.

Tommy girou no instante em que o malandro de boca arruinada, ainda no chão, ia atirar o cutelo contra ele. Mas antes que a arma saísse de sua mão, a mulher da carruagem bateu com a cabeça dele no asfalto usando uma maleta de couro que parecia muito pesada. O corpo dele se afrouxou.

O cocheiro, sem dúvida atordoado com a mudança da sorte, chicoteou os cavalos, fazendo-os galopar e disparando pela Broadway.

— O que a senhorita tem nessa mala? — perguntou Tommy.

— Vários quilos de ouro — respondeu ela, ofegando. Era uma mulher linda, e menor do que Tommy imaginaria depois de vê-la dar um golpe daqueles. — E felizmente ouro é pesado — disse ela, sorrindo.

— Verdade? O que a senhorita está fazendo com vários quilos de ouro? A esta hora da noite? Desacompanhada?

— Por quê? Vai sugerir que é minha culpa eu ter sido atacada?

— Bom, parece que...

— Parece que, se o senhor vai culpar a vítima pelo crime, também seria capaz de culpar o termômetro por esse calor terrível, o que é uma posição cívica muito curiosa para um policial.

Tommy abriu a boca, depois fechou e lutou contra o sorriso que tentava sair.

— Talvez a senhorita esteja certa.

— Claro que estou.

— Mas acho que deveríamos discutir isso em outro lugar. — Ele cutucou um rufião com a bota. — Permite-me acompanhá-la até sua casa?

— O senhor não vai prendê-los?

— Um juiz não iria ensinar a eles nada mais valioso do que a lição que acabei de dar. Terminou a aula.

Ela confirmou com a cabeça.

— Muito bem, então eu agradeceria muito a companhia. O senhor não se feriu?

— Só um ou dois hematomas. — Ele pegou a maleta com o ouro. — Qual é o endereço?

— Hotel Quinta Avenida. Não fica longe daqui.

Tommy estendeu a mão sinalizando para andarem, e partiram pela Broadway, andando lado a lado, ainda que ele fosse altíssimo ao lado dela.

— A senhorita me parece familiar. Mas não consigo decidir de onde.

— Ah, bom, de vez em quando meu rosto aparece nos cartazes.

O rosto dela certamente era digno de um cartaz, mas ele se perguntou por que ela seria tão anunciada. Depois, percebeu.

— Ah, é isso. A senhorita é cantora.

— Sou.

— Qual é seu nome, se é que posso perguntar?

— Adelina Patti. E o senhor é?

— Tommy Greyling. Ao seu dispor.

— Sem dúvida. Mas em todas as coisas?

O tom de flerte com que ela perguntou provocou um calor nas bochechas dele. Tommy sopesou a maleta.

— Senhorita Patti, a senhorita costuma carregar vários quilos de ouro por aí?

— Só quando pagam por uma apresentação.

— A senhorita cantou esta noite? Onde?

— No Niblo's.

Era um teatro para os ricaços, o tipo de lugar que o irmão de Tommy e a esposa frequentavam ocasionalmente. O único teatro em que Tommy tinha ido era o Bowery, para assistir a um melodrama sangrento do qual não gostou muito.

— O Hotel Metropolitan fica ao lado do Niblo's. Mas a senhorita optou por não se hospedar lá?

— O Hotel Quinta Avenida é muito mais sofisticado. O senhor sabe que ele tem uma ferrovia vertical?

— Como assim?

— Um elevador. Impelido a vapor. Leva a gente do térreo até o topo. Além disso, Jenny Lind ficou no Quinta Avenida.

— Quem é Jenny Lind?

— O senhor não conhece as cantoras, não é? Ela tem uma voz exótica, e é vários anos mais velha do que eu. Mas, veja bem, eu não posso ganhar reputação se ficar em hotéis inferiores aos dela, para que os gerentes dos teatros não me considerem uma cantora inferior. O que faço é metade talento. O resto é ilusão cuidadosa.

Tommy balançou a cabeça.

— Esse é um mundo estranho para mim, senhorita.

— Assim como o seu é para mim. Sempre foi policial?

— Não, senhorita. — Tommy hesitou antes de continuar. Fazer isso transformava sua mente num lugar perigoso e caótico onde o presente e o passado se entrelaçavam. Lembranças da guerra o dominavam, o cheiro acre de pólvora, tão densa no ar que ele não conseguia enxergar dez metros em qualquer direção, o uivo medonho dos rebeldes, a sensação de algo sob seus pés que ele sabia, sem olhar, que era o membro de alguém, arrancado do corpo. Mas ela fez com que ele sentisse que seria seguro se aventurar. — Antes disso fui soldado.

— Foi mesmo?

— Fui.

— E lutou? Na guerra contra os confederados? — Mas, então, ela balançou as mãos diante do corpo. — Desculpe. Provavelmente o senhor prefere não falar nisso.

— Não, tudo bem. Apesar de ser verdade que não falo com muita frequência. Lutei na guerra. Ainda estaria lá se não tivesse levado um tiro.

Ela ofegou.

— O senhor levou um tiro?

— Sim. — Ele bateu na perna da calça, direto acima da cratera franzida de uma cicatriz na coxa. — Mas a bala não acertou o osso, por isso pude manter a perna. Muitos, muitos outros homens não tiveram tanta sorte. E acho que muitos outros ainda sofrerão esse infortúnio.

— Está se referindo ao alistamento?

Ele assentiu.

— O alistamento tumultuou a cidade.

Mas não era só isso. Os dois lados, a União e os Rebeldes, olhavam qualquer sucesso, não importando quão minúsculos fossem, como sinal de esperança de que a vitória estava próxima, mas Tommy temia que o conflito durasse anos. Mesmo com a vitória recente em Gettysburg, Lee e o exército do Sul não permaneceriam na Virgínia por muito tempo.

— Atualmente moro em Londres — disse a Srta. Patti. — É melhor para a minha carreira, já que faço turnês frequentes pela Europa. Mas isso me distancia dos acontecimentos daqui.

— A senhorita gosta de fazer turnês? — perguntou ele, feliz pela mudança de assunto.

— Às vezes, sim. Mas pode ser bastante solitário. Fico cercada de pessoas na maior parte do tempo, e, no entanto, me sinto sozinha. Não é ridículo?

— Para mim, não.

Ela o encarou, examinando-o a ponto de ele sentir outro rubor incômodo nas bochechas.

— É, para você, não. Você entende, acho, e poucas pessoas entendem.

Chegaram ao parque da Madison Square, e ali estava seu hotel, com cinco andares, cercado de lojas elegantes fechadas para a noite. Tommy deu alguns passos na direção dele, mas percebeu que a Srta. Patty havia parado na calçada. Virou-se para ela.

— Alguma coisa errada, senhorita?

— Gostaria de dar um passeio comigo no parque? — perguntou ela, e riu, parecendo sem jeito. — Sei que parece absurdo a essa hora. Mas estou sem sono depois de toda a agitação. E gosto da sua companhia.

Tommy engoliu em seco. Tecnicamente estava fora de serviço, e ainda que outros pudessem ver algo inadequado no pedido, ele não se importou. De algum modo, ela deixava sua mente à vontade, e tornava seguro que seus pensamentos fossem a lugares que ele costumava proibir.

— Também gosto da sua companhia, senhorita.

— Pode me chamar de Adelina. Então, quer passear comigo?

— Será uma honra, senhorita Adelina.

Até agora, as correntezas dessa simulação tinham levado Sean a lugares que o empolgavam, e ele estava contente em simplesmente deixar que ela o carregasse. Gostava de ser Tommy Greyling, entrando decidido numa briga. Mas estava ficando cada vez mais consciente de um direcionamento romântico dessa memória, e sabia que do outro lado dela estava Natalya. Sentia-se atraído por ela e achava que a experiência dos dois no Animus talvez a ajudasse a enxergar além da cadeira de rodas, quando a simulação terminasse, mas pensar nisso também tornava mais desafiador relaxar no fluxo da memória.

Entraram no parque, e a Srta. Patti disse:

— Há um lugar assim perto da minha casa em Londres. Às vezes eu caminho lá, tarde da noite.

— Por que tarde da noite?

— Pelo silêncio. Não há plateia. Nem reunião social. Nem mesmo minha própria voz.

— Então, tentarei não atrapalhar o silêncio — disse Tommy.

— Você não atrapalha.

Mas nos instantes seguintes, nenhum dos dois falou. Simplesmente andaram por um dos caminhos do parque, com os carvalhos, as bétulas e os sicômoros perfeitamente imóveis, como se o calor da noite tivesse curado e imobilizado o ar. As estrelas lá em cima precisavam disputar com as luzes do hotel e dos postes para serem vistas. A casa do irmão de Tommy não ficava muito longe. Num determinado momento, ele mencionou isso, e então eles falaram sobre a família e a infância de cada um, muito diferentes entre si. Ela havia nascido na Espanha, filha de pais italianos que depois foram para Nova York, quando ela era pequena. Ele havia nascido no Brooklyn, e os avós tinham vindo da Alemanha pouco depois do casamento. Os dois passearam durante horas, andando de novo e de novo pelos mesmos caminhos.

Quando o primeiro rubor do amanhecer apareceu sobre as árvores e os prédios a leste do parque, a Srta. Patti anunciou que estava cansada e sentou-se num banco. Pôs a palma da mão no lugar ao lado.

— Venha. Sente-se comigo.

Tommy assentiu e se sentou, colocando a maleta de couro no chão.

— Desculpe se é uma pergunta grosseira, mas a senhorita sempre ganha tanto por uma apresentação?

— Sempre. Sem exceção.

— Quanto há aqui?

— Quatro mil dólares em ouro — respondeu ela sem hesitar. — Mais mil em dinheiro.

Tommy olhou de novo para a pasta.

— Isso é... — Mas só pôde balançar a cabeça. Naquela maleta havia muito mais do que Tommy tinha ganhado durante todo o tempo em que servira no exército, e de algum modo isso parecia certo e errado ao mesmo tempo. — Bom para a senhorita.

Ela franziu a testa, e na sombra noturna das árvores isso pareceu exagerado.

— Não vou me desculpar.

— Não estou pedindo que se desculpe.

— Mas posso ver sua desaprovação.

— Não desaprovo. A senhorita tem o direito de cobrar quanto as pessoas estiverem dispostas a pagar. Se eu desaprovo alguma coisa, são as pessoas.

A expressão dela relaxou.

— Você não me ouviu cantar. — Ela alisou o vestido no colo. — Mas entendo seu argumento.

— Eu não argumentei nada.

— Argumentou sim. Eu digo a mim mesma que estou fazendo alguma coisa significativa com minha música. — Ela olhou para a perna de Tommy. — Mas uma bala custa alguns centavos, e tem muito mais significado do que todas as minhas canções juntas.

— É sempre mais barato destruir alguma coisa.

— Como é a guerra? Sinto que eu deveria saber.

Tommy admirou sua intenção e seu jeito sincero. A pergunta era honesta, mas a ingenuidade dela tornava difícil encontrar uma resposta.

— Eu me alistei no Décimo Quarto Regimento do Brooklyn. Era a primeira batalha de Bull Run. Os rebeldes tinham um trecho de terreno alto chamado Colina Henry, e nós recebemos a ordem de tomá-lo. Mas eles estavam bem posicionados e tinham mais canhões. Nós atacamos várias vezes e sofremos grandes baixas. Os obuses deles nos estilhaçavam. — Tommy precisou parar um momento para não se atolar na lembrança da carnificina. Pigarreou. — A Colina Henry recebeu esse nome da família que morava lá. Acho que era um médico. Ele havia falecido, mas a esposa ainda morava na casa da colina, bem no meio da batalha. A mulher devia ter uns 80 anos. Era inválida, estava confinada à cama.

A Srta. Patti cobriu a boca.

— Ela estava na casa?

Tommy confirmou com a cabeça.

— Um capitão de uma das nossas baterias, Ricketts, achou que estávamos recebendo disparos vindos da casa, por isso, virou os canhões contra ela. Explodiu-a com obuses de artilharia. A Sra. Henry foi... — Ele parou, sem saber quanto detalhe deveria dar.

Mas a Srta. Patti pôs a mão pequena e quente sobre a dele e a apertou com força.

— Por favor, conte.

— Ela... ela foi seriamente ferida. Lembro-me de que um dos pés foi praticamente arrancado. Morreu mais tarde, naquele dia. Não havia rebeldes na casa. Ela era apenas uma viúva solitária e velha. E nós a matamos. — A voz de Tommy ficou rouca, quase se quebrando sobre o maremoto de seu remorso enterrado. — A guerra é assim, Srta. Adelina. Só posso responder à sua pergunta com essa história, ou com incontáveis outras iguais. A guerra parece grande, mas é escrita em letras minúsculas, e cada vida e cada morte importam.

Apenas os grilos preencheram o silêncio em seguida.

— Obrigada por contar — disse Adelina, a voz quase num sussurro. Ela olhou a pasta de couro. — O que você faria com o dinheiro desta pasta?

Tommy não queria responder. Suspeitava de que ela estava para lhe dar o dinheiro, comovida com sua história a ponto de se preocupar com os outros seres humanos. Mas não era por isso que ele havia contado, e não queria essa responsabilidade, nem a pena.

— Eu apostaria no jogo.

— Não apostaria, não. Por favor, responda com sinceridade.

— Com sinceridade? — Ele se remexeu um pouco no banco. — Houve homens com quem eu voltei e que estão em situação muito pior do que a minha. Perderam braços, pernas ou as duas coisas. Não podem trabalhar, e as famílias passam por dificuldades. Alguns estão em situação desesperada. Eu usaria o dinheiro para ajudá-los.

Ela assentiu uma vez, enfaticamente.

— Quero que você fique com ele. Quero que faça exatamente isso com ele.

— Srta. Adelina, eu...

— Por favor, só Adelina.

— Adelina. É muita generosidade sua. Mas...

— Mas o quê?

Ele a olhou nos olhos e não teve dúvida de que ela era completamente sincera. Nenhuma objeção em sua mente parecia valer a injúria de não honrar a intenção de Adelina.

— Nada — disse. — Muito obrigado. É realmente notável e bom da sua parte.

— Não é nada. Se eu pudesse...

Uma agitação no canto sudoeste do parque a interrompeu. Tommy se levantou enquanto uma ruidosa turba de homens e mulheres vinha ao longo da Broadway, dirigindo-se ao norte da ilha. Brandiam armas — forcados, porretes, machados e facas — e carregavam placas com as palavras NÃO AO ALISTAMENTO pintadas com letras toscas. A coluna levou um minuto inteiro para passar, com mais de cem pessoas.

— Aonde eles vão? — sussurrou Adelina.

— Parece um protesto — respondeu Tommy, mas sabia que a situação era pior do que isso. Todas as atividades nas ruas na noite anterior começavam a fazer sentido, assim como o juramento do sujeito irlandês: *Respondo amanhã.*

O que quer que estivesse acontecendo, era bem planejado. Mais alarmante ainda, tinha conseguido juntar as gangues da Bowery, de Five Points e do Quarto Distrito sob uma bandeira comum, com um inimigo comum.

— Vai haver um tumulto — disse Tommy —, e pelo que parece, vai ser o pior que a cidade já viu.

— O exército não vai controlá-lo?

— Não existe exército. Todos os regimentos da cidade foram chamados à Pensilvânia. Só resta a polícia.

— Santo Deus.

Todos os patrulheiros seriam necessários; Tommy não tinha dúvida. Mas primeiro precisava fazer uma coisa.

— Preciso levá-la a algum lugar seguro — disse.

12

Varius estava sentado sozinho a uma mesa da cervejaria Atlantic Gardens, com a bebida intocada, e a multidão em volta estava estranhamente contida. Ninguém prestava atenção ao pianista ou às dançarinas; em vez disso, se dedicavam a discussões e planejamentos sérios.

Ele tinha tentado impedir que os Bowery Boys participassem do tumulto que viria, mas tinha fracassado. Sua influência sobre Reddy, o Ferreiro, líder deles, tinha limites, e no final as gangues da Bowery haviam formado uma aliança improvável e incômoda com os homens de Five Points e os piratas do rio, numa causa comum contra o alistamento.

Isso havia alterado a programação da Irmandade, e agora Varius esperava novas ordens no ponto de encontro, mas ainda não tinha certeza de como elas chegariam, nem como seu fracasso seria visto.

Dentre as muitas possibilidades em que pensava, nenhuma envolvia o próprio Mentor, que agora entrou na cervejaria com sua bengala de castão de prata. Apesar de ser um negro numa cidade que odiava os negros, o Mentor não demonstrava sinal de medo ou submissão, e Varius sentia pena de qualquer um que tentasse abordá-lo. Usava casaca de veludo azul da cor do oceano profundo, com uma cartola combinando sobre a cabeça careca, e uma moeda de ouro chinesa pendurada num brinco na orelha esquerda.

Quando notou Varius, atravessou o salão e sentou-se à mesa dele.

— Mentor — disse Varius baixinho.

— Já viu tantas pessoas envolvidas tão seriamente em se destruir?

— A culpa não é delas. Os Templários trabalharam durante anos por meio do Tammany para provocar isso.

— Deveríamos ter previsto. — O Mentor olhou o salão ao redor. — Deveríamos ter impedido. *Você* deveria ter feito alguma coisa.

Varius havia se censurado com essas mesmas palavras, mas nunca antes as tinha ouvido ditas por outro membro da Irmandade, muito menos pelo Mentor. A vergonha fez sua cabeça baixar.

— Desculpe. Posso perguntar o que o traz de Washington? — Para o Mentor ter vindo, algo muito maior e mais importante do que um tumulto estava sendo preparado. Varius se perguntou se ele seria removido.

O Mentor se levantou.

— Vamos discutir isso em outro lugar.

Varius assentiu e o acompanhou saindo da cervejaria para a Bowery, onde os dois viraram em direção ao sul. Malandros andavam pelas ruas, saindo de suas tocas e antros, seguindo ordens dos líderes das gangues, juntando armas e entregando mensagens.

— Um tumulto é uma coisa suja, mas eficiente — disse o Mentor, com a ponta da bengala fazendo barulho nas pedras do calçamento. — Preciso admitir.

— Nós temos nossas facas escondidas. Os Templários têm dinheiro e a turba.

— Eles tentaram algo semelhante em Paris.

— Aqui é diferente. As pessoas daqui não estão furiosas contra nenhuma nobreza. É um presidente e uma política que eles desprezam. Se a cidade tivesse cancelado o alistamento...

— Os Templários simplesmente encontrariam outro fósforo para acender o fogo. A turba pode ser uma arma grosseira, mas a Ordem sabe usá-la.

Chegaram ao número 42, a sede dos Bowery Boys, mas em vez de entrar, Varius levou o Mentor por um beco lateral até uma porta de porão. Destrancou-a e os dois desceram uma escada de pedra até um corredor estreito. No fim do corredor, chegaram a outra porta trancada. Quando Varius inseriu uma chave especial e a girou de um determinado modo, em vez de destrancar a porta, aquilo abriu uma passagem secreta na parede de tijolos ao lado. Essa passagem os levou por outro túnel, até o covil de Varius.

— Acho que não venho aqui desde a época do seu pai — disse o Mentor.

— Ele sempre falava bem do senhor.

Dentro do aposento, grossas colunas de madeira sustentavam um teto com arcos de pedra. Luminárias de parede, a gás, tremulavam ao redor, com os tubos parecendo serpentes expostos ao longo das paredes. Havia uma escrivaninha e uma estante, além do arsenal de Varius. O

Mentor foi até a mesa e se apoiou nela, meio sentado, os braços abertos com as palmas das mãos apertando a madeira.

— Nova York vai queimar amanhã — disse.

Varius foi até ele.

— Mentor, eu posso impedir...

Ele levantou uma das mãos.

— Não. Você vai deixar que aconteça. Não há nada que possa fazer para impedir agora. Essa batalha já está perdida.

O aposento ficou mais quente, e Varius enxugou o suor da testa.

— Como posso me redimir?

— Não há do que se redimir. Isso não tem a ver com você, Varius, nem com o seu legado, por mais nobre que ele seja. Precisamos mudar o foco para vencer a guerra maior.

— Como?

— Com um Pedaço do Éden.

Diante dessa expressão, Owen se comprimiu contra o peso da mente de Varius. Owen e os outros tinham entrado no Animus para encontrar a relíquia, e parecia que seu ancestral ia receber a mesma tarefa. Imaginou se Monroe estaria ouvindo e assistindo.

— Um artefato? — perguntou Varius. — O senhor tem um?

— Sabemos da existência de um. Aqui em Nova York.

— Onde está?

— No Clube Asteca. No Astor House. É uma adaga que pertenceu a Hernán Cortés.

— Se o senhor sabia sobre ela, por que nunca me contou? Desculpe, mas por que a deixamos lá?

— Só confirmamos a existência dela recentemente. Os membros do Clube Asteca não sabem o que possuem, caso contrário, a teríamos descoberto antes. Eles a tratam de modo supersticioso, como uma espécie de totem. Não a usam como deveria ser usada.

— O que o senhor quer que eu faça?

— Você deve roubá-la. Esta noite. Tire-a da cidade e leve-a ao general Grant, no Mississippi. Ele é membro do Clube Asteca; vai reconhecê-la. Você deve deixar claro a ele a importância do objeto, sem revelar a sua natureza verdadeira.

— Ulysses Grant?

— É. Com a captura de Vicskburg, acreditamos que ele é a melhor chance de uma vitória da União, e o candidato mais forte para se opor ao general Lee. Mas Lincoln precisa acreditar nele. As tropas precisam acreditar nele. O Norte precisa acreditar nele. — O Mentor se afastou da mesa, indo na direção de Varius. — Se a Confederação vencer, ou mesmo se forçar a negociação de um tratado, os Templários poderiam assumir o controle do país. Entende?

— Entendo.

— Tudo o que conseguimos. Todas as coisas pelas quais minha avó lutou em Nova Orleans. Tudo estará perdido.

— Não vou fracassar, Mentor.

O Mentor assentiu.

— Espero que não, Varius. E se alguém se opuser a você, leve a paz à pessoa.

— Farei isso, Mentor.

— Você é jovem, mas tem grande potencial. É filho do seu pai, e a Irmandade está com você.

Então, o Mentor saiu, devolvendo Varius à solidão à qual ele estava acostumado. A morte do pai o havia deixado como o único Assassino atuante na cidade de Nova York, algo que o Mentor tinha mantido assim para não atrair a atenção dos Templários do Tammany Hall, deixando Varius com um legado de honra. Seu pai tinha mantido a linhagem com sucesso e praticamente sozinho, e mantivera a Ordem sob controle na cidade. Esse tumulto era um fracasso de Varius, prova de suas deficiências; ardia com seu próprio combustível e era atiçado pelos foles políticos do Tammany.

Varius atravessou a sala até o arsenal para se equipar. Ainda que novos modelos de manoplas tivessem entrado em uso na Inglaterra, envolvendo dardos e lançadores de cordas, Varius preferia a pureza de uma simples lâmina oculta, que ele podia esconder facilmente com a manga do casaco. Prendeu no cinto uma dúzia de facas de arremesso e um revólver, e pôs no bolso um par de soqueiras. Em seguida, pegou o jogo de gazuas, mas deixou a cartola alta para trás.

De volta na rua, seguiu a Bayard para o oeste entrando no que normalmente seria território inimigo. Mas esta noite, com a trégua temporária, pegou a Baxter em direção ao sul, até a Paradise Square, o coração forte e maligno de Five Points. Aqui os Guardas das Baratas e todos os seus afiliados concentravam o seu poder, e apesar de Varius atrair olhares e palavrões irlandeses ao passar, ninguém o desafiou. Dali, seguiu a Worth Street para o oeste, atravessou a Broadway e virou para o sul de novo, entrando na Church Street.

Em seguida, subiu, escalando as paredes até chegar aos telhados da cidade, que atravessou sem emitir qualquer som, saltando e correndo em movimentos ágeis e fluidos. Atravessou os nove quarteirões seguintes correndo a toda velocidade, até atravessar a Barclay e chegar ao Astor House, com a capela de St. Paul ao sul. O relógio da torre da igreja se erguia alto no calor da noite, e Varius quase desejou que tivesse necessidade de escalá-lo, só pela vista. Em vez disso, se concentrou no hotel, estendendo os seus sentidos para localizar o Clube Asteca dentro dele.

Sua Visão de Águia jamais tinha sido tão forte quando ele desejaria, mas Varius nunca deixava que isso o fizesse sentir-se inferior a outros Assassinos em quem o dom era mais poderoso. Possuía visão suficiente para procurar o Pedaço do Éden. Um objeto assim emitiria uma radiância inegável, se a pessoa soubesse como procurá-lo.

Varius se concentrou no prédio, nos contornos de sua concha de pedra fria e sem vida envolvendo tijolos e argamassa, madeira e metal. Olhou no coração do prédio, esforçando-se, até que seus olhos lacrimejaram, procurando a energia da relíquia.

Vários instantes se passaram. Então, ele o detectou. Uma vibração fraca, como se algo estivesse puxando a franja das cortinas do mundo. Era o Pedaço do Éden, e estava no quinto andar.

Desceu de seu poleiro alto até a rua, atravessou-a e escalou as paredes do hotel até o telhado. Depois, se esgueirou pela beirada, cada passo levando-o mais perto da relíquia que ele mantinha ao alcance dos sentidos, até estar diretamente acima. Dali, passou pela beirada e desceu ao longo da parede até encontrar a janela do quinto andar aberta.

A sala estava escura, com um grosso tapete turco sob seus pés. Havia uma mesa perto da lareira, cercada por cadeiras estofadas e uma escrivaninha próxima. O Pedaço do Éden não estava nessa sala, por isso Varius passou por uma porta à esquerda, guiado pela bússola de sua Visão de Águia e pela pulsação da energia da relíquia.

A sala ao lado era maior do que a primeira, com três mesas e cadeiras encostadas em três paredes. A quarta parede continha uma lareira grande, e, acima dela, o brasão do Clube Asteca. Havia lembranças e suvenires na lareira, e dentre os relógios, pistolas e medalhas, Varius viu a adaga.

Atravessou o cômodo e pegou-a, sentindo sua força fluir pelas pontas dos dedos e subir pelo braço. O feitio da arma era bastante curioso. Não tinha guarda, e a lâmina se curvava ligeiramente, e a parte oposta à ponta, perto do cabo, era afiada, quase como a ponta de um arpão. O cabo era enrolado com couro e fios de ouro, mas a forma era chata, como se fosse simplesmente uma extensão da lâmina moldada na forma de um cabo. O botão talvez fosse a característica mais marcante, formando uma espécie de triângulo, com ângulos agudos que devia se encaixar em outra coisa. Varius concluiu que aquilo não era uma adaga, e sim uma parte separada de alguma arma maior.

Tirou um pedaço de seda de dentro do casaco, enrolou a arma cuidadosamente, e colocou-a no bolso. Em seguida, se virou de volta para a sala por onde tinha entrado. Mas quando se aproximou da janela, teve uma sensação para a qual estivera cego anteriormente, tão consumido que estivera pela energia do Pedaço do Éden.

Tinha sido detectado.

Mas se o vigia fosse alguém do hotel ou um passante comum, teria dado o alarme, gritando e anunciando a invasão. Em vez disso, tinha permanecido em silêncio.

Não poderia ser uma pessoa comum. Varius precisava fazer alguma coisa para atrair o perseguidor para terreno aberto, para descobrir o que teria de enfrentar, que riscos poderia correr com o Pedaço do Éden. Esgueirou-se até a janela, espiando das sombras, e estendeu sua Visão de Águia.

A pessoa estava lá embaixo, no adro abaixo da capela de St. Paul, esperando-o. Tirou a casaca e usou o antebraço para estendê-la para fora da janela, como estivesse a ponto de sair e escalar de volta até o telhado. A figura no adro atirou contra ele, e um instante depois, um dardo acertou o tecido da casaca.

Varius enfiou o dardo num bolso, tendo cuidado com a agulha, e em seguida puxou a casaca de volta para dentro e vestiu-a. A figura lá embaixo era um Templário, e não um Templário comum, mas um Caçador. Alguém treinado nas técnicas dos Assassinos, um oponente muito formidável. Varius tinha ouvido boatos sobre a existência de um desses em Nova York, e em circunstâncias diferentes teria confrontado o Caçador em combate direto. Mas o Pedaço do Éden era importante demais para que ele corresse o risco de deixá-lo cair nas mãos de um Templário, caso a batalha lhe fosse desfavorável.

Voltou para as salas do Clube Asteca, chegando ao saguão de mármore justo quando ouviu a explosão de uma granada de fumaça. Esperou até que o Caçador chegasse à sala do brasão antes de passar por outra porta que dava na sala de jantar, e, depois, pela biblioteca. Quando ouviu os passos do Caçador no piso de mármore frio, Varius abriu a porta da biblioteca para a primeira sala e correu até a janela aberta, através da névoa da granada que ainda permanecia ali.

Saiu rapidamente à parede do hotel e a escalou até a cobertura. No minuto em que seus pés bateram na superfície de cascalho, mergulhou em busca de cobertura atrás da chaminé mais próxima. Havia dezenas e dezenas de chaminés, que proporcionavam um labirinto de tijolos onde se esconder.

Um instante depois, as botas do Caçador bateram na cobertura.

— Não sei o que está passando pela sua cabeça! Mas você não é páreo para mim! Meu avô caçava Assassinos como você! Ele exterminou alguns dos maiores dos seus!

Isso só poderia significar uma coisa. Esse Caçador era descendente de Shay Patrick Cormac, o maior traidor da Irmandade, que tinha matado os Assassinos que confiaram nele, aleijando seu próprio Mentor. Varius sentiu uma raiva súbita, pegou uma faca de arremesso no cinto e a atirou, mas o Caçador se desviou.

— Seu avô já foi Assassino — gritou Varius, lançando a voz vários metros à esquerda, mais disfarçada ainda pelos ecos nas chaminés e claraboias. — Ele deu as costas para a Irmandade e o Credo que tinha jurado seguir! Ele não passava de um covarde e traidor!

— Jamais foi traidor da verdade! — gritou o Caçador. — Ele jamais traiu a Ordem dos Templários! E me ensinou a matar insetos como você.

Agora Varius entendeu mais completamente quem ele enfrentava, e sentiu uma urgência ainda maior. Talvez esse Caçador fosse melhor do que ele, e nesse caso a única ação possível era a fuga. O Pedaço do Éden não deveria cair nas mãos do Tammany.

Correu em silêncio para a borda do prédio, mas ouviu o som do fuzil do caçador no instante em que chegou lá. O dardo o acertou na lateral do corpo, e Varius soube que tinha apenas alguns segundos até que a toxina o dominasse. Fez uma descida desesperada — meio queda controlada, meio queda livre — pegando saliências com as pontas dos dedos, apenas o suficiente para tornar a descida mais lenta.

Bateu no chão com força, mas saltou de pé, sem nenhum osso quebrado. Arrancou o dardo, que tinha se alojado no couro do cinturão das facas. Isso significava que a agulha não havia penetrado totalmente na pele, e talvez ele não tivesse recebido a dose completa. Mas sentiu alguma coisa. O chão tinha começado a se mexer, e os prédios ameaçavam tombar. Estava vulnerável.

Atravessou a Broadway cambaleando; depois, desceu a Ann Street e entrou num beco ali perto, onde se enterrou nas sombras. Desse esconderijo, viu o Caçador descer à rua e olhar em todas as direções. Ele andou até a Broadway e a atravessou, mas parou ali, aparentemente inseguro quanto ao que fazer. Varius pensou que talvez ainda pudesse escapar do Caçador.

As pessoas ainda andavam para lá e para cá na rua, preparando-se para o tumulto do dia seguinte. O Caçador não prestou atenção a eles, tirando alguma coisa do casaco de couro. E, ao ver aquilo, Varius fechou os olhos, consternado. Era uma luneta Herschell, capaz de revelar o calor que os corpos vivos liberavam no escuro.

Varius tentou correr, mas descobriu que as pernas tinham se amotinado e não reagiam mais ao seu comando. Olhou para elas, que pareciam ser os membros de outra pessoa, e não os seus. Finalmente a toxina havia dominado seus nervos e músculos.

O caçador fez um círculo vagaroso com a luneta, mas parou quando as lentes apontaram direto para Varius. Em seguida, guardou-a e carregou o fuzil com gestos casuais. Varius não podia fazer nada além de olhar para o cano enquanto o Caçador mirava e atirava.

O dardo o acertou no ombro, desta vez se cravando fundo e completamente, mas ele notou mais a pressão do que a dor. Em segundos, sentiu a mente nublando e perdeu quase todo o sentido de quem era e onde estava, mas permaneceu consciente de que tinha fracassado pela segunda vez com seu pai e com a Irmandade.

Uma figura estava perto dele, falando, e sob o peso da consciência frouxa de Varius, Owen reconheceu o ancestral de Javier.

— Meu avô teria matado você — disse o Caçador. — Eu achei que mataria, também, até agora. Sou Porrete Cormac, e acho que prefiro que você viva com a vergonha.

A nuvem por cima da mente de Varius se transformou numa noite sem estrelas e sem lua, e, para Owen, a simulação ficou preta. Ele flutuou num vácuo parecido com o Corredor da Memória, mas enquanto o Corredor da Memória tinha uma sensação de potencial, este lugar era preenchido pela total ausência e pelo vazio.

— O que está acontecendo? — perguntou ao vazio.

Seu ancestral está inconsciente, disse a voz de Monroe em seu ouvido. *Mas não está morto, caso contrário, a simulação teria terminado.*

— E o que eu faço?

Espere. Se você estivesse sozinho na simulação, eu poderia acelerar passando por essa parte, mas preciso mantê-lo no ritmo dos outros.

— Eu vi — disse Owen. — Eu estive com o Pedaço do Éden na mão.

Eu sei.

— Mas agora ele está com o Javier.

Com Javier, não. Com o ancestral dele. É importante que você lembre isso.

— Está ficando confuso.

E fica mesmo.

— Mas, de qualquer modo, agora sabemos onde ele está, não é? Deveríamos acabar logo com a simulação, certo?

Infelizmente não, disse Monroe. *Essa memória parece longe de terminar.*

13

Abraham jamais admitiria em voz alta a nenhuma pessoa, muito menos a Eliza, mas estava feliz com a carona de carroça de volta à casa do Sr. Tweed. David também estava aliviado. Seus ossos velhos pareciam se juntar como as extremidades quebradiças de gravetos secos, o que era uma experiência muito esquisita e desconfortável. Mas Abraham não podia parar para ouvir as juntas reclamando, caso contrário, começaria a reclamar também, e isso era uma coisa que ele tinha jurado nunca mais fazer.

— Vai ser uma conflagração enorme amanhã — disse Joe Magrelo por cima do ombro. — Uma tremenda conflagração.

— Foi o que ouvi dizer.

Certo, disse Monroe no ouvido de David, *Você entrou em outra parte extrapolada da simulação. Nos próximos instantes, esse ponto vazio foi preenchido por dados históricos e lembranças de outras pessoas, combinados com a parte da sua vida mais jovem que foi passada adiante junto com os genes. Só fique firme, tente fazer o que Abraham faria. Lembre-se, você tem alguma área de manobra, mas se agir muito fora do personagem, pode sair de sincronia.*

— Você tem sorte porque o chefe cuidou de você — disse Joe Magrelo, com uma ameaça sutil espreitando por baixo da superfície de suas palavras.

— E por quê?

— Amanhã a coisa vai ficar feia para os negros.

David não sabia direito como entender essa declaração. O Sr. Tweed havia lhe dado o mesmo aviso antes, e apesar de não ter certeza se Abraham falaria isso, David perguntou:

— Isso parece certo para você?

Joe Magrelo fez uma carranca, e a simulação estremeceu.

Epa, disse a voz de Monroe. *O que foi que eu acabei de dizer? Você precisa permanecer no personagem. Você ainda tem pontos de contato onde precisa estar com os outros, e não pode fazer isso se irritar esse cara a ponto de ele fazer alguma coisa com você.*

— Parece certo? — perguntou Joe Magrelo. — Está me questionando, homem?

— Só estou perguntando se o senhor acha que a culpa é nossa.

— Não sei se os negros são responsáveis, mas, por Deus, tem uma guerra por causa deles, não é? Os pobres sendo alistados para lutar e morrer para libertar os negros que vão pegar os empregos deles. — Sua voz tinha subido de tom, agitada. — Os negros são a causa inocente de toda essa encrenca, e amanhã, por Deus, vamos arrebentar com eles.

David sabia que Abraham não diria nada e que ficaria imóvel, não se sentindo nem um pouco seguro na carroça apesar das ordens de Porrete. Mas sentia uma raiva intensa do racismo daquele idiota, uma raiva que vinha aumentando desde que tinha entrado nessa simulação, e não conseguia se impedir de falar.

— Talvez o senhor também leve uma surra...

A simulação guinchou e corcoveou, e David sentiu como se estivesse implodindo, desmoronando sobre si mesmo numa singularidade de não existência. A pressão intensa dobrou e torceu sua mente, e ele gritou, mas nada saiu. Então, tudo ficou preto, sem simulação, sem nada, e ele se perguntou se teria morrido...

— Relaxe — disse Monroe. — É isso aí. Você perdeu a sincronia.

O capacete de David foi tirado e ele estava de volta ao armazém, com a luz acima fazendo arder o fundo dos olhos. Uma vertigem súbita o dominou, e ele se virou de lado. Monroe já tinha um balde ali, e David vomitou dentro dele.

Depois vomitou de novo. E uma terceira vez.

— É barra pesada — disse Monroe, entregando uma toalha para enxugar a boca. — A perda de sincronia mexe com os lóbulos parietais, a parte do seu cérebro que mantém você aterrado no tempo e no espaço. Vai passar.

David nunca tinha se sentido tão nauseado. Era como a pior tontura da pior montanha-russa imaginável. Sentiu ânsias de vômito pela quarta vez, e depois tombou de volta na poltrona reclinável, ofegando, com o teto e a sala ao redor girando, e lutou contra a dor como se um torno esmagasse seu crânio. Os outros estavam reclinados nas poltronas ao redor, sem perceber nada e, de um modo bem desconcertante, não estando exatamente ali.

Uma nova onda de dor o dominou, e ele gemeu.

— Nunca mais quero fazer aquilo.

— Não culpo você — disse Monroe.

— Estraguei tudo?

— Ainda não. Mas precisamos colocá-lo de volta lá. Vão acontecer junções. Enquanto você estiver nelas, a simulação se sustenta.

David não estava preparado. Mas sabia que não tinha tempo para se preparar. Pelo menos não restava nada em seu estômago para ser vomitado.

— Na verdade, você vai se sentir melhor de volta na simulação — explicou Monroe. — É onde uma parte do seu cérebro acha que você está.

— Então, vamos fazer isso logo — sussurrou David, e Monroe o ajudou a recolocar o capacete. A escuridão dentro da viseira diminuiu a sensação de estar girando.

— Primeiro vou colocar você de volta no Corredor; depois, vou carregar a simulação. Tem certeza de que está pronto?

— Isso importa?

— Na verdade, não.

— Então, vá em frente.

A viseira se iluminou, e um instante depois, David estava parado naquele espaço cinza e nublado do Corredor da Memória, e de volta ao corpo velho mas familiar de Abraham. Monroe estava certo; a sensação era melhor, assim como é melhor voltar para a água quando a gente nada num dia frio. A vertigem parou e a dor na cabeça diminuiu.

Melhor?, perguntou Monroe.

— Um pouco.

Bom. A simulação está pronta, para quando você estiver. O Animus recalibrou a memória, reiniciando aquele racista. Tenha mais cuidado, certo?

— Certo. — David não precisava de mais alertas sobre perda de sincronia. Bastou uma experiência como aquela para ele querer ficar o mais distante possível daquilo.

Vamos lá. Três, dois, um...

David estava de volta na carroça, e Joe Magrelo continuava guiando-a como se nada tivesse acontecido. David não disse mais nada até voltar à casa do Sr. Tweed, usando o silêncio para retornar à mente do ancestral. Ouvia Abraham como se estivesse sentado no colo do velho, e quanto mais ouvia, melhor se sentia, até que a vertigem e a dor sumiram completamente, e ele estava acomodado melhor ainda do que antes da perda de sincronia.

Seguiram ruidosamente pela Bowery, e as pedras do calçamento faziam dançar a poeira acumulada nos cantos da carroça. A agitação que Abraham observava na rua sugeria que o Sr. Tweed e Joe Magrelo estavam certos, e que sem dúvida haveria um tumulto no dia seguinte. Mas a palavra *tumulto* não revelava adequadamente a organização do que estava acontecendo. Um tumulto verdadeiro era caos. Aquelas idas e vindas alardeavam estratégia e planejamento, e isso fez Abraham se perguntar se uma guerra não seria apenas um tumulto com um pouco de previsão.

Partindo da Bowery, e mais tarde da Quarta Avenida, pegaram a rua Quatorze oeste, passando pela grande estátua de George Washington perto da Union Square, e do outro lado do parque Abraham vislumbrou através das árvores uma confusão distante, um patrulheiro enorme, como um Golias, derrubando alguns malandros de rua.

— Amanhã as chances não vão estar a favor daquele grandalhão — disse Joe Magrelo com uma gargalhada maligna, bufando. — Vamos mostrar a eles, hein?

Abraham não disse nada, mas ficou imaginando com quem, exatamente, aquele sujeito achava que estava falando.

Foram em frente, e quando chegaram à Sexta Avenida, viraram para o norte e seguiram por mais vinte e dois quarteirões. Era bem tarde quando chegaram finalmente à casa do Sr. Tweed.

— Pronto — disse Joe Magrelo. — Está entregue em segurança.

— Obrigado. — Abraham desceu da carroça para a calçada. Ainda que fosse melhor do que andar, mesmo assim as sacudidas castigaram seu corpo, uma dor à qual David estava se acostumando.

Joe Magrelo assentiu na direção da casa.

— Fique aí dentro amanhã.

— Vou ficar — concordou Abraham, mas imaginou por que ele e Eliza deveriam estar em segurança quando outros homens, mulheres e crianças de cor negra na cidade não estariam, sem dúvida.

Joe Magrelo partiu pela noite com sua carroça, com seus objetivos infernais, e Abraham se virou para a porta. Descobriu que estava trancada, mas bateu e tocou a sineta.

Eliza não veio.

Bateu e tocou de novo.

E de novo.

Esperou.

Eliza continuou sem aparecer.

Presumiu que ela teria caído no sono, incapaz de manter sua vigília de Getsêmani. Poderia haver uma janela aberta pela qual conseguiria entrar, mas com o espírito da cidade tão revirado de animosidade ele não ousava parecer que era um invasor.

Assim como Abraham se preocupava com Eliza, agora David se preocupava com Grace. Sentia-se inquieto sem tê-la por perto, como se não estivesse em segurança, e não sabia o que fazer. Não se arriscaria à quebra de sincronia fazendo alguma coisa idiota, mas queria entrar naquela casa e se certificar de que a irmã estava ali.

Abraham optou por se acomodar na soleira, como tinha dito a Eliza que faria. A noite estava quente e úmida, e ainda que provavelmente ele fosse ficar dolorido durante dias, não seria nem de longe a pior noite que já havia passado.

E a pior noite de sua vida também não seria uma das que tinha passado escondido nos pântanos tantos anos antes, comido pelos insetos, tremendo e molhado, com feridas infeccionando na sujeira. Nem seria uma das noites calorentas que tinha passado dentro de um caixão com carne podre, para ficar com o fedor adequado, enquanto um abolicionista atravessava a fronteira com ele entrando na Pensilvânia.

Abraham olhou para o céu noturno e deixou a mente pairar até aquele local dentro dele, longe, rio abaixo, o pantanal onde a podridão da culpa, da raiva e do ódio sufocava as raízes das árvores e a água salobra corria na velocidade da dor.

A pior noite de sua vida tinha sido a noite em que sua primeira mulher foi assassinada por outro escravo, um homem recém-chegado à fazenda, já atordoado e sem as duas orelhas, que em seguida Abraham matou.

Foi o medo que impeliu Abraham a fugir, de início, um terror com relação a o que os senhores fariam com ele ao descobrir, mas foi a culpa que o manteve fugindo. Houve muitos dias em que a culpa era seu único alimento e mantinha seu corpo vivo quando deveria ter morrido.

Tantos anos depois, Abraham ainda sabia onde achar essa culpa. E a raiva. E o ódio. Ia lá com frequência enquanto viajava pela Ferrovia Subterrânea, como era chamada a rota de fuga dos escravos, atravessava Staten Island e estudava na Igreja Metodista Episcopal Africana Sion. Mas demorou até o nascimento de Eliza, filha de sua segunda mulher, para perceber que não precisava ficar lá. Poderia abandonar aquele lugar sinistro rio abaixo e fazer um lar no alto, perto das águas límpidas da fonte. Poderia escolher onde sua alma residiria. As pessoas que arranjavam encrenca, negras ou brancas, escravas ou livres, eram as que prosseguiam como se não houvesse escolha. Mas não é possível evitar o pântano apagando o mapa.

Em noites assim, quando parecia a Abraham que nada havia mudado e nada mudaria, não importando quantos presidentes viessem com suas proclamações, e não importando o que essas proclamações proclamassem, em noites assim ele sentia saudade das duas esposas e se deixava levar rio abaixo, para lembrar onde já estivera, a escolha que tinha feito, e fazer essa escolha de novo.

Alguém gritou.

Abraham abriu os olhos ao ver uma turba passando. Ainda não havia amanhecido, e eles já estavam indo em bando para o norte da ilha, selvagens e ferozes. A visão o preocupou, e ele se perguntou como o Sr. Tweed podia ter tanta certeza de que ele e Eliza estariam seguros nesta casa. Uma turba tinha mente própria e não recebia ordens, nem do Tammany Hall.

Nenhum lugar da cidade estaria seguro. Abraham sabia, e então decidiu que precisava tirar Eliza da cidade às primeiras luzes, antes do tumulto. Isso significava que havia preparativos a fazer, e ele precisava entrar, mesmo correndo o risco de parecer um ladrão.

Levantou-se com dificuldade e deu a volta na casa, passando por cima das cercas vivas e do gramado, chegando à porta do porão, sua melhor opção para entrar. Frequentemente Margaret deixava os entregadores descerem com as mercadorias e depois se esquecia de trancar a porta, e felizmente parecia ter feito isso hoje.

Abraham pôde entrar na casa pelo porão. Subiu à cozinha e depois foi rapidamente para o corredor principal.

— Eliza? — chamou.

Não houve resposta. Mas ela não tinha o sono tão pesado assim.

Verificou cada cômodo do primeiro andar; depois, os do andar de cima, e, em seguida, os do sótão, e concluiu que ela não estava ali.

David compartilhou o pânico de Abraham quando pensou em Eliza nas ruas. Abraham não tinha ideia de por que ela teria saído de casa, mas entrou rapidamente na biblioteca e escreveu um bilhete apressado para a filha.

> *Minha Eliza,*
> *Quando você ler isso, quero que se sente e me espere dentro de casa, como pedi. Se não tivermos nos encontrado até às seis horas desta tarde, quero que se encontre comigo na barca da Christopher Street. A cidade não está segura, e devo tirar você daqui. Se eu não chegar até a hora marcada, quero que pegue a barca sem mim. Vou me juntar a você assim que puder.*
> *Seu pai amoroso, Abraham*

Abraham deixou o bilhete na mesa do corredor da frente, onde sem dúvida Eliza o veria, caso voltasse para casa. Por enquanto, acreditava que ela provavelmente tinha tentado segui-lo, tendo ouvido as instruções do Sr. Tweed. Isso significava que iria em direção ao Quarto Distrito, pensamento que impeliu os ossos quebradiços de Abraham a correr assim que seus pés chegaram à calçada.

David também se preocupou. Sabia que o Animus era apenas uma simulação, mas se Eliza passasse pelo que Abraham temia, caso fosse apanhada no meio do tumulto, Grace precisaria experimentar tudo.

Depois de uns poucos quarteirões, Abraham precisou diminuir o passo. Os ônibus e a ferrovia da Sexta Avenida ainda não estavam correndo, por isso ele precisou andar por toda a extensão da mesma. No caminho, passou por várias turbas indo na direção oposta, para o norte, e a cada vez temia que o pegassem.

Quando chegou à rua Quatorze e virou para o leste, suas pernas tinham começado a gritar, ameaçando ceder completamente, e ele se sentou embaixo da estátua de Washington para descansar. O sol ainda não havia nascido e ainda estava com a cabeça enterrada sob o cobertor do horizonte, mas estava acordando.

David não sabia se o velho conseguiria andar mais um quarteirão, quanto mais todo o caminho até o Hole-in-the-Wall. Parou de ouvir a mente de Abraham e começou a falar. E a andar. Levantou-se e deu um passo pela rua, mas quando fez isso, a simulação falhou.

Epa, epa, epa, disse Monroe. *O que está acontecendo, David?*

— Desculpe — respondeu David. — Eu não pensei. — Obrigou-se a voltar à estátua e sentar-se, com todo o corpo tenso. Mas, em resposta a isso, a simulação se estabilizou.

Pronto, assim está melhor, disse Monroe. *Tudo bem?*

— Só estou preocupado com Grace.

Ela está bem, garantiu Monroe. *A simulação dela continua forte. Não há com que se preocupar.*

David assentiu, sentindo-se um pouco aliviado por ela, e até que Abraham decidisse ficar de pé e andar, David podia permanecer sentado com seus próprios pensamentos por um tempo.

— Ainda está aí, Monroe?

Estou.

— Isso é difícil.

Como assim?

— Não consigo mudar o que eles passaram. Aconteceu. Já aconteceu.

Aconteceu.

— Mas agora eu sinto como se fosse minha vida também, por isso estou... com muita *raiva*.

Isso é novo?

— Não sei. Acho que meu pai e Grace sempre me protegeram com um escudo.

E agora seu escudo sumiu. É isso?

— Talvez.

Então, talvez seja a hora de você se proteger.

— Talvez — disse David, mas então Abraham começou a falar de novo, exigindo ser ouvido.

Levantou-se de baixo da estátua e voltou a caminhar para o sul da ilha, decidido a gastar os ossos até virarem poeira para encontrar Eliza. A dor nos joelhos de Abraham era insuportável, e David sabia disso, mas de longe, assim como era difícil se lembrar de sua própria dor depois do fato, mesmo tendo sido forte.

Abraham prosseguiu mancando por três quarteirões até a Quarta Avenida; então, conseguiu pegar um abençoado ônibus puxado a cavalos que ia para o sul. O veículo estava quase cheio, e Abraham recebia olhares inimigos de todos os lados, mas conseguiu manter a cabeça baixa e seguiu em segurança por toda a extensão da Bowery. Desceu na Pearl Street, e enquanto o veículo se afastava, um dos passageiros, um garoto magro que não teria mais de 12 ou 13 anos, olhou direto nos olhos de Abraham e passou o dedo pelo pescoço.

Essa visão chocou Abraham, enraizando-o na calçada e congelando seu corpo até muito depois de o ônibus ter sumido de vista.

As crianças também iriam participar do tumulto? Que esperança havia para uma cidade assim?

A escuridão do pântano o chamava, por isso Abraham se virou para a luz pura de sua filha e foi em frente, abrindo caminho até a Dover Street, com os ombros à frente.

O Hole-in-the-Wall estava quase vazio, mas continuava aberto. A enorme mulher que administrava a freguesia tinha ocupado o lugar de Porrete atrás do balcão, e quando Abraham entrou, ela fez uma carranca, com as chamas do cabelo ruivo ardendo intensas sobre a cabeça.

— Você de novo? — Ela pôs os punhos no balcão e se apoiou neles. O balcão gemeu.

— É. — Abraham foi até o balcão, mas desta vez não trazia uma carta do Sr. Tweed para protegê-lo. — Peço desculpas, senhora, mas...

— Como você vê, não tenho mais garçons para você levar.

— Não estou aqui por causa disso.

— Não tem mais ordens do chefe, então?

— Não diretamente. Mas estou aqui por causa de uma das empregadas dele. Minha filha, Eliza.

— Ah, ela.

— A senhora viu?

— Ela esteve aqui há pouco, querendo saber aonde *você* tinha ido. — A mulher gargalhou com o som de uma pedra rolando morro abaixo. — Não é irônico?

— Por favor, senhora — disse Abraham, que não via qualquer graça naquilo. — O que a senhora disse a ela?

— Não tinha motivo para mentir, por isso falei o que eu sabia. Você deu um recado ao Porrete e aí o Porrete saiu com você.

— E o que ela respondeu?

— Ah, acho que agradeceu. Então, eu disse que era melhor ela ficar dentro da casa do Sr. Tweed, como você deveria fazer.

Abraham esperou que Eliza tivesse feito exatamente isso. Mas também era possível que ela tivesse saído da taberna procurando Porrete, com o objetivo de encontrar Abraham, mas ele não fazia ideia de para onde Porrete havia ido depois de colocá-lo na carroça de Joe Magrelo.

— A senhora sabe onde o Porrete está?

— Claro que não.

— Entendo. Obrigado. A senhora ajudou muito.

— Ajudei, é? — perguntou ela, rindo de novo. — Não costumo ouvir muito isso, a não ser que esteja ajudando alguém a se embebedar, ou a sair daqui debaixo de pancada.

Abraham notou o vidro cheio de orelhas na prateleira atrás do balcão.

— Sem dúvida, ajudando a pessoa a ver os próprios erros.

— Exatamente — disse ela. — Sou uma pregadora, é isso. — Ela deu um tapinha no cassetete pendurado no cinto. — E aqui está o meu sermão.

— Tenho certeza de que a senhora é muito eloquente. Boa noite, senhora.

— Boa noite. E Deus ajude você amanhã.

14

— Tem certeza de que vai acontecer um tumulto? — perguntou Adelina, apesar de Natalya não ter gostado nem um pouco da aparência dos homens que tinham marchado rua acima.

— Aqueles malandros podiam estar carregando placas de protesto — disse Tommy —, mas absolutamente todos são bandidos e rufiões. Na maior parte, são da Guarda das Baratas, pela aparência. Acredite, não importa o que isso finja ser, vai virar um tumulto.

— Vou estar em segurança no hotel?

Tommy coçou o queixo.

— Fico preocupado achando que o hotel pode virar um alvo, se as coisas ficarem feias.

— E o que você sugere?

Tommy se virou e olhou para o outro lado da praça, na direção oposta ao hotel.

— Por enquanto, a casa do meu irmão. Quando soubermos mais, podemos levar você a outro lugar.

— Muito bem. — Adelina estava acostumada a visitar casas de estranhos durante as turnês, e confiava em Tommy. Se ele dizia que era a melhor opção, ela acreditava. — Vamos para lá, por enquanto.

— Mas devo avisar antecipadamente — disse Tommy, olhando-a com seriedade. — Meu irmão e a esposa dele estão em Boston.

— Sei. Mas você tem uma chave para entrarmos?

— Tenho, mas...

— Mas o quê?

— Nós estaríamos sozinhos na casa.

Adelina sorriu, achando comovente a integridade dele.

— Se isso a incomoda — disse ele.

— Não me incomoda.

Ele assentiu.

— Então... vamos?

Ela assentiu de volta, e os dois atravessaram o resto do parque até a Quarta Avenida, e dali foram pela rua Vinte e Quatro até atravessarem a Lexington.

— É logo ali — disse Tommy, e a levou para uma construção de arenito marrom, de quatro andares, com acabamentos em pedra cinza em volta das janelas e uma pequena escada até a porta da frente. Demorou um tempo até achar a chave com as mãos grandes, obviamente nervoso.

Ele era muito diferente dos homens que ela costumava encontrar nas viagens. Para começo de conversa, muitos homens que Adelina conhecia não teriam avisado caso ela fosse ficar a sós com eles. Pelo contrário, esse tipo de circunstância tinha sido deliberadamente orquestrado mais de uma vez, já que os homens presumiam certas coisas com relação a atrizes e cantoras. Tommy não era rico, e a segurança com que se portava na rua ao lidar com bandidos não o acompanhava ao lidar com o sexo oposto.

Ela pôs a mão no braço dele, ajudando a firmá-lo.

Um instante depois, com um grunhido, ele conseguiu girar a chave, e os dois entraram no saguão.

A casa era tão bonita por dentro quanto por fora. No centro do saguão, um piso de parquê de madeira cercava um mosaico de ladrilhos, sobre o qual ficava uma mesa redonda enfeitada com um lindo vaso chinês. Daí entraram em outro saguão com uma escada que subia ao segundo andar. A única luz entrava pelas janelas, vinda dos postes da rua, já que o sol ainda não estava suficientemente alto para oferecer qualquer coisa que valesse a pena.

— Por aqui — disse Tommy, sinalizando para ela subir a escada. — Neste andar é praticamente só a cozinha.

Um tapete grosso cobria os degraus de madeira, de modo que a subida não produziu qualquer som, a não ser o farfalhar do vestido. Quando chegaram ao patamar, Adelina olhou uma sala de estar à direita, e uma de jantar à esquerda. Sem ser convidada, ela se virou para a sala de estar e entrou pela porta de vidro dupla.

Mesmo à luz fraca, Adelina pôde ver que o lugar era muito bem decorado. O tapete turco tinha uma trama luxuosa e uma estampa estonteante. Sofás combinando se encaravam de lados opostos da sala com uma poltrona em cada extremidade deles. Um aparador gótico fazia uma carranca num canto, e um enorme quadro de um navio agitado por um mar violento ocupava a parede acima de um piano de armário. Um espelho de moldura dourada enfeitava a parede oposta; acima da lareira, havia um grande busto de mármore de uma mulher.

— É, acho que podemos passar algum tempo aqui — disse Adelina, indo se reclinar num sofá. — Não concorda?

— Se você quiser — respondeu Tommy, mas em vez de se sentar, ele foi até uma janela que dava para a rua Vinte e Quatro e olhou por entre as cortinas.

— Não vai se sentar comigo?

Ele se virou para olhá-la, e um instante depois, saiu de perto da janela e ocupou uma poltrona do lado oposto da sala, sentando-se inquieto, com as costas rígidas, mantendo os braços cruzados.

— Ainda está preocupado conosco aqui?

— Não, acho que por enquanto estamos em segurança.

— Então, você não se sente confortável nesta sala?

— Por que pergunta?

— Você ocupa essa poltrona como se tivesse medo de sujá-la.

Ele olhou em volta.

— É uma sala bem agradável.

— Então, se não é a sala, o que está deixando você tão desconfortável? Esta casa?

A pausa que veio em seguida disse a Adelina que ela havia acertado um nervo, um nervo que, se quisesse, ela poderia acompanhar até o leito de rocha do ser de Tommy.

— É a casa do meu irmão. Não é minha.

— Ele faz com que você não se sinta bem-vindo?

— Não, ele é muito bom. E Christine, a mulher dele, também.

— Então, o que é?

A poltrona rangeu enquanto ele se remexia.

— Acho que me sentir bem-vindo e sentir que eu faço parte do lugar são coisas diferentes.

— Você não faz parte deste lugar?

Ele olhou de novo ao redor.

— Daqui, não. — Depois olhou de novo para ela. — Mas você faz.

Ela sentiu uma acusação sutil na declaração dele, mesmo não acreditando que tivesse sido intencional. Mas não iria pedir desculpas por ser quem era e pela forma como escolhia viver no mundo. Não tinha do que se envergonhar.

— Aprendi a fazer parte de qualquer lugar, Tommy Greyling.

— Acho que deve ser uma habilidade esplêndida de se ter.

— Tenho sorte porque isso é fácil para mim. — Sem dúvida, Adelina tinha sentido que fazia parte da recepção depois da apresentação na noite anterior. Mas isso não aplacava a solidão que havia sentido lá. — Se não é essa, que tipo de casa você gostaria de ter?

— Acho que eu gostaria de sair da cidade, um dia. Vivi aqui a vida inteira. Quando fui lutar contra os Rebeldes, marchei por territórios lindos. Fazendas e campos. Muitas vezes pensei que gostaria de viver daquele jeito, um dia.

— Numa... fazenda?

Ele assentiu.

— Você parece desapontada.

Adelina não tinha pretendido parecer assim. Não era desapontamento o que sentia, mas algo mais parecido com medo.

— Não, é só que você é feito de um material melhor do que eu. Parece nobre e puro ao mesmo tempo.

— Mas é preciso de mais dinheiro do que eu tenho ou do que provavelmente verei algum dia.

— Talvez seu irmão o ajudasse, não é? — Adelina podia avaliar quanto custava a sala onde estavam e, por extensão, o resto da casa, e o irmão de Tommy era obviamente rico.

— Poderia. — Tommy balançou a cabeça. — Mas eu não pediria.

— Por quê?

— Eu sei de onde vem o dinheiro dele. É outro motivo para me sentir desconfortável nesta casa.

De algum modo, quanto mais fundo ela cavava, mais puro parecia o minério dele. Sua integridade não era apenas um verniz fino, ela vinha das profundezas. A mera presença de Tommy, sentado diante dela, enorme e forçando as costuras do uniforme de policial, parecia desafiá-la. Ela queria saber se ele era mesmo tão bom quanto parecia, e pensou por um momento breve em perguntar onde ficava o quarto dele. Mas não tinha intenção de levá-lo para lá, e uma provocação dessas só serviria para deixá-lo mais desconfortável. Além disso, não queria comprometê-lo, pelo contrário, queria provar que ele não poderia ser comprometido.

Levantou-se do sofá.

— Posso cantar para você?

— Eu... é... isso...

Mas ela não lhe deu tempo para encontrar as palavras que procurava: foi até o piano e sentou-se à frente. Nunca tinha sido uma instrumentista espetacular, mas era competente, e escolheu a música que havia cantado para o presidente Lincoln e sua mulher. Sabia que ela era muito popular com os soldados em campanha, e a letra parecia se adequar a tudo o que ela e Tommy vinham conversando.

Em certos sentidos, Natalya ficou tão aterrorizada por se apresentar naquele ambiente quanto estivera no palco, diante de milhares de pessoas. Mas se esforçou ao máximo para relaxar e deixar que Adelina fizesse o que fazia melhor. Seus dedos hesitaram um pouco à luz fraca da sala, mas sua voz não errou nenhuma nota.

Ainda que em palácios e prazeres possamos andar,
Por mais que seja humilde, não há lugar como o lar;
Ali nos saúda um encanto celestial
Que mesmo buscando em todo mundo, não haverá em outro local.

Lar! Lar! Doce, doce lar!
Não há lugar como o lar,
Não há lugar como o lar.

Longe do lar, o esplendor ofusca e engana,
Ah, dai-me de volta minha humilde choupana;
Pássaros cantando atendem ao meu chamado,
Dai-me só isso, com paz de espírito. É o mais desejado.

Lar! Lar! Doce, doce lar!
Não há lugar como o lar,
Não há lugar como o lar.

A ti voltarei carregado de amor sem fim,
O maior consolo do coração sorrirá para mim.
Dessa choupana jamais irei me afastar,
Por mais humilde que seja, não há lugar como o lar

Adelina tocou as últimas notas no piano e levantou os olhos. Tommy estava sentado em sua poltrona, a cabeça baixa de modo que ela não podia ver seu rosto. Ele permaneceu nessa posição por tanto tempo que ela começou a imaginar se o tinha feito dormir. Mas, um instante depois, ele levantou a cabeça e tirou uma lágrima do olho com o polegar.

— Você merece cada centavo — disse Tommy em voz baixa.

— Bobagem. Pagam muito mais do que eu mereço. — Ela se levantou do piano. — Mas se você repetir isso a alguém, eu nego que o tenha dito.

— Obrigado por cantar essa música.

— Por nada. — Ela atravessou a sala, de volta ao sofá.

— Lutei junto de muitos homens, todos adoravam essa canção. Ela se sentou.

— Eu sei.

— Muitos deles... foram para a casa. O primeiro lar da alma.

— Eu sei. Sinto muito.

Agora o sol havia nascido lá fora. Tommy se levantou da poltrona e retomou a vigília junto à janela.

— Ainda estão indo para o norte — disse, esticando-se para olhar a rua, na direção do parque. — Meu Deus, é uma turba.

— Vão precisar de você?

— Vão. Mas primeiro quero garantir que você esteja em segurança.

— Não se preocupe comigo. Tenho certeza de que vou ficar bem aqui. Você deve fazer o que for preciso.

Ele soltou a cortina e foi na direção da porta dupla.

— Vou sair e dar uma olhada por aí. Ver o que posso descobrir. Tem certeza de que não se importa em ficar aqui?

— De jeito nenhum.

— Há uma biblioteca lá em cima. Volto assim que puder.

Com isso, ele desceu a escada e ela o ouviu sair pela porta. Pela janela, viu-o andar pela rua até virar uma esquina e sumir.

Agora que estava sozinha, Natalya sentiu-se livre para ocupar o centro do palco. Durante a maior parte da noite, tinha deliberadamente se mantido longe da ação, deixando que ela se desenrolasse estritamente de acordo com o roteiro da memória. Acima de tudo, queria simplesmente ver Adelina sendo Adelina, uma mulher diferente dela. Além disso, tinha consciência de que Tommy era Sean, e não queria que houvesse alguma confusão com relação a quem se sentia atraído por quem quando saíssem do Animus. Mas talvez estivesse se preocupando sem motivo. Essa parte da simulação era simplesmente esquisita.

Enquanto Adelina esperava o retorno de Tommy, Natalya decidiu dar uma olhada pela casa, desde que isso não ameaçasse tirá-la de sincronia. Gostava de História na escola e também gostava de decoração. Mesmo jamais tendo se sentido muito atraída pelo estilo da era vitoriana, era interessante estar ali; era quase como se andasse num museu.

Saiu da sala de estar e foi para a de jantar, que tinha uma mesa comprida e lindíssima com candelabros de prata e um grande aparador ou bufê que Natalya achou que era num estilo chamado Rainha Anne. A sala de jantar tinha uma copa e uma escada que descia direto à cozinha.

Voltou ao saguão principal e subiu a escada até o andar seguinte, explorando a biblioteca e depois o quarto principal, onde a penteadeira continha alguns produtos de beleza que Natalya não reconheceu. O andar seguinte tinha um quarto que ela presumiu ser o de Tommy, e, seguindo pelo corredor, um quarto vazio. Bom, não exatamente vazio. Parecia que alguém tinha começado a prepará-lo para ser um quarto de criança. Havia um berço e um daqueles carrinhos antigos cobertos de renda, ambos enfiados num canto. Metade do quarto tinha recebido papel de parede com rosas, mas parecia que o projeto fora abandonado antes do fim, e Natalya pensou nas muitas histórias que aquele quarto contava, na maioria tristes.

O andar seguinte era principalmente um depósito no sótão, mas havia um pequeno lugar sob as empenas do telhado que Natalya achou que daria um quarto confortável, e uma porta pequena que levava ao telhado. Agora, o sol havia nascido totalmente, e os andares de cima coletavam todo o calor que ia aumentando.

Voltou à sala de estar e sentou-se diante do piano. Pôs os dedos sobre o teclado e tocou uma série de notas dissonantes. A mãe de Natalya tocava piano. Seus avós e os pais queriam que ela tocasse violino, e ela tinha tido aulas com um caro professor russo chamado Sr. Krupin. Mas ele tinha deixado totalmente claro a Natalya e sua família que ela possuía pouca aptidão para a música, de modo que acabaram permitindo que abandonasse as aulas. Ela podia ter herdado as memórias de Adelina, mas certamente não tinha herdado o talento.

Nenhum relógio da casa marcava a hora certa ou mesmo tiquetaqueava — evidentemente Tommy não vinha dando corda neles —, mas parecia que uma ou duas horas tinham se passado desde a saída dele.

A rua lá fora estava cheia de luz do sol quando Natalya viu Tommy voltando. Quando escutou a porta da frente se abrir, correu de novo para o fundo do palco e empurrou Adelina para a luz enquanto passos pesados subiam a escada.

— A cidade está num caos — disse Tommy entrando na sala.

— Verdade? — Adelina olhou para a janela e a rua que ainda estava quase totalmente vazia.

— Encontrei um patrulheiro de outra delegacia. As turbas que vimos ontem à noite e hoje de manhã estavam se reunindo num terreno baldio perto do Central Park. De lá, por volta das oito horas, elas marcharam para o sul. Pelo menos dez mil pessoas.

— Dez... dez mil?

Tommy confirmou com a cabeça.

— Eles obrigaram todas as fábricas, fundições e oficinas a fechar e levaram os trabalhadores, sob ameaça. Andaram cortando os fios de telégrafo e arrancando os trilhos dos trens, para impedir as comunicações e o movimento na cidade. Estão tombando os ônibus puxados a cavalo.

— Meu Deus — sussurrou Adelina.

— Isso não é um tumulto. É uma insurreição. A turba principal está atacando o escritório do chefe da polícia militar, onde acontecem os alistamentos. Mas acho que as coisas não ficarão contidas por lá durante muito tempo.

— O que deveríamos fazer?

— É perigoso ir para as ruas. Por enquanto, vamos ficar dentro de casa.

— Precisam de você?

— Vou ficar com você. Quero garantir sua segurança.

— Tenho certeza de que vou ficar bem, pode...

— Vou ficar com você — disse ele, num tom firme. — Até ter certeza de que você está em segurança.

Adelina assentiu, sabendo que não conseguiria dissuadi-lo. Tommy assumiu posição junto da janela, e, apesar das tentativas de conversa feitas por Adelina, ele parecia decidido a evitar distrações. Ela subiu à biblioteca e trouxe um livro de poemas, mas leu em silêncio.

Uma hora se passou e o dia ficou mais quente. Mesmo se tivessem aberto uma janela, ela podia ver claramente, pelos galhos das árvores do lado de fora, que nenhuma brisa os agitava.

Logo depois de mais uma hora se passar, Tommy se esticou, de repente.

— Parte da turba está vindo para cá. Da Terceira Avenida.

— O que eles estão fazendo?

— Saqueando.

Adelina foi rapidamente até a janela e olhou. Na rua, várias casas adiante, um maremoto de homens tinha avançado, parando em cada residência para atirar tijolos e pedras do calçamento. Várias mulheres e crianças tinham sido arrancadas de casa para a rua, obrigadas a olhar enquanto os saqueadores invadiam e roubavam suas vidas, jogando móveis, pinturas e louças pelas janelas.

— Onde está a polícia? — perguntou Adelina.

— Tentando controlar turbas maiores do que esta.

— Eles logo vão chegar aqui. Acho que deveríamos sair. Mas, primeiro, você precisa tirar esse uniforme. Se eles o virem assim, acho que vão se esquecer do saque.

Ele concordou relutante e subiu ao seu quarto para trocar de roupa enquanto Adelina vigiava pela janela. Agora, a turba estava a três casas de distância. Uma mulher mais velha tinha se ajoelhado na rua soluçando. Um homem de cabelos brancos e ralos estava ao lado, segurando a cabeça que sangrava um pouco. Adelina ficou surpresa ao ver que a turba tinha mais mulheres do que homens, com vestidos e saias imundos, cabelos revoltos, desalinhados e grudados no rosto com o suor.

— Estou pronto — disse Tommy à porta da sala.

Adelina se virou para olhá-lo.

Ele usava uma calça de lã xadrez com suspensórios e uma camisa branca de colarinho com as mangas dobradas. Ela descobriu que gostava mais desta versão de Tommy do que do patrulheiro.

— Vai servir — disse ela.

— Podemos sair pelos fundos.

Desceram correndo a escada até o saguão principal, e tinham acabado de virar para a cozinha quando uma enorme pedra de calçamento atravessou a janela perto da porta, provocando uma chuva de cacos de vidro no chão.

— Vá — disse Tommy.

Adelina entrou correndo na cozinha, mas não viu uma porta dos fundos.

— Desça a escada do porão — disse Tommy atrás dela.

Adelina viu a escada espiral metálica no canto e mergulhou por ela, entrando na escuridão, os passos retinindo e ecoando. Chegou ao fundo e não sabia aonde ir, já que seus olhos não tinham se acostumado à luz.

— Por aqui — sussurrou Tommy, passando em volta dela. — Acho que eles estão dentro de casa; por isso, temos de ir em silêncio.

Ele se afastou pelas sombras, e Adelina o ouviu mexendo numa fechadura. Então, uma cunha de luz se alargou, colocando-o em silhueta contra uma vista do quintal dos fundos. Ela foi até ele e os dois saíram da casa, que ficou nas mãos dos saqueadores.

15

Eliza foi para o oeste, saindo do Hole-in-the-Wall em direção ao Astor House. Aquela irlandesa, Gallus Mag, tinha dito que Porrete havia levado seu pai. Eliza não tinha ideia do que aquele homem poderia querer com seu pai, mas sabia que não existia um modo melhor de encontrar Abraham do que achando Porrete, e a mensagem que ela havia lido na biblioteca do Sr. Tweed mencionava o Astor House como local das ordens de Porrete. Também significava que seu pai tinha entregado a carta que ela havia saído para impedir de chegar ao destinatário.

Pegou a Frankfort até a Park Row, partindo da Pearl, esperando que a presença do Tammany Hall na esquina pudesse diminuir parte do perigo. A atividade nas ruas confirmava o que o Sr. Tweed havia alertado. Os arruaceiros estavam planejando e se reunindo, na maioria rufiões dos pardieiros e das docas.

Um grupo a viu passar, olhando-a com ódio e nojo explícitos.

— Aonde você vai? — perguntou um homem indo na direção dela, praticamente entrando no seu caminho.

— Estou fazendo um mandado para o Sr. Tweed. Sou empregada dele. — Ela esperava que isso o detivesse.

A declaração fez com que ele parasse, mas o homem não recuou.

— É mesmo?

— É — respondeu ela com o queixo erguido, enquanto passava.

— E se você estiver mentindo? — gritou o homem atrás dela.

Eliza se virou e olhou direto nos olhos dele.

— Quer apostar?

O pomo-de-adão do sujeito subiu e desceu no pescoço.

— Parece que não — disse ela, e continuou a andar do modo mais calmo que pôde, mesmo querendo correr.

Depois disso, se manteve principalmente nas sombras, nas laterais das ruas, ou misturada num grupo de passantes que não parecessem ameaçadores. Sempre fora boa em se esconder, motivo pelo qual seu pai a chamava afetuosamente de "ladrazinha furtiva" quando ela era criança.

Quando chegou à Park Row e atravessou a via férrea entrando no parque que cercava a prefeitura, achou mais fácil ainda se esconder no meio das árvores. Deslizou para o sudoeste, passando pela fonte Croton até a ponta do parque, e ali ficou parada nas sombras examinando o hotel Astor House do outro lado da Broadway.

Não fazia muito tempo que estava ali quando vislumbrou uma figura no meio das lápides do adro da capela de St. Paul. Pouco depois, viu uma segunda figura emergindo de uma janela do quinto andar no lado sul do hotel. A do cemitério disparou algo contra a da janela, um disparo silencioso demais para ser de uma arma de fogo, e a figura na janela desapareceu.

Então o homem que estava no adro pareceu subir voando na árvore e pulou a cerca para a rua. Num instante, escalou a parede nua do hotel como se alguém tivesse pendurado uma escada para ele, a partir da janela. Eliza nunca tinha visto um feito assim.

Agachou-se mais fundo nas sombras e esperou para ver o que aconteceria em seguida. Passaram-se vários instantes, e, então, a segunda figura saiu pela janela e subiu à cobertura do hotel, seguida pelo homem do adro. Depois de mais alguns instantes, um dos homens caiu da cobertura, mas de modo intermitente, parecendo agarrar a parede e diminuir a velocidade de descida. Eliza pensou que ele certamente quebraria o pescoço, mas o sujeito caiu com força no chão e em seguida se levantou com dificuldade.

Em seguida, atravessou a Broadway cambaleando e seguiu pela Ann Street, ali perto. Pouco depois, o homem do adro da igreja desceu pela lateral do hotel com a mesma facilidade com que havia subido, e foi na direção em que o perseguido fugira. Então, parou e tirou uma curiosa luneta da casaca, que usou para examinar as ruas.

Eliza queria se abaixar mais ainda, porém, ele jamais apontou a luneta diretamente para ela. Quando parecia estar apontando na direção da Ann Street, o homem guardou o telescópio, tirou um fuzil do ombro, carregou-o e disparou com um estalo abafado. Depois, foi andando até sumir de vista na direção em que tinha acabado de atirar.

Eliza teve certeza de que um daqueles homens era Porrete, mas não sabia qual. A carta do Sr. Tweed havia mencionado outro homem chamado Varius. Pelo que tinha testemunhado, os dois pareciam igualmente perigosos e capazes de feitos incríveis, como escalar paredes e sobreviver a uma queda que deveria ser mortal.

Quando o homem do adro saiu da Ann Street, Eliza tinha uma opção. Podia segui-lo e tentar confrontá-lo, esperando que ele fosse Porrete, mas também era possível que Porrete fosse o outro homem que tinha ido para a Ann Street, e possivelmente estava morrendo ou morto nesse momento.

Antes que pudesse se decidir, o homem do adro escalou a parede do prédio mais próximo até o topo e desapareceu, eliminando qualquer chance de encontrá-lo. Assim, ela seguiu a única opção que permanecia viável e saiu do parque, indo rapidamente pela Broadway até a Ann Street.

Não viu o homem imediatamente. Precisou andar duas vezes para um lado e outro da rua até notá-lo nas sombras de um beco. À primeira vista, achou que ele estava morto, e no canto de sua mente Grace reconheceu o ancestral de Owen. Mas seu pânico se esvaiu depressa quando chegou perto e viu o peito dele subindo e descendo. Ele estava apenas inconsciente, envenenado de algum modo.

Tentou acordá-lo com tapas, mas não conseguiu. Grace decidiu correr o risco de quebrar a sincronia e baniu Eliza para o fundo da mente. Depois, sussurrou:

— Monroe?

Nada.

Imaginou se ele podia ouvi-la.

— Monroe? — falou mais alto.

Sim, disse ele em seu ouvido. *Estou aqui. Desculpe, estava ocupado tentando acompanhar todo mundo.*

— Owen está bem?

Está. No limbo, agora.

— E o que eu faço?

O mesmo que ele. Espere. Pelo menos enquanto Eliza espera.

— Mas Owen não é Porrete, é?

Não. Mas Eliza não sabe.

— Como está o David?

Está bem também.

— Onde ele está?

Procurando você. Acho que pode até estar indo para o Hole-in-the-Wall. Mas, de novo, Eliza não sabe disso. Se você sair, vai...

— Eu sei. Vou quebrar a sincronia.

Certo. Portanto, fique firme e deixe Eliza comandar o show o máximo que você puder. Certo? Estamos chegando perto. Javier está com o Pedaço do Éden. Só precisamos surfar essa onda até o fim.

— Certo — disse Grace, mesmo sendo difícil deixar outra pessoa comandar o show, aparentemente até mesmo a pessoa cuja memória ela estava experimentando. Mas obrigou-se a deixar Eliza sair de novo e a dar livre acesso aos salões de sua mente.

Eliza pensou em chamar um médico, mas decidiu não fazer isso. A polícia ou outras autoridades poderiam intervir, e, com isso, interferir com a possibilidade de ela encontrar seu pai. Assim, ela se acomodou no beco ao lado do homem, desse estranho, e ficou vigiando-o, certificando-se de que ele estivesse respirando e de que ninguém o encontrasse.

Uma hora se passou assim, e depois outra, e então a primeira luz do alvorecer se estendeu, tocando a rua com um calor que prometia um dia sufocante.

O estranho se mexeu.

— Ei — disse Eliza. — Ei, acorde.

As pálpebras do sujeito estremeceram e ele gemeu.

— Está me ouvindo? — perguntou ela.

Os olhos dele se abriram, um pouco demais, e Eliza viu que eles ainda não estavam focalizando direito. O homem tinha a aparência de um bêbado acordando depois de uma noite difícil.

— Quem... quem é você?

— Eliza — respondeu ela. — Por favor, diga que o senhor é o Porrete.

Ele balançou a cabeça.

— Mas eu gostaria de matá-lo.

Portanto, Porrete devia ser o outro, que Eliza não poderia ter seguido pelos telhados, de qualquer modo. Isso significava que ela também sabia quem este sujeito era.

— O senhor é Varius — disse.

Uma expressão espantada dominou a perplexidade dele.

— Sou. Quem você disse que era?

— Eliza. Porrete levou meu pai para algum lugar.

— Onde está Porrete?

Eliza virou os olhos para cima.

— Foi embora há muito tempo. Subiu pelas paredes. Como o senhor.

— Você vê muita coisa, Srta. Eliza. — Varius coçou a cabeça. — O que Porrete queria com seu pai?

— Não sei — respondeu ela, ainda sem confiar no sujeito. — Por que Porrete queria atirar no senhor?

Ele fez uma pausa.

— Só digamos que... somos inimigos muito antigos.

Nem Porrete nem aquele homem pareciam muito velhos.

— O senhor sabe como encontrá-lo?

— Vou tentar. Enquanto isso, por que não diz como sabe o meu nome?

Eliza ainda não estava disposta nem pronta para confiar nele, e não respondeu.

Varius fechou os olhos.

— Veja, Srta. Eliza. Nós dois queremos a mesma coisa. Mas Porrete é um homem muito perigoso...

— O senhor não é um homem perigoso?

— Sou perigoso também. É verdade. Mas se você me ajudar, juro que eu a ajudo, e não vou lhe fazer mal. Você poderia ter me feito mal enquanto eu estava inconsciente, mas não fez.

— Só porque não sabia quem o senhor era.

— E agora sabe. Então, como sabe o meu nome?

Eliza estreitou os olhos, avaliando-o. Pensou no conteúdo da carta e no que ela sugeria. O Sr. Tweed e Porrete estavam decididos a destruir a cidade e a nação, e esse homem caído no chão era inimigo deles, o que poderia torná-lo seu amigo. Mas, além disso, a visão de Eliza, a mesma visão que tinha lhe permitido ler a carta, para começo de conversa, lhe dava um vislumbre das intenções desse homem. Tinha certeza de que ele não pretendia lhe causar mal, e que cumpriria com a palavra.

— Eu li. Foi assim que fiquei sabendo de seu nome.

— Leu meu nome onde?

— Numa carta que o Sr. Tweed escreveu.

— Tweed? — perguntou Varius, subitamente mais alerta. — O Chefe Tweed?

— É. Sou empregada na casa dele. Ele mandou meu pai entregar uma mensagem ao Porrete, e depois Porrete levou meu pai a algum lugar.

— Você viu a tal mensagem?

— Por assim dizer. Vi as marcas que ela deixou no papel que estava embaixo.

Outra pausa.

— Sua visão é notável.

Ela o olhou de cima a baixo.

— O senhor só vai ficar aí deitado ou o quê?

— Eu me levantaria, mas não consigo sem ajuda. A toxina ainda está impedindo minhas pernas de funcionarem.

— Então, deixe que eu o ajude. — Eliza chegou mais perto, para que Varius pudesse passar um braço pelo seu pescoço e pelos ombros. Então, juntos, fizeram força para ele se levantar, apesar de não estar nem um pouco firme.

— O que dizia o resto da mensagem?

— Ela chamava o senhor de Assassino, para começo de conversa. Dizia que o senhor estava atrás de uma coisa importante no hotel, e que os tumultos de hoje iriam alterar o equilíbrio da guerra.

— Esperemos que não. — Varius se apoiou em Eliza, e juntos foram mancando e arrastando os pés, saindo do beco para a Ann Street e para a luz de um sol quente. Viraram juntos para a Broadway.

— A mensagem dizia mais alguma coisa?

— Dizia que Porrete deveria impedir o senhor ou matá-lo, e trazer o que estava com o senhor para a casa do Sr. Tweed esta tarde.

— Esta tarde. — Varius assentiu. — Então, ainda há esperança.

— Esperança de quê?

— De salvar o país.

Chegaram à Broadway, viraram para o norte e viram a turba.

— Ah, não — disse Eliza.

— Já começou.

Dois quarteirões à frente, seguindo pela Park Row, na pracinha diante do prédio do *New York Tribune*, surgiu uma massa de arruaceiros. Eram centenas, talvez milhares, bloqueando as ruas e a ferrovia. O *Tribune* era a favor de Lincoln, com pontos de vista abolicionistas, o que o tornava um alvo para as pessoas furiosas contra o alistamento e a emancipação. Um homem estava sobre uma carroça à frente deles, usando casaca leve e chapéu panamá, o punho levantado, berrando algo que Eliza não conseguia ouvir de onde estava.

— Você não deveria ser vista — disse Varius, ainda incapaz de ficar de pé sozinho. — Hoje as ruas não vão estar seguras para os negros.

— Aonde deveríamos ir?

— A algum local onde eu possa descansar. Sou inútil para nós dois enquanto não tiver minhas pernas de volta.

Havia um restaurante chamado Windust's ali perto, na esquina da Ann Street com a Park Row, que estava abrindo nesse momento. Eliza ajudou Varius a entrar, e ainda que o *mâitre* parecesse meio perplexo com o surgimento deles — uma empregada negra com um branco mancando —, levou-os a uma mesa e ofereceu os cardápios. Eles eram os dois únicos fregueses àquela hora, e Eliza ajudou Varius a se sentar, antes de ocupar uma cadeira.

— O senhor está bem? — perguntou o *mâitre*.

— Vou ficar — respondeu Varius. — Assim que descansar um pouco.

— Tremenda agitação lá fora — disse o *mâitre*.

Varius assentiu.

— Estão protestando contra o alistamento, não é?

— Dentre outras coisas — afirmou Varius.

— Os democratas certamente não gostam do *Tribune*. O Sr. Greeley, editor do jornal, janta aqui frequentemente. Espero que ele esteja em segurança, longe dos manifestantes.

— Se ele for esperto, já deve ter saído da cidade.

Varius escolheu café e ovos Benedict, e insistiu que a mesma coisa fosse trazida para Eliza também. Ela não sabia o que pensar da situação em que se encontrava. Seu pai tinha sido levado para algum lugar por um homem capaz de escalar paredes, e ela tinha acabado de ajudar um Assassino confesso a se levantar e entrar num restaurante, onde estavam para tomar juntos um café da manhã.

A comida chegou, e assim que Eliza deu uma mordida, percebeu que estava morrendo de fome e comeu com gosto. Podia sentir Varius observando-a, demorando-se com seu prato, e ela tentou não permitir que isso a deixasse sem graça.

— Fale mais sobre essa sua visão — disse ele.

— Não sei o que mais falar. — Eliza pousou o garfo e enxugou a boca com um guardanapo. — Às vezes vejo alguma coisa e sei que é importante. Em outras, vejo um homem, como o senhor, e sei se as intenções dele são boas ou más. Às vezes, como aconteceu com a mensagem, eu vejo rastros de coisas deixadas para trás como se estivessem iluminados.

— Seu pai tem esse tipo de visão?

— Não. Mas dizem que minha mãe tinha.

— Sinto muito. Quantos anos você tinha quando ela morreu?

— Oito anos.

— Ela ensinou essa visão a você?

— Não — respondeu Eliza, franzindo o espaço entre as sobrancelhas. — Por que está tão interessado?

Ele não respondeu; em vez disso, mastigou um bocado de comida e, depois, tomou um gole de café.

— Se não quer responder, então diga o que Porrete pegou do senhor. — Eliza não tinha esquecido que Varius havia tirado algo de muito valor do Astor House.

— É complicado. Talvez...

A porta do restaurante se abriu, e um cavalheiro idoso entrou. Usava um guarda-pó branco engomado, como um pastor religioso da área rural, chapéu mole, botas de agricultor e óculos no nariz.

— Sr. Greeley! — exclamou o *mâitre*. — O senhor está bem?

— Tanto quanto se pode esperar — respondeu o Sr. Greeley.

Então, este era o editor do *Tribune*. Eliza precisou admirar a ousadia dele em estar andando por ali.

— Há uma turba aí fora, sabia? — disse o Sr. Greeley. — Acredito que eles gostariam de me enforcar numa árvore do parque. Mas se eu não posso tomar meu café da manhã quando estou com fome, a vida não vale nada para mim.

— O senhor deve tomar cuidado — alertou o *mâitre*. — Seja cauteloso.

— Cauteloso? — O Sr. Greeley foi pisando firme até uma mesa sem ser convidado e sentou-se como se esse fosse o seu costume. — Esta não é uma hora para cautela. O destino da nação está na balança. A cautela fará com que ela seja perdida para os Democratas da Paz e os rebeldes. Eu mesmo me candidataria à presidência, se achasse necessário. — Então, ele pareceu notar Eliza e Varius pela primeira vez, e os cumprimentou com a cabeça.

Varius assentiu de volta e se virou para Eliza.

— Minhas pernas se recuperaram. Prefiro não estar aqui se a turba vier procurando por ele.

Eliza concordou, e Varius pagou a refeição. Em seguida, saíram para a rua. Varius levou-a pela Broadway, parecendo totalmente recuperado; depois, seguiram pela Vesey Street entre o hotel e a capela de St. Paul. Em poucos passos, o calor do lado de fora golpeou a pele de Eliza, úmido e implacável. Quando chegaram à Church Street, viraram para o norte.

— Onde fica a casa do chefe Tweed? — perguntou ele.

— Na rua Trinta e Seis. Entre a Quinta e a Sexta avenidas.

— É uma tremenda distância através de uma cidade nessa confusão. — Ele estreitou os olhos para Eliza, como se avaliasse alguma coisa. — Poderíamos subir.

— Subir? Não está falando de escalar paredes, está?

— É exatamente o que estou falando. — Ele sorriu. — Confie em mim. Isso está no seu sangue.

16

Abraham saiu do Hole-in-the-Wall inseguro quanto ao que fazer. Tinha chegado àquele ponto de exaustão em que sabia que seu corpo iria abandoná-lo sem aviso. Tinha levado os ossos ao ponto de ruptura, e, além disso, passara a noite toda sem dormir. Também sabia que a dor o estava esperando a um quarteirão de distância, talvez dois, e ele não estaria fazendo nenhum bem a Eliza se desmoronasse na rua.

Essa lacuna em que você está agora é bem grande, disse Monroe. *A simulação vai ser extrapolada durante um tempo, usando dados históricos. Pode não parecer muito... real.*

— Então, o que eu deveria fazer? — perguntou David.

Fique em segurança e esteja pronto para a próxima interseção no tempo. Você vai se encontrar com Sean e Natalya amanhã à tarde.

— Ficar em segurança onde?

Talvez Abraham saiba. Ouça-o.

David sabia que para Abraham seria impossível voltar à casa do Sr. Tweed sem ter descansado, e, mesmo assim, a questão não estava nem um pouco resolvida. As ruas tinham se acalmado, esvaziadas das gangues que tinham ido protestar mais ao norte. Abraham não tinha como saber que tipo de perigos ou tumultos estavam entre ele e Eliza, mas a imagem daquele garoto passando o dedo pelo pescoço dava um aviso gelado ao seu sangue.

Com uma esperança silenciosa de que Eliza tivesse ouvido Gallus Mag e voltado à casa do Sr. Tweed, Abraham entrou na Dover Street, e um quarteirão depois, chegou ao Lar dos Marinheiros de Cor. Abraham nunca tinha visitado esse local, mas ouvira falar dele, e esperava encontrar refúgio ali.

Era uma grande construção de tijolos erguendo-se cinco andares acima da rua, com uma placa modesta na frente. Abraham bateu à porta, mas a essa hora precisou tentar várias vezes e esperar até que alguém atendesse.

Quando a porta finalmente se abriu, um negro atarracado, de estatura e idade medianas, o recebeu descalço, vestindo calça e uma camisa frouxa em volta do corpo, os olhos mais na rua do que em Abraham.

— Sim? Em que posso ajudá-lo?

— Estive pensando se poderia me refugiar com vocês — disse Abraham.

— Ah. Claro. — O homem esfregou o rosto e ficou de lado para deixar que Abraham entrasse. — Claro, por favor, entre. Todos os que chegam em paz são bem-vindos.

Abraham entrou num saguão flanqueado por duas salas. Um corredor amplo penetrava no prédio, parcialmente iluminado pela luz que descia por uma escada.

O homem trancou a porta.

— Posso perguntar seu nome?

— Abraham.

Uma índia saiu de um dos cômodos que dava no saguão, vestindo camisola, mais ou menos da mesma idade do homem que tinha aberto a porta.

— Abraham, bem-vindo — cumprimentou ela.

— Sou William Powell — disse o homem. — Esta é minha mulher, Mercy, e nós administramos esta casa juntos.

— Agradeço sua hospitalidade, Sr. Powell. E desculpe incomodar a esta hora. Eu só precisava de um lugar para descansar. Passei a maior parte da noite na rua.

— Claro — disse o Sr. Powell. — Temos camas lá em cima.

Ele e a esposa levaram Abraham pelo corredor até a escada que ele tinha vislumbrado; depois, subiram e passaram por uma janela que dava para a rua.

— Como está a coisa lá fora? — perguntou a Sra. Powell.

— Agourenta — respondeu Abraham. — Os arruaceiros começaram a ir para a área norte, para fazer o que quer que estejam planejando.

— Vai ser um dia sombrio — disse o Sr. Powell. — Um dia que eu alertei que viria.

— O que vocês fazem aqui? — perguntou Abraham.

— Fornecemos um lar moral para marinheiros negros em terra — respondeu a Sra. Powell. — Um lugar a salvo das armadilhas e tentações que os perseguem. Não permitimos álcool e proporcionamos aos nossos homens a palavra de Deus, uma biblioteca e os meios para se tornarem melhores. Quando necessário, ajudamos a encontrar trabalho honesto.

Chegaram ao topo da escada, e Abraham descobriu que estavam num corredor comprido com muitos quartos vazios e portas abertas.

— Também fazemos reuniões de abolicionistas aqui — disse o Sr. Powell. — Sou membro fundador da Sociedade Antiescravidão. Abrigamos e ajudamos muitos ex-escravos a fugir, junto com a Albro Lyons, que fica ali na Vandewater Street.

— Vocês fazem a obra de Deus — observou Abraham. — Eu vim pela Staten Island.

— Deus o abençoe — disse a Sra. Powell.

— Lá existem boas pessoas — completou o Sr. Powell.

— É mesmo. — Abraham olhou para um dos quartos, com sua cama simples e a Bíblia sobre a mesa. — Parece que vocês estão com pouca gente.

A Sra. Powell assentiu.

— A maioria dos nossos homens partiu ontem, assim que recebemos o aviso sobre as manifestações. Pegaram as barcas para o Brooklyn, e alguns, para Nova Jersey.

— Mas vocês não?

— Esta é a minha casa — disse o Sr. Powell. — Não serei expulso dela.

Abraham admirou a coragem dele.

— Este quarto está limpo, pronto para o senhor. — A Sra. Powell indicou uma das portas abertas. — Por favor, descanse. Pode ficar aqui até que a confusão passe.

— Não vou dar trabalho a vocês por muito tempo. Preciso encontrar minha filha. Quero partir esta tarde com ela para Hoboken.

— Então, descanse o quanto puder — disse o Sr. Powell.

Eram pessoas boas. Quase boas demais, de certa forma. Talvez fosse isso que Monroe quisera dizer quanto a não parecer totalmente real.

Deixaram-no no quarto, mas ele não fechou a porta: deitou-se na cama em cima das cobertas, sem ao menos tirar os sapatos. O colchão, apesar de fino e velho, o recebeu com o máximo de ternura e cuidado possível, e seu corpo agradeceu. A dor nos joelhos e nas costas diminuiu, e ele suspirou e fechou os olhos.

A simulação ficou preta, imagens surgindo e sumindo, como se ele estivesse segurando uma lanterna numa sala escura, vendo apenas o que o facho podia iluminar de cada vez. As ruas da cidade, a lua acima de um pântano, Gallus Mag rindo com Joe Magrelo. Era quase como se David estivesse perdendo a sincronia.

— O que está acontecendo? — perguntou ele a Monroe.

Ele está sonhando. Não há nada com que se preocupar.

— Sonhando? Mas está escuro demais.

O Animus está extrapolando para preencher a lacuna. Fique firme e relaxe.

David sentia dificuldade para relaxar. Eliza estava em algum lugar da cidade, o que significava que Grace também estava. Era com ela que David estava mesmo preocupado. Era ela que sempre garantia que nada de ruim acontecesse com ele, que aguentava as piores situações, e nunca o fazia sentir que devia algo a ela por causa disso.

Mas a simulação tinha feito alguma coisa com esse relacionamento. A experiência da preocupação de Abraham com Eliza havia mudado o envolvimento de David com a irmã. Ele não estava mais simplesmente procurando-a para que ela cuidasse dele. Estava procurando-a para cuidar dela.

— Quando vou encontrar Grace? — perguntou.

Você tem uma interseção com ela depois de se encontrar com Sean e Natalya.

— Que tipo de interseção?

Houve uma pausa. *Não sei bem*, disse ele, mas pareceu que estava escondendo alguma coisa.

O estado de sono continuou por algum tempo, mas Abraham acabou acordando, e David se acomodou para ouvir a mente do velho enquanto ele se levantava da cama. Os joelhos e as costas doíam, mas com a lembrança da dor, não tanto com um sofrimento presente. Olhou o relógio e descobriu que tinha dormido durante toda a manhã, e já passava da uma da tarde.

No corredor, Abraham escutou vozes e as acompanhou até a biblioteca. Ali, encontrou a Sra. Powell lendo para três crianças, duas meninas e um menino. O garoto parecia ter uns 12 anos. Uma das garotas parecia ter a idade de Eliza, e a outra era muito mais nova, com pernas mirradas, sentada no colo da mãe.

A Sra. Powell levantou os olhos para Abraham, parado junto à porta.

— Por favor, entre.

— Não quero incomodar — disse Abraham.

— Bobagem, sente-se. Descansou bem?

— Descansei. Onde está o Sr. Powell?

— Foi, contra a minha vontade, descobrir o que está acontecendo.

— Mas vocês não tiveram nenhum incômodo?

— Nenhum — respondeu ela com a voz animada, olhando os filhos.

— Não precisa fingir, mãe — disse a filha mais velha.

Abraham pigarreou.

— Obrigado de novo pela hospitalidade. Acho que vou indo para casa agora.

— Ah, por favor, Abraham — insistiu a Sra. Powell. — Pelo menos espere até William chegar. Para sabermos como está a cidade.

Abraham pensou na sugestão e concluiu que provavelmente era sensata. Se o Sr. Powell pudesse lhe dar alguma informação sobre os arruaceiros e suas atividades, Abraham poderia planejar o caminho mais seguro.

— Muito bem — disse, e ocupou uma das poltronas da sala. A biblioteca dos marinheiros não era nem um pouco parecida com a do Sr. Tweed. As opções não eram tão numerosas, os volumes eram muito manuseados. Mas algo naquele lugar parecia honesto e pleno, ao passo que a biblioteca do Sr. Tweed, apesar de todas as estantes, parecia estéril. Esta sala era usada com o objetivo ao qual se destinava. Abraham podia sentir as conversas instruídas no ar, como se as velhas estantes de madeira e o piso tivessem se encharcado com elas.

A Sra. Powell voltou a ler um conto de fadas de Hans Christian Andersen, sobre uma princesa que aparentemente podia sentir uma ervilha através de qualquer número de colchões e almofadas. As crianças mais novas riam da história, enquanto a filha mais velha andava de um lado para o outro, olhando pelas janelas.

— Eu gostaria que Billy estivesse aqui — disse ela com um suspiro.

— Quem é Billy? — perguntou Abraham.

— Nosso filho mais velho — respondeu a Sra. Powell. — Ele acaba de ser nomeado cirurgião-chefe do exército. Queria ajudar no esforço de guerra.

— A senhora deve sentir orgulho — disse Abraham.

— E sinto. Mas gostaria que ele recebesse o mesmo salário e respeito de um cirurgião branco.

— Eu gostaria que ele estivesse *aqui* — repetiu a filha mais velha.

Uma porta se abriu no andar de baixo, e um instante depois, passos subiram a escada. Então, o Sr. Powell entrou na biblioteca com a boca aberta, como se fosse dizer alguma coisa, mas fechou-a assim que pareceu notar as crianças.

— Mercy, posso falar com você em particular?

— Claro — respondeu a Sra. Powell. — Mary, pode pegar Sarah?

A filha mais velha pegou a irmã mais nova e inválida no colo, enquanto a Sra. Powell se levantava da poltrona.

— Abraham — disse o Sr. Powell —, posso trocar uma palavrinha com você também?

— Claro. — Abraham estivera esperando por isso.

Os três foram para o corredor e andaram até o final, onde ficariam longe da audição dos filhos.

— Lá fora a situação é terrível — disse ele. — Vinte famílias de negros nas ruas Baxter e Leonard foram expulsas das casas incendiadas. Os arruaceiros destruíram o restaurante Crook and Duff's. Agora mesmo, incendiaram o Arsenal do Estado na Vinte e Um. Atacaram o prédio do *Tribune*. Estão em toda parte da cidade, saqueando lojas e casas e pondo fogo em tudo, pegando qualquer negro que encontrem e espancando. Alguns, até a morte, pelo que ouvi dizer. A polícia não tem como impedir. Os patrulheiros estão em número muito menor, numa relação de cem para um, e nos pontos em que eles conseguiram empurrar a turba, ela retorna mais forte ou simplesmente vai para outro local.

— Que os céus nos ajudem — disse a Sra. Powell.

— O prédio do *Tribune* não fica longe daqui — observou Abraham. O Sr. Powell assentiu.

— Tirei a placa do nosso prédio, mas somos muito conhecidos, mesmo sem ela. Acho que seria muito perigoso você se aventurar lá fora.

Abraham precisou concordar, mas isso o encheu de desespero. Esperava acima de tudo que Eliza estivesse em segurança dentro das paredes da casa do Sr. Tweed, mas não podia ter certeza. Se ao menos soubesse de seu paradeiro, ficaria contente em permanecer onde estava.

— Mas minha filha... — começou.

— Tenho certeza de que ela desejaria que você ficasse em segurança — disse a Sra. Powell. — Assim como você quer mantê-la em segurança.

Isso fazia sentido para a cabeça de Abraham, mas não para seu velho coração.

— Você pode ficar conosco — disse o Sr. Powell. — Até que esta coisa maligna termine.

— Mas quem pode fazer com que ela acabe? — perguntou a Sra. Powell.

— Neste ponto, só o exército pode restaurar a ordem. Isto não é um tumulto, é uma rebelião, e acho que a cidade pode ser perdida.

Voltaram à biblioteca, e a Sra. Powell retomou sua leitura, mas sua voz parecia distraída.

Pouco depois das duas horas, Mary, a filha mais velha, que ainda estava perto da janela, chamou o pai.

— Eles estão vindo!

Abraham correu à janela com o Sr. Powell e viu que ela estava certa. Um grande grupo, de cerca de vinte ou trinta pessoas, marchava pela rua, cantando e brandindo suas armas grosseiras. Pareciam vir diretamente para o Lar dos Marinheiros.

— Depressa, agora — disse o Sr. Powell, com a voz calma porém urgente. — Quero que todos sigam para o telhado e, de lá, para o prédio vizinho. Tentem não ser vistos. — Ele pegou a filha mais nova, Sarah, do colo da mulher. — Vamos agora e fiquem em silêncio.

Abraham seguiu a família subindo a escada até o terceiro andar; depois, ao próximo, e ao próximo, até chegarem a uma escada estreita que levava ao sótão, e que se abria no telhado através de uma porta baixa. Abraham viu que havia uma ponte de madeira removível passando sobre o beco entre o Lar dos Marinheiros e o prédio ao lado, fora das vistas da rua. Obviamente, o Sr. Powell tinha se preparado para isso. Ele levou a família pela ponte até que todos estivessem do outro lado, entregando Sarah à esposa; depois, mandou Abraham atravessar.

— Empurre a ponte, por favor — disse o Sr. Powell, do telhado oposto.

Os sons dos arruaceiros subiam em ecos até eles, cheios de falas e ameaças venenosas de um tipo que Abraham não ouvia desde a época em que era escravo na fazenda, palavras que faziam seu corpo tremer mesmo contra a vontade.

— O senhor não vem conosco? — perguntou ao Sr. Powell.

— Não serei expulso da minha casa — respondeu ele. — Agora que minha família está em segurança, vou enfrentar essa turba, se eles ousarem entrar.

A Sra. Powell levantou a voz num sussurro alto.

— William, por favor...

— Mercy, não vou me render à turba. Não vou ceder ao ódio deles. Não posso. Não é da minha natureza.

De novo, Abraham se pegou admirando aquele homem.

— Gostaria que eu ficasse com o senhor? — perguntou, disposto mas aterrorizado, sabendo que seria quase inútil num confronto físico.

— Peço que ninguém fique comigo. Agora, se puder fazer a gentileza de empurrar a ponte...

Abraham olhou a passarela de madeira; depois, se curvou e segurou a extremidade com as duas mãos. O garoto Powell veio ajudá-lo, e juntos empurraram a ponte para o outro telhado. Abraham olhou de novo para o Sr. Powell, que estava parado, resoluto.

— Obrigado, filho — disse ele. — Amo todos vocês. Fiquem aí, quietos. Vocês estarão em segurança.

— Eu te amo, William — exclamou a Sra. Powell, e seus filhos ecoaram o sentimento.

O Sr. Powell se virou e saiu do telhado pela porta do sótão, deixando-os sozinhos e separados dele.

Então, a família se acomodou aos poucos, para esperar e ter esperanças. Mary tinha lágrimas nos olhos, assim como a Sra. Powell. O garoto ficou sentado estoicamente, e Sara se aninhou nos braços da mãe como se o colo fosse sua cidade, e enquanto ela pudesse ficar ali, o mundo estaria em paz, mesmo com Nova York ardendo ao redor.

O cheiro de fumaça era intenso no ar, e enquanto olhava para o norte da cidade, Abraham viu uma procissão de colunas pretas erguendo-se no céu, algumas distantes, algumas grandes e algumas pequenas, todas agourentas.

Os gritos e uivos dos arruaceiros se intensificaram, mas até agora eles permaneciam na rua, não estavam na casa. Talvez temessem que a força de marinheiros endurecidos os recebesse caso arrombassem a porta. O tempo passou sem nenhuma invasão e o céu nublou, o que não diminuiu o calor, mas impediu que o sol golpeasse os ombros de Abraham.

— Talvez eles simplesmente sigam seu caminho — observou Mary.

— Vamos rezar para que seja assim — disse a Sra. Powell. — Agora, juntos. Venham, crianças, deem as mãos.

Seus filhos se reuniram ao redor dela, e enquanto a mulher começava a oração, Abraham baixou a cabeça. De olhos fechados, imaginou que via Eliza trancada na casa do Sr. Tweed, com uma turba do lado de fora, a casa transformada num inferno atrás dela. Ela estava chamando-o, mas ele não conseguia escutar sua voz em meio às chamas. Só conseguia ver o terror no rosto dela, a boca aberta num grito silencioso.

Certo, David, disse Monroe. *Hora de passar para a próxima interseção.*

David se afastou do grupo.

— Você não poderia ter mencionado isso *antes* de eu subir nesse telhado?

Desculpe. Mas você precisa se apressar.

David sabia que Abraham se sentiria culpado por abandonar a Sra. Powell e as crianças no telhado. A oração deles terminou, e ele se virou para falar com ela, mas a encontrou olhando-o, sorrindo, como se já soubesse.

— Vá — disse ela. — Vá para sua filha.

— Mas...

— Tudo vai ficar bem. Nós rezamos, e tenho certeza de que Deus nos ouviu. Ele vai nos proteger, porque é a obra dele que fazemos aqui.

Abraham desejou ter a mesma fé que ela, mas depois da vida que havia levado, tinha perguntas demais para Deus, e para isso seria necessária uma longa conversa com ele. Mas guardou as dúvidas e se despediu da Sra. Powell e das crianças.

— Quando isso acabar — disse ela. — Venha nos fazer uma visita. Nossos marinheiros sempre podem se beneficiar com a sabedoria de homens bons.

— Voltarei para ver vocês.

Abraham encontrou uma árvore na parte de trás do prédio e desceu até a rua, com os músculos já fatigados antes de tocar o chão. A árvore o deixou num beco perto da Water Street. Foi por ela em direção ao norte, para longe da turba diante do Lar dos Marinheiros, na Dover.

Você está no caminho, disse Monroe. *Só continue indo para o norte.*

— É lá que vou encontrar Sean e Natalya?

Monroe fez outra pausa.

Isso mesmo.

— Estou indo, Eliza — sussurrou Abraham consigo mesmo.

— Estou indo, Grace — disse David.

17

Tommy levou Adelina para o oeste, passando por cima de cercas e através de quintais no bairro. Encontraram outros pelo caminho, pessoas que também fugiam de casa por rotas escondidas. Mas Tommy podia ver em seus olhos que elas não sabiam o que fazer nem aonde ir. A turba parecia estar em todos os lugares ao mesmo tempo.

— Vão à delegacia — sussurrava a cada uma enquanto passavam. — Vocês estarão seguros na delegacia de polícia.

Ele e Adelina acabaram saindo por um beco na Quarta Avenida. Viraram para a rua Vinte e Seis e chegaram à Madison Square, assim evitando outras turbas.

— Sentiu esse cheiro? — perguntou Adelina. — É fumaça.

Tommy girou, examinando o céu acima dos prédios ao redor, e viu a coluna logo a sudeste.

— Acho que é o Arsenal do Estado — disse ele. — Meu Deus, eles puseram fogo lá.

— Arsenal? Quer dizer que agora a turba está carregando armas de fogo?

— Rezo para que não.

Tommy não fazia ideia de como a polícia conseguiria conter esse levante. Deveria haver uns mil e quinhentos patrulheiros disponíveis na cidade, se todos se apresentassem nas delegacias, mas naquele momento havia muito menos do que esse número em serviço. Contra uma turba de dez mil pessoas, ainda crescendo. Se os arruaceiros estivessem equipados com carabinas e fuzis, seria impossível vencê-los.

Atravessaram a Madison Square e entraram no parque, passando pelo banco onde tinham conversado na noite anterior.

— Ah! — disse Tommy. — Ah, que idiota eu sou!

— O que foi? — perguntou Adelina.

— O seu ouro. Deixei o seu ouro na casa do meu irmão.

— Bom, falando estritamente, o ouro que você deixou era seu, não meu. E por mais que eu odeie pensar em encher o bolso de ladrões e rufiões, acho que não vale a pena voltar por causa disso.

Ele não tinha pensado em voltar, mas isso não o impediu de dar um tapa na própria cabeça.

— Pare com isso — disse Adelina. — Há coisas muito mais importantes do que o ouro nesse mundo. Prefiro passar o tempo me preocupando com o que vamos fazer agora. Ainda acha que meu hotel não é seguro?

Tommy olhou por cima do ombro. A parte principal da turba estava indo para o sul da cidade, passando pelas amplas avenidas, mas grupos menores de arruaceiros tinham se separado pelas ruas laterais. Seu instinto dizia que eles espalhariam o tumulto desde o rio East até o Hudson, cada quarteirão, cada rua. Acabariam chegando ao hotel.

— Não creio que seja seguro — disse.

— Então, para onde vamos? A uma delegacia de polícia?

— Aquela turba pode dominar facilmente uma delegacia, se decidir isso.

— Então, aonde?

— O Setenta e Um de Infantaria tem um arsenal na esquina da Trinta e Cinco com a Sétima Avenida. A turba pode atacar a polícia, mas duvido que ataque o exército.

— Achei que você disse que o exército estava fora da cidade.

— O arsenal certamente está com uma guarnição. — Era o único lugar em que ele podia pensar que estaria seguro dentro da cidade. A única outra opção seria levar Adelina para *fora* da cidade, presumindo que os tumultos não se espalhassem para as cidades próximas. — Você tem amigos ou parentes no Brooklyn? Ou em Nova Jersey?

— Tenho uma tia em Hoboken.

— Hoboken, bom. A barca da Christopher Street levará você para lá, se for necessário.

Tommy sabia que havia um escritório da polícia militar na Broadway com a rua Vinte e Nove, por isso levou Adelina para o oeste pela Vinte e Seis para passar ao redor, esperando virar para o norte até chegarem à Sétima Avenida. Precisariam andar quase sete quarteirões, o que não seria uma distância grande em circunstâncias normais. Só tinham percorrido três quando um bando de arruaceiros virou a esquina. Tommy entrou rapidamente com Adelina num beco próximo, atrás de uma carroça quebrada e sem o eixo traseiro. Tinha deixado seu cassetete para trás, com medo de que isso o denunciasse como policial, de modo que não estava equipado para uma briga.

— Obrigada — sussurrou Adelina depois que a turba passou.

Ele a encarou.

— Por quê?

— Por tudo isso. Por cuidar de mim. Você não me conhece de verdade. Nem sabe se eu mereço isso.

— Merece. Todo mundo merece.

Ela suspirou.

— Você é um homem bom, Tommy Greyling. Talvez seja o melhor homem que já conheci.

— Adelina... — Ela o silenciou com um beijo demorado no rosto, e Tommy sentiu a pele esquentar no ponto em que o hálito dela o havia abençoado e os lábios o haviam presenteado. Gaguejou: — Não é... Você não...

— *Shhh* — disse ela. — Vamos indo.

Saíram do beco e continuaram pela rua. Tommy ainda estava perplexo com o acontecido, mas sabia que Adelina não era o tipo de mulher que dava muita importância a essas coisas. Ela provavelmente havia beijado o rosto de muitos homens, de modo que, ainda que isso fosse uma coisa singular para ele, provavelmente significava pouco para ela.

A correnteza da mente de Tommy também deixou Sean confuso. Ele sabia que era Adelina que o tinha beijado, mas também sabia que Natalya tinha experimentado aquilo, e se perguntou o que isso poderia significar fora da simulação.

Mas foram em frente. Nuvens de fumaça indicavam incêndios distantes, com os arruaceiros decididos a destruir. Tommy e Adelina conseguiram evitar várias outras turbas, escondendo-se e esperando que elas passassem enquanto seguiam até o arsenal, onde chegaram depois da uma da tarde. O prédio era uma fortaleza, três andares de pedra branca com torres octogonais em três cantos e uma enorme torre de sino, quadrada, no quarto. Havia soldados na frente, armados com fuzis e baionetas.

A visão dos uniformes ameaçou arrastar Tommy de volta para o campo de batalha que continuava guerreando furioso nos recessos distantes de sua memória. Suas mãos começaram a suar, a respiração acelerou, e seu passo ficou mais lento.

— O que foi? — perguntou Adelina.

— Nada — murmurou ele, mas subitamente a fumaça no ar tinha aparência e cheiro de pólvora, e sua perna latejou.

— Tommy — disse Adelina, segurando seu braço. — Tommy, o que há de errado?

Ele sentiu a mão dela, mas isso não bastou para puxá-lo de volta, e por cima da voz de Adelina, ouviu os ecos de tiros de canhão e cavalos.

— Tommy, olhe para mim — disse Adelina, sacudindo-o.

Ele encarou os olhos dela. Ela estendeu a mão e colocou-a em seu rosto, o mesmo rosto que tinha beijado antes, e um tremor sacudiu as costas dele, silenciando o rugido e aliviando a dor do ferimento.

— Tudo bem — disse Adelina. — Você ficou pálido.

— Desculpe. Eu...

— Não precisa de desculpas. Você não tem do que se envergonhar. Está bem, agora?

— Acho que sim.

— Bom. — Ela segurou sua mão e a apertou. Depois, balançou a cabeça na direção do arsenal. — Ainda é o nosso plano?

— É. — Fazia um bom tempo que ele não tinha um episódio assim, e isso o havia apanhado desprevenido. Mas agora estava preparado.

Foram para a entrada principal do arsenal, mas, antes de chegarem, foram recebidos por um soldado mais velho, grisalho e com queixo pronunciado.

— O que posso fazer por vocês? — perguntou ele. — Veio se oferecer como voluntário, meu jovem?

— Voluntário? — perguntou Adelina.

— Eles fizeram um chamado — explicou o homem. — Todos os veteranos em condições devem se apresentar aqui. Reunimos uma boa força.

— Não é por isso que viemos — disse Tommy. — Queria saber se vocês podem aceitar esta mulher no arsenal e deixá-la em segurança até que o problema acabe.

— Espere, você não vai ficar comigo? — perguntou Adelina.

— Vou esperar até saber que você está em segurança.

O velho olhou para seus colegas, que deram de ombros.

— Não tenho certeza, já que não recebemos ordens relativas aos civis.

— Então, não há nada que proíba — disse Tommy.

— Em termos estritos, não. — O velho estreitou os olhos e sugou o ar entre os dentes. — Por aqui, então. — E os guiou pela porta principal do arsenal.

Os dois entraram num saguão enorme e vazio, e dali o velho veterano os levou a uma antessala com bancos junto às paredes, onde os instruiu a sentar-se e esperar.

— Vou descobrir os detalhes.

— Muito obrigado, oficial — disse Adelina com um sorriso gracioso.

O homem levou a mão ao quepe.

— Obrigado, senhorita, mas nunca fui oficial. — E ele se afastou dos dois, sorrindo.

Assim que ele saiu, Adelina sussurrou:

— Eu sabia que ele não era oficial.

E deu uma piscadela.

Esperaram por bem mais de uma hora. Soldados iam e vinham pela sala, junto com voluntários que tinham atendido ao chamado de recrutamento. Para Tommy, ficou óbvio que tinham reunido uma modesta força de veteranos de guerra. Se estivessem totalmente armados, constituiriam um inimigo considerável para os arruaceiros, mas não pareciam ter pressa de sair para enfrentar a turba.

Quando o velho soldado finalmente retornou, fez isso balançando a cabeça.

— Recebemos ordens de mandar os civis para as delegacias da Polícia Metropolitana.

— Mas as delegacias não são seguras. — Tommy tentou parecer calmo e razoável, mesmo diante dessa demonstração de idiotice burocrática. — A maioria está com apenas um punhado de patrulheiros. Vão ser dominadas.

— Sinto muito. Nenhum civil deve ser admitido no arsenal neste momento, por ordem do general Sanford.

Por mais que a situação fosse absurda, Tommy sabia que não adiantaria discutir; por isso, se levantou do banco, e Adelina fez o mesmo. Seguiram o velho de volta para a rua, onde o céu estava mais escuro do que quando tinham entrado. Tommy se virou para o velho.

— Olhe aquilo. — Apontou para a fumaça subindo densa à distância. — Com as tropas que vocês reuniram, por que não estão enfrentando a turba?

O velho empertigou as costas encurvadas.

— Estamos esperando as ordens do general Sanford.

— Isso não o irrita? — perguntou Tommy, espicaçando-o. — Ser mantido aqui *me* deixaria irritado.

O velho engoliu as palavras e não disse nada.

Tommy balançou a cabeça e puxou Adelina por alguns metros, voltando para a Sétima Avenida.

— Isso fede a política — disse.

— Como assim?

— Sanford é do Partido Democrata, e presta contas ao governador Seymour, que também é democrata.

— E daí?

— Há uma boa chance de os democratas acharem que esse tumulto é favorável a eles, contra Lincoln e a guerra. Se eles puderem parar com o alistamento, terão uma chance melhor de obrigar Lincoln a fazer a paz.

— Está dizendo que eles querem isso que está acontecendo?

— Estou dizendo que Sanford já acabou com tumultos nesta cidade antes; então, por que não faz isso agora? Ele não tem motivos para conter as tropas, e, no entanto, está ali, com seus voluntários, sem fazer nada.

Agora os dois estavam de volta às ruas, e ele ainda precisava levar Adelina a algum local seguro.

— Acho que deveríamos ir para a barca da Christopher Street. Ela vai levar você a Hoboken.

— Bom — disse ela. — Mas acho que você ainda pretende me deixar.

— Eu tenho um dever nesta cidade. Assim que você estiver em segurança, pretendo travar guerra contra esses arruaceiros, e não planejo fazer prisões.

Adelina não disse nada, e juntos foram para o sul, pelo mesmo caminho que tinham usado para o norte, permanecendo fora das vistas. Enquanto se aproximavam da rua Trinta, viram saqueadores e casas em chamas adiante, e se desviaram um quarteirão para o leste, com o objetivo de evitá-los, indo na direção de uma das maiores colunas de fumaça. Enquanto seguiam pela Sexta Avenida e chegavam à rua Vinte e Nove, viram a fumaça subindo dos restos calcinados da central de polícia militar. Felizmente a turba havia se afastado de lá, depois de terminar o serviço. E Tommy guiou Adelina para o prédio arruinado.

A fumaça ardia nos olhos de Tommy; o ar estava cheio de fuligem. Adelina tossiu e cobriu a boca com a manga do casaco enquanto passavam pelo prédio, que agora parecia um amontoado de ossos lascados e enegrecidos, com o chão ao redor coberto com pedaços de madeira e ferro, tijolos e pedras do calçamento.

Quando chegaram à Broadway, viraram para o sul, indo na direção do hotel Quinta Avenida. Tommy não sabia o que encontrariam lá, mas planejava voltar para a Sexta Avenida quando sentisse que ela estava segura, e descer até a Christopher Street.

— Tommy, olhe — disse Adelina.

Adiante, através da fumaça, Tommy viu um grupo de quatro bandidos chutando e espancando violentamente uma figura no chão, um velho negro, pela aparência.

— Fique aqui — sussurrou ele.

— O que você vai fazer?

— Quebrar umas cabeças.

Tommy voltou às ruínas da central de polícia militar e pegou um pé de cabra e um cano de ferro, uma arma para cada mão. Depois, foi de mansinho, avançando contra os rufiões o mais silenciosamente que podia.

— Crioulo imundo! — gritou um dos homens, apertando uma bota contra a barriga da vítima. — Vou matar tudo quanto é crioulo dessa cidade!

— Arranca os olhos dele com um chute! — gritou outro.

Quando Tommy estava o mais perto que achava possível se aproximar sem alertá-los, partiu correndo em silêncio. Os bandidos o olharam, mas não a tempo. Tommy colocou todo o peso do corpo atrás dos pedaços de ferro nas mãos e se chocou contra os arruaceiros. O pé de cabra acertou um dos rufiões no maxilar. O cano bateu no crânio de outro. O ímpeto de Tommy o levou por uns quatro metros antes que ele parasse e girasse para atacar os outros dois.

Eles estavam parados em choque, olhando os companheiros caídos, que agora não teriam utilidade, mas levantaram a guarda antes que Tommy os alcançasse. Um havia sacado uma faca, e o outro segurava um tijolo.

Tommy acertou primeiro o do tijolo, desarmando-o, e girou imediatamente para atacar o outro. Mas a faca o acertou na lateral do corpo antes que ele girasse. A dor do ferimento chamejou, mas Tommy a suprimiu e ignorou, e enganchou o pé de cabra no pescoço do oponente, puxando-o enquanto acertava o rosto dele com o cano.

O do tijolo acertou Tommy no ombro, jogando-o para a frente. Mas o bandido tinha errado a cabeça, o que significou que Tommy não teve dificuldade para girar e derrubar o sujeito com uma sucessão de socos que quebrou o antebraço e o ombro dele.

Com os quatro bandidos no chão, Tommy largou as armas, que caíram fazendo barulho, e sondou rapidamente o ferimento da faca. Estava sangrando muito, mas não corria risco de vida. A lâmina tinha furado o músculo da cintura, mas não a cavidade abdominal.

A vítima gemia no chão, e Tommy se ajoelhou para inspecioná-lo. O coitado estava inconsciente, mas quase arruinado. Queixo partido, maçãs do rosto e órbitas dos olhos quebrados, sangrando por um ouvido. Tommy teve certeza de que o homem tinha várias costelas quebradas, e possivelmente mais ferimentos nos órgãos internos.

— Ele está vivo? — perguntou Adelina, que chegou correndo.

— Por pouco.

O homem sussurrou alguma coisa, mas Tommy não conseguiu escutar.

Inclinou-se mais para perto.

— O que é, amigo?

— Tweed — disse o homem, ofegando. — Eu trabalho... para Tweed.

— Tweed? William Tweed?

O homem assentiu uma fração de centímetro.

— Rua Trinta e Seis. Quinta e Sexta.

— Quinta e Sexta avenidas? — perguntou Adelina.

— Acho que sim — respondeu Tommy. — Creio que é um endereço.

— Deveríamos levá-lo para lá.

— Ele precisa ir para um hospital. Logo.

— Não. — Adelina balançou a cabeça. — Acho que deveríamos ouvi-lo. Acho que ele sabe do que precisa.

Tommy olhou de novo para o velho e achou que talvez ela estivesse certa. Com os ferimentos, nessa idade, ele provavelmente não sobreviveria à noite, não importando o que os médicos do hospital pudessem fazer.

— Certo — disse Tommy, e então falou de novo com o velho. — Qual é o seu nome, amigo?

— Abraham — sussurrou o homem.

— Abraham, vou ajudá-lo a se sentar. — Tommy enfiou as mãos sob os ombros do velho. — Provavelmente vai doer. Está preparado?

Abraham assentiu de novo.

Tommy o levantou o mais gentilmente que pôde, e Abraham gemeu até ficar sentado.

— Segure-o — disse a Adelina.

Ela se ajoelhou e passou os braços em volta de Abraham, mantendo-o firme, enquanto Tommy se virava de costas.

— Agora, Adelina, levante os braços dele com cuidado, um de cada vez, e ponha nos meus ombros.

Abraham gemeu atrás dele, e então uma das mãos do velho veio por cima da cabeça de Tommy, passando pela orelha. Tommy levantou a sua mão e segurou a do velho, de modo que ela não caísse, notando que os nós dos dedos de Abraham estavam sangrando. Ele havia resistido.

Abraham gemeu de novo, e Adelina pôs o outro braço dele no ombro oposto de Tommy. Tommy segurou-o também, e em seguida puxou com cuidado os braços de Abraham até estar segurando os cotovelos, dobrando os braços do velho em volta do pescoço.

— Não fique com medo de me sufocar — disse Tommy. — Segure-se com força. — Em seguida, balançou a cabeça e disse a Adelina: — Meu Deus, vai doer muito, se as costelas dele estiverem quebradas.

Mas quando fez força para cima, levantando-se com Abraham pendurado às costas, Tommy sentiu uma dor aguda no ferimento, como se estivesse sendo esfaqueado de novo. Grunhiu e se encolheu, e Adelina notou.

— O que há de errado? — perguntou ela. — Você... meu Deus, você está ferido!

— Vou ficar bem — disse ele com os dentes trincados. Ainda precisava carregar o homem às costas por sete quarteirões.

— Mas você está sangrando!

— Vou ficar bem. Confie em mim. Tenho intimidade com ferimentos.

Dobrou bastante a cintura, esperando tirar a pressão dos braços de Abraham e aliviar a dor do velho. Depois partiu, voltando pela Broadway, rumo à Sexta Avenida e, em seguida, para o norte, lutando a cada passo. Tommy sabia que era forte, mas também sabia que tinha limites. Duas brigas num dia, uma noite sem dormir e um ferimento de faca.

Logo descobriria se esses eram os seus limites.

18

Porrete olhava a cidade queimar de cima da torre da igreja na Quinta Avenida. Depois de derrotar o Assassino, tinha trazido a relíquia roubada para cá, para esperar até o pôr do sol, quando deveria entregar a adaga ao Grão-Mestre. Porrete tinha planejado se envolver totalmente na empolgação do dia, mas depois de conseguir o prêmio, não ousaria correr o menor risco de perdê-lo.

Assim, de seu ponto de observação sessenta metros acima da rua, tinha testemunhado a turba desenrolar uma tapeçaria rubra de fogo, sangue e medo pela cidade.

Durante todo esse tempo, Javier tinha se sentido totalmente impotente. Queria fazer alguma coisa para impedir, mas não ousava sair da torre da igreja, lembrando-se dos alertas de Monroe sobre a perda de sincronia. Agora que Porrete tinha o Pedaço do Éden, Javier não se arriscaria a estragar todo o motivo de eles terem entrado na simulação. Assim, precisava apenas observar, e precisava sentir a satisfação de Porrete diante do caos e da destruição que tinha ajudado a causar.

Boa parte da coisa tinha sido planejada e executada com intenções claras. As duas sedes da polícia militar, a da Broadway e a da Terceira Avenida, tinham sido incendiadas antes que pudessem iniciar o alistamento. Afinal de contas, esse era o pretenso objetivo do protesto, que se transformou na arruaça que Porrete esperava mais rapidamente ainda do que ele havia pensado.

Outros estágios não aconteceram de acordo com o plano. A tentativa de ocupar o arsenal da Segunda Avenida havia fracassado, talvez porque Porrete não estava lá para comandar o ataque. Em vez disso, ele tinha visto o prédio queimar ao longe, destruindo milhares de fuzis, carabinas e outras armas, sabendo que provavelmente eram os arruaceiros insensatos que o haviam incendiado, assim acabando com a única chance de uma vitória verdadeira. Sem armas de fogo, a turba não teria sucesso em controlar a cidade, não importando quanto tempo Sanford mantivesse o exército fora dela.

Mas a turba não precisava tomar a cidade.

Porrete olhou para a adaga em sua mão. Se a arma era o que ele acreditava, uma relíquia Precursora, o Grão-Mestre não precisaria mais da turba.

Mas eles tinham feito bem o serviço. À medida que a noite se aproximava, o fogo e a fumaça subiam de todas as áreas da cidade. Nada disso incomodava Porrete. Era um trabalho necessário. A cidade havia se tornado difícil de ser controlada, e existiam questões mais importantes em jogo na guerra. Algumas vidas perdidas e alguns prédios queimados não poderiam se comparar à paz e à prosperidade da nação.

Longe desse campo de batalha, Javier não sabia o que achar da certeza absoluta de Porrete. Ele estava dentro da mente do Templário, de modo que não podia deixar de, pelo menos em parte, ver as coisas como Porrete as enxergava, ao mesmo tempo em que deplorava o que os Templários estavam fazendo.

Então, chegou o fim da tarde, e era hora de Porrete levar a adaga ao Grão-Mestre. Enrolou a relíquia e a enfiou num bolso da casaca, e já ia descer à rua quando percebeu um novo incêndio ao norte. Tinha pensado que os arruaceiros haviam se deslocado para o sul, por isso pegou sua luneta Herschel e a usou para ver o que a turba tinha feito.

Era o Asilo de Órfãos de Cor. A turba o tinha incendiado.

Porrete guardou a luneta, com a boca ressecada e o estômago nauseado. Por mais que acreditasse na causa da Ordem e obedecesse a qualquer ordem que lhe fosse dada, a ideia de assassinar crianças o fez hesitar, e nesse momento Javier sentiu que sua mente e a de Porrete estavam em paz, e não em guerra.

Porrete desceu rapidamente da torre da igreja, deslizando e saltando de saliência em saliência, até chegar à rua. Depois de se esforçar para andar um quarteirão e meio em direção ao norte, escalou um prédio para escapar da multidão nas ruas, e depois seguiu pelos telhados.

O orfanato jamais havia sido um alvo. Independentemente das objeções pessoais de Porrete, não fazia sentido atacar o local. O Grão-Mestre havia deixado claro: os tumultos só teriam sucesso caso se mantivessem como um levante popular, e fracassariam se fossem considerados malignos e bárbaros. Algum grau de saque era aceitável e esperado, mas incendiar um orfanato era ir longe demais. Porrete precisava fazer alguma coisa, e depressa.

Desceu à rua de novo quando chegou ao reservatório Creoton, mas escalou as paredes e correu pela grande barragem de tijolos, com o lago artificial à esquerda, as ruínas fantasmagóricas do Palácio de Cristal logo a oeste.

A coluna de fumaça à frente ficou intumescida no festim do incêndio, e quando Porrete chegou ao orfanato, o prédio estava animado completamente engolfado pelas chamas. Uma dúzia de bombeiros estava parada, impotente, impedida de fazer seu trabalho pela turba que gritava palavrões.

— Deixe o ninho imundo queimar!

— Vamos matar até o último macaco!

A cena horrorizou Javier e provocou raiva em Porrete, e os dois desejaram que as crianças tivessem escapado.

Saqueadores agitavam a rua, os braços cheios de roupas de cama, móveis e outros bens que tinham conseguido tirar antes que o fogo tomasse conta. Porrete seguiu para o norte pela Quinta Avenida, no meio da multidão, procurando as crianças, e virou para a rua Quarenta e Quatro no instante em que os órfãos saíram de um beco, tendo aparentemente escapado do prédio por uma porta dos fundos.

Enquanto as crianças saíam, Porrete contou cerca de trezentas ou mais, e estavam indo direto para as mãos da turba que esperava. Antes que os arruaceiros pudessem voltar sua agressividade para os órfãos, Porrete precisava criar uma distração que lhes desse tempo de escapar, algo para atrair a fúria da turba, e a única coisa que sabia ser mais enlouquecedora para a turba do que os negros seria um branco simpático a eles.

— Se há entre vocês um homem de coração — gritou ele — , venha ajudar essas pobres crianças!

A reação foi tão rápida quanto Porrete esperava. A turba o agarrou, xingando-o de abolicionista e lincolnista, e ele permitiu que o puxassem para longe, ainda segurando seu fuzil, enquanto as autoridades do orfanato levavam as crianças para o oeste, longe do perigo.

Porrete suportou alguns chutes e socos dolorosos, esperando até que as crianças estivessem bem longe, antes de começar a trabalhar nos seus captores. Alguns eram meio idiotas, e nenhum era bom de briga. Com alguns socos nos pescoços e cotoveladas nos rins, escapou e subiu pela parede do prédio mais próximo.

Dali correu acompanhando as crianças, vigiando de cima enquanto elas iam para o oeste, provavelmente na direção da Vigésima Delegacia de Polícia. Quando cerca de vinte crianças ou mais se separaram do grupo principal, Porrete desceu de novo para a rua.

— Venham — disse a elas, aproximando-se de braços abertos. — Não vou machucar vocês. Venham por aqui.

Elas o olharam, com as bochechas sujas de lágrimas e fuligem. Algumas teriam 10 ou 11 anos e seguravam as mãos das menores, estas com apenas 3 ou 4 anos.

— Vai ficar tudo bem — disse. — Vou proteger vocês. Mas precisamos ir depressa.

Empurrou-as, sendo seu guia por dois quarteirões da Sétima Avenida, através de uma multidão que zombava e as olhava como felinos ferozes. A rua era um barril de pólvora, e seria necessária apenas uma pequena fagulha para que todas aquelas crianças morressem. Mais adiante, Porrete viu algumas diligências, da linha da rua Quarenta e Dois, paradas junto ao meio-fio. A maior parte dos cocheiros não tinha ousado rodar naquele dia, temendo pelos animais e pelos veículos, mas Porrete conhecia um dos homens, um informante do Tammany.

— Paddy McCafrey! — gritou.

O cocheiro levantou os olhos.

— O chefe quer que essas crianças fiquem a salvo! — disse Porrete, levando-as para o ônibus.

— Verdade? — perguntou Paddy.

— Verdade. Coloque-as nesses ônibus e leve para a Vigésima Delegacia. Agora.

O rosto de Paddy ficou branco.

— Essa turba vai me esfolar vivo se eu fizer isso!

— Ah, é? — Porrete chegou mais perto e envenenou a voz com ameaça. — E eu vou estripar você aqui mesmo na rua, se não fizer. Entendeu? Agora, depressa.

Paddy fez uma carranca, e Porrete ajudou a colocar as crianças na diligência, e quando ela ficou cheio, colocou-as na próxima, até que todas estivessem embarcadas. A turba viu quando Paddy esporeou suas parelhas passando por ela, e alguns homens gritaram sacudindo os punhos.

— Deixem-me passar! — gritou Paddy.

— Venham, rapazes! — Um barbeiro de rosto vermelho foi na direção do ônibus segurando um machado. — Vamos quebrar esse ônibus e torcer uns pescoços!

Porrete tirou uma faca estreita do cinto e foi interceptar o sujeito. Assim que o barbeiro levantou sua arma acima da cabeça para golpear, Porrete deu uma facada em seu fígado, um golpe rápido, e o machado caiu no chão. A turba ao redor mal notou, até que o barbeiro desmoronou, mas Porrete já havia se afastado, e os ônibus tinham passado.

A violência dessa memória não perturbou Javier, e ele se perguntou se deveria estar perturbado. Tinha começado a se aliar intimamente a Porrete, que permaneceu com os veículos por vários quarteirões até ter certeza de que haviam saído da pior parte do tumulto, e então se afastou, virando-se na direção da casa do Grão-Mestre. Mantinha a percepção afinada enquanto seguia pela Broadway com a relíquia, como se estivesse tateando com a ponta de uma espada.

Duvidava de que o Assassino pudesse causar mais algum estorvo. Tinha sido fácil derrotá-lo, mas agora Porrete se perguntou se não deveria tê-lo simplesmente matado. A decisão de deixar o Assassino viver tinha sido estratégica, e, sem dúvida, arrogante. Porrete queria que a Irmandade soubesse que havia outro Caçador em Nova York, um Cormac. Mas talvez tivesse sido melhor não se arriscar com uma relíquia.

Quando chegou à rua Trinta e Dois, virou para o leste, com o sol poente às costas quase invisível através de uma grossa cortina de nuvens cor de carvão. O calor do dia ainda não tinha diminuído, mas o ar não estava totalmente sem vida. O céu ameaçava chuva, que ajudaria a prefeitura e a polícia a controlar os incêndios, outra reviravolta infeliz nos planos.

Porrete se aproximou da casa do Grão-Mestre e, à distância, sentiu que havia algo errado. Chegou suficientemente perto para ver a porta da frente aberta, aparentemente arrombada, e subiu imediatamente ao telhado de uma casa vizinha. Dali, encontrou uma janela do sótão que dava na residência do Grão-Mestre, arrombou-a e entrou.

A poeira e as sombras deixavam o ar interno opressivo. Porrete se esgueirou pelo sótão, de cabeça baixa, tendo cuidado com os rangidos no piso de madeira. Encontrou a porta do sótão e abriu uma fresta, encontrando o corredor vazio, mas escutou vozes vindo de algum lugar embaixo. Uma mulher chorando.

Pelo que Porrete sabia, o Grão-Mestre não morava ali, porém mantinha a casa para reuniões. As únicas pessoas presentes deveriam ser os empregados, e por um momento Porrete se perguntou se pessoas da turba teriam feito o impensável e invadido a propriedade do Grão-Mestre.

Esgueirou-se pelo corredor até a escada e espiou para baixo pela espiral quadrada do corrimão. As vozes pareciam vir do primeiro andar, por isso, Porrete desceu dois lances e esperou nas sombras do segundo andar.

— Sinto muito — estava dizendo uma mulher enquanto outra chorava.

— Ele queria ser trazido para cá — disse uma voz de homem. — Queria ver você.

Porrete não reconheceu nenhuma das vozes, mas não pareciam ser de arruaceiros que tivessem vindo saquear a casa.

A mulher que soluçava soltou um grito que rasgou o ar por toda a casa e gelou Porrete até as maiores profundezas do peito. Isso até mesmo o fez recuar um passo escada acima, e quase o distraiu da sombra que se movia na sua direção.

Abaixou-se no instante em que uma faca de arremesso se cravava na parede, onde sua cabeça estivera. Então, o Assassino atacou. Seu ombro acertou Porrete na lateral, e o fez cair escada abaixo, mas Porrete segurou o corrimão e se jogou por cima, pousando com facilidade no térreo, uns quatro metros abaixo.

Três outras pessoas apareceram junto à porta da biblioteca, sem dúvida atraídas pela agitação: Eliza, empregada do Grão-Mestre, outra mulher bem-vestida, e um sujeito enorme com postura de policial. Javier sabia que eram Grace, Natalya e David.

Mas Porrete não sabia. Também não sabia onde o Grão-Mestre estava, mas esta casa tinha sido comprometida, e ele precisava acima de tudo levar a relíquia para algum lugar seguro.

Correu para a porta da frente que estava aberta, com o som de facas de arremesso acertando o piso atrás dele. Uma delas cortou seu braço, perto do ombro, enquanto ele saía correndo. Fez uma careta, arrancando-a enquanto corria pela rua. Não sabia se seria capaz de escalar com aquele ferimento, mas tentou, e, apesar da dor, chegou ao telhado iluminado pelos incêndios próximos e tomado de fumaça e cinzas.

Não esperou para ver se estava sendo seguido. Até saber mais, e com o braço machucado, esta não era uma situação de combate. Achou que a melhor chance de escapar do Assassino e de seus aliados seria o caos da turba perto do orfanato em chamas; por isso, correu para o norte.

Na rua Trinta e Nove, conseguiu olhar para trás e viu a sombra do Assassino voando na sua direção, ganhando terreno e diminuindo a distância. Era possível que Porrete não conseguisse correr mais rápido do que ele antes de chegar à turba.

Desceu para o chão na rua Quarenta e mergulhou nas ruínas do Palácio de Cristal. Um incêndio o havia destruído quase cinco anos antes, mas com o sol agora abaixo do horizonte, a pesada cobertura de nuvens tinha trazido uma escuridão precoce, e o Palácio oferecia uma grande quantidade de lugares onde Porrete poderia se esconder.

Correu em meio ao esqueleto de metal apodrecido, com a pele de vidro ainda grudada aos ossos em alguns lugares, refletindo imagens quebradas. A estrutura reluzente tivera mais de trinta metros de altura, e algumas costelas ainda chegavam até lá. Porrete passou por várias enormes estátuas de guerreiros gregos e romanos, ninfas e rainhas que permaneciam no meio dos destroços, queimadas, quebradas e esquecidas.

Assim que havia penetrado o suficiente nas ruínas, virou-se e olhou para trás, examinando o ambiente em busca de qualquer movimento. Não viu nenhum sinal do Assassino, mas isso não queria dizer nada.

Assumiu uma posição protegida atrás de uma pilha de traves de metal retorcidas, e tirou o fuzil do ombro. Não tinha tempo para granadas de fumaça, e optou pelos dardos de sonífero que tinha usado antes; depois, carregou a arma e esperou, xingando-se por ter deixado o Assassino viver.

O barulho da devastação na cidade era um tanto abafado ali, e Porrete fechou os olhos, prestando atenção de novo aos sons do Assassino. Um ruído à direita pôs seu fuzil em movimento, mas antes de puxar o gatilho, percebeu que era um morcego.

Enquanto virava o cano de volta para a frente, detectou um farfalhar atrás, e antes que pudesse reagir, sentiu uma mão enluvada agarrar seu queixo, puxando a cabeça para trás, e, em seguida, uma pressão na garganta, da lâmina oculta do Assassino.

Mas a armadura traseira de Porrete fez seu serviço, dando-lhe apenas a fração de momento necessária para desviar do golpe, e em seguida a luta passou a ser corpo a corpo.

Porrete largou o fuzil e instantaneamente estava com duas facas, fazendo movimentos de corte e dando estocadas em desespero, mas o Assassino girou para se defender e bloqueou os ataques. A dor no ombro de Porrete chamejava, e ele soube que a desvantagem seria mortal num combate direto e demorado. Rolou para longe e saiu correndo das ruínas, mas ouviu o Assassino vindo atrás.

Decidiu tentar um tropeção falso, agarrando a soqueira, e se agachou. O Assassino o alcançou rapidamente, e assim que ele chegou perto, Porrete girou, dando um soco de cima para baixo, quase a partir do chão. A soqueira acertou o Assassino no queixo, e Porrete esperou que o golpe o quebrasse ou despedaçasse os dentes.

O golpe lançou o Assassino no ar, para trás, mas Porrete não esperou que ele pousasse de volta e correu de novo. Tinha se afastado vários metros quando uma segunda faca de arremesso o acertou no meio das costas e ele cambaleou adiante, deslizando no chão coberto de carvão e vidro.

A lâmina estava alta demais para que ele a retirasse, alojada entre as costelas, e sua respiração já doía; a faca provavelmente tinha perfurado a parte de cima do pulmão. Ele não podia mais lutar nem correr.

Pegou a única arma disponível que restava. Não sabia qual seria o poder da relíquia, e nem a havia experimentado até então, deixando isso para o Grão-Mestre. Mas, em seu desespero, puxou-a do bolso enquanto o Assassino se aproximava.

A relíquia parecia quente na sua mão. Ele apertou a adaga com força e se obrigou a ficar de pé, rígido e se encolhendo de dor o tempo todo.

— Você ao menos sabe o que está segurando? — perguntou o Assassino.

— É uma relíquia dos Precursores. Acha que sou idiota?

— Acho que você é uma ferramenta que não pensa. Mas deve ser uma ferramenta útil.

— Prefiro ser uma ferramenta útil pela paz do que um agente do caos.

O Assassino abriu os braços.

— Olhe em volta! Você acha que isso não é caos?

— É o fogo que purifica — disse Porrete, apertando mais a adaga. — Isso é necessário para livrar a cidade de quem impediria o progresso dela. — Ele tossiu, e o sangue saiu pela boca. — Esses tumultos vão acabar em alguns dias, e no fim eles terão afastado toda a nossa oposição. Finalmente, a Ordem vai realizar totalmente o seu objetivo para esta nação. Vocês são idiotas por resistir a isso. Por não enxergar. — Enquanto Porrete falava, sentiu uma pulsação, uma espécie de energia se irradiando de sua mão. Da relíquia.

O Assassino tinha parado de se aproximar. Parecia confuso, como se estivesse prestando atenção em Porrete. Qualquer que fosse o poder da adaga, ela parecia ter exercido sua influência.

Mas Javier sabia o que estava acontecendo. Tinha experimentado isso antes, nas memórias de Chimalpopoca. Era isso que o Pedaço do Éden fazia.

Porrete aproveitou o momento de distração e pegou uma das suas facas. Depois, girou a lâmina entre os dedos e a atirou contra o Assassino.

A faca mergulhou fundo na barriga dele. O Assassino franziu a testa para ela, como se estivesse perplexo, e Javier se perguntou se era Owen ou o Assassino que estava olhando. Então, os joelhos dele se dobraram e ele caiu de costas.

Porrete soltou um suspiro, mas a dor nos pulmões o fez se arrepender disso. Não sabia se a faca em suas costas seria fatal, mas de algum modo precisava levar a relíquia ao Grão-Mestre antes de morrer.

Ele era um Cormac e serviria à Ordem até o fim.

19

Eliza estava na laje, seis andares acima do beco, o peito arfando com a respiração frenética, os batimentos cardíacos parecendo uma locomotiva longínqua nos ouvidos. Grace havia recuado para o canto mais distante do cômodo mais distante dentro do palácio de sua mente. Nunca havia se dado bem com alturas, e essa lembrança, simulada ou não, a aterrorizava.

Varius estava do lado oposto do beco, tendo acabado de saltar para o outro prédio.

— Você consegue — disse ele. — Você já pulou por espaços maiores hoje.

— Mas nunca de tão alto! — respondeu Eliza. Ela podia ter dado outros saltos com sucesso, mas não tinha se preocupado com a possibilidade de a queda matá-la.

— Escute, Eliza. Você está com medo e acredita que seu medo está dizendo que você não consegue. Mas é mentira. Seu medo não lhe diz nada. Você diz a si mesma que não consegue, para escapar do medo.

— Como isso pode me ajudar? — perguntou Eliza, grata porque pelo menos o dia estava sem vento, caso contrário, nunca teria chegado perto da borda.

— Abrace o medo — disse Varius. — Pegue-o nos braços e dance com ele...

— Dançar com ele? — Ela achava difícil levantar os olhos para longe do abismo. — Como assim, dançar com ele?

— O medo é a chama fria. Ele pode alimentar você. Você pode usá-lo para realizar feitos que nem imaginava possíveis, se ignorar as mentiras que diz a si mesma e abraçar o medo.

— Como?

— Deixe o medo queimar através de você. Sinta-o em cada parte sua, em cada músculo, cada tendão, cada osso. Estenda essa percepção ao mundo em volta. A mesma visão que permitiu você lesse aquela mensagem dirá se você consegue dar esse salto.

Eliza fechou os olhos.

— Sinta — disse Varius. — E pule.

Eliza fez o que ele pediu. Concentrou-se no fogo gelado que atravessava seu corpo, desde o centro do peito até as extremidades dos braços e pernas. Sentiu o poder e a força que ele lhe dava, que ela jamais havia notado antes. Ignorou a mentira que dizia que não era capaz e quando abriu os olhos e olhou para o abismo, ela soube que podia fazer aquilo, com certeza absoluta.

E pulou, voando com facilidade por cima do abismo.

— Pronto, viu? Você nasceu para isso.

— Você vive dizendo essa coisa. O que isso significa?

Varius a olhou com intensidade.

— Venho avaliando você desde que nos conhecemos hoje cedo. Testando. E agora sei que você nasceu para ser uma Assassina.

— Ah, verdade? — Eliza resistiu à ânsia de gargalhar. — Por falar nisso, o que o Sr. Tweed quis dizer quando o chamou disso, exatamente? Você mata pessoas?

— Eu levo a paz a elas.

Agora Eliza gargalhou mesmo.

— Você acha isso engraçado?

— Não quero ser desrespeitosa, mas trazer paz a elas?

— É a verdade. Meus objetivos são solenes e santificados.

— Santificados? Por que tipo de sacerdote?

— Por nenhum sacerdote. Pelo livre-arbítrio da humanidade.

— E como você sabe que eu nasci para isso?

— Sua visão, por exemplo. Chama-se Visão de Águia, e frequentemente é herdada. Eu recebi a minha do meu pai. Nós somos uma Irmandade, e temos um Credo pelo qual vivemos. Somos contra a tirania e os que querem escravizar e oprimir os outros.

— E é contra o Sr. Tweed?

— O Chefe Tweed é o que chamamos de Templário. A Ordem dele procura a paz através da força, às custas do livre-arbítrio. Nossas duas facções estão em guerra e estiveram durante toda a História. Agora, elas querem assumir o controle da nação.

— E você acha que eu sou uma Assassina? Como você?

— Não. Acho que você tem sangue de Assassino. Para ser Assassina, você precisaria primeiro ser treinada e depois jurar lealdade à Irmandade do Credo.

Ele parecia estar sugerindo que isso era uma possibilidade. Mas Eliza balançou a cabeça.

— Sou apenas uma criada. Não sou...

— A Irmandade não julga sua ocupação, seu status na sociedade nem a cor da sua pele. Todas as pessoas são iguais sob o Credo. Mas podemos deixar essa discussão para outra hora. Por enquanto, há questões mais prementes.

Eliza não sabia o que achar do que ele estava dizendo. Sua parte sensata rejeitava isso. Mesmo que fosse tudo verdade, e ela podia ver que Varius estava sendo sincero, achava que seria errado querer participar daquilo. No entanto, participava. Esse Assassino estava sugerindo uma vida além da de serviçal. Uma vida lutando pela liberdade. Uma vida que fizesse a diferença.

— Mas você está se saindo extraordinariamente bem — disse Varius.

Um calor de empolgação e orgulho substituiu a chama fria do medo.

— Obrigada.

— E as calças combinam com você — acrescentou ele, piscando.

A princípio, Eliza havia hesitado em usar roupas masculinas, mas não era a primeira mulher a vestir calças. Até mesmo tinha ouvido falar de algumas que se disfarçavam de homens para lutar contra os rebeldes. Agora que estivera usando-as pela maior parte do dia, precisava admitir que eram práticas, ainda que tornassem o calor mais insuportável.

— A tarde quase passou — disse Eliza. — Acho que deveríamos começar a ir para a casa do Sr. Tweed, se quisermos chegar antes do Porrete.

Grace ficou aliviada com isso, já que ainda não fazia ideia de onde David estava, apesar de Monroe dizer que ele estava em segurança.

— Está certa — concordou Varius, mas um riso se espalhou por seu rosto com um leve toque de malícia. — Vamos apostar corrida?

— Apostar corrida?

— Corrida livre, como estive treinando você durante toda a manhã.

Eliza não sabia se estava preparada para isso.

— Mas eu...

— Mas nada! — disse Varius partindo a toda velocidade. — Vamos disputar!

Quando Eliza se recuperou e começou a correr atrás dele, Varius já havia saído do prédio em cima do qual estavam, e manteve a dianteira por uma boa distância, saltando de telhado em telhado, passando por cumeeiras, chaminés e empenas.

Junto com a calça, Varius havia comprado para ela um par de luvas, e Eliza ficou satisfeita com elas, já que a corrida livre que ele havia ensinado usava tanto as mãos quanto os pés, e a pedra e a madeira dos telhados esfolariam sua pele.

Tinham passado a maior parte do dia no meio dos ásperos pináculos e vales do Five Points e do Bowery, que estavam surpreendentemente calmos em comparação com as arruaças em todos os outros locais, e a concentração dela estivera em não cair e quebrar o pescoço. Agora que corriam para o norte, ela notou a fumaça subindo por lá e percebeu a extensão dos danos causados pela turba.

— Me acompanhe! — gritou Varius. Em seguida, desceu para a rua e correu até a parede de uma capela, a Igreja da Ascensão, e escalou.

Eliza foi atrás, mas estava se cansando. Os músculos dos braços tremiam, e um medo de cair tomou conta dela assim que chegou a uma certa altura. Mas, em vez de prestar atenção à mentira, concentrou-se no medo, abraçando a chama fria que atravessava os braços, e descobriu que a força estava não somente restaurada, mas ampliada.

Chegou ao topo da torre quadrada do sino, com seus parapeitos e quatro pináculos menores nos cantos, e parou junto de Varius.

— Olhe para lá — disse ele. — Com o treino, alguns Assassinos conseguem estender a visão e a percepção por toda uma cidade.

O olhar de Eliza percorreu toda a extensão da ilha, mas só conseguia ver fumaça.

— Esta cidade está pegando fogo — disse. — Deveríamos fazer alguma coisa.

— Não. Os tumultos vão seguir seu curso, não importando o que façamos. Tenho uma tarefa mais importante.

— Ela envolve a tal adaga? A que Porrete roubou de você?

— Envolve. Mesmo se perdermos Nova York, aquela relíquia pode vencer a guerra.

Eliza não entendeu.

— Vamos andando — disse ele, antes que ela pudesse perguntar.

Desceram pela torre do sino e pela igreja e continuaram seguindo para o norte, não mais apostando corrida, e sim, mantendo o mesmo passo. Parecia que todo o corpo de Eliza estava mudando. Enquanto tentava e conseguia realizar os desafios propostos por Varius, sentia que absorvia algo que estava no fundo dela, numa fonte de águas familiares. Talvez aquilo estivesse mesmo em seu sangue.

Grace precisou admitir que também o sentia.

Chegaram à casa do Sr. Tweed bem antes do fim da tarde, e enquanto subiam os degraus da frente, aproximavam-se da porta, e Eliza enfiava a chave na fechadura, ela esperava a todo instante que o pai estivesse lá dentro.

Mas quando virou a chave e entrou, encontrou a casa vazia.

— Pai? — chamou. — Papai?

Mas não houve resposta.

Virou-se e trancou a porta, como precaução contra os saqueadores.

— Há um bilhete — disse Varius, apontando para a mesa junto à parede oeste.

Eliza foi correndo até lá, pegou-o e leu.

Varius se aproximou.

— O que diz?

— É do meu pai. Ele esteve aqui. Pede para eu esperar, diz que vai voltar. Se não voltar, devo ir à arca da Christopher Street às seis horas.

— Você deveria ir. Antes que Porrete chegue.

— Mas e se meu pai voltar? Quero estar aqui.

— Você é quem sabe. Ele lhe deu um plano, e seria melhor segui-lo, pela sua segurança. Mas quando o tumulto acabar... se você voltar à cidade...

— O quê?

— Você tem um caminho aberto. Se quiser segui-lo.

— Quer dizer, ser uma Assassina.

— Você se opõe a essa ideia?

— Não me oponho. Mas também não sou favorável.

— Pense nisso. Minha tarefa vai me tirar da cidade durante um tempo, mas vou retornar logo, e posso encontrá-la, se você quiser. Podemos continuar seu treinamento.

— Vou pensar. Aonde você vai?

— Preciso levar a adaga ao general Grant.

— Ulysses Grant? Por quê?

— Ela vai ajudá-lo a ganhar a guerra.

— Mas como...

A porta se abriu com estrondo atrás deles, e Eliza se virou enquanto um brutamontes entrava com dificuldade. Apesar de Grace reconhecê-lo como Sean, Eliza não o conhecia, e seu primeiro pensamento foi que era um saqueador. Mas, então, notou que o lado do corpo do estranho estava coberto de sangue, e que ele tinha os braços de alguém envolvendo o pescoço.

Eliza foi até ele.

— O que significa is...?

— Moça — disse o homem, ofegando. — Estou com Abraham.

— O quê? — Eliza passou em volta dele e um soluço terrível brotou dela ao ver que era seu pai, mas ele estava quase irreconhecível. Os dois olhos inchados e fechados, e o rosto era uma massa de hematomas. Grace precisou se lembrar de que aquele não era David, era o ancestral dos dois, mas mesmo assim sentiu toda a dor de Eliza.

— Onde posso colocá-lo? — perguntou o homem.

— Na biblioteca — respondeu Eliza. — Por aqui.

Mostrou o caminho e foi atrás do homem, com a mão nas costas do pai, que parecia fria ao toque apesar do calor lá fora. Varius ajudou o estranho a colocar seu pai num sofá de couro da biblioteca. Assim que ficou livre do peso, o estranho cambaleou, inclinando-se como uma árvore a ponto de cair, mas uma mulher veio correndo ajudá-lo.

Eliza assentiu para os dois, mas se virou de novo para o pai. Não sabia como começar a ajudá-lo. Ele precisava de um hospital.

Varius se ajoelhou ao lado do sofá.

— Deixe-me examiná-lo — disse. — Tenho alguma experiência com essas coisas. — Ele tocou e apertou, gentilmente mas com determinação e objetividade aparentes, indo das pálpebras e do rosto do pai dela para o tronco, depois seguindo pelos braços e as pernas, dobrando as juntas e procurando fraturas. Quando terminou, recostou-se na poltrona, olhando para Abraham com as costas da mão na boca.

— Eliza...

— Diga — pediu ela.

— Ele está vivo, mas por pouco. Acho que o crânio foi fraturado. Os ossos do rosto estão despedaçados. Pelo menos quatro costelas estão quebradas, uma pode ter perfurado o pulmão, porque ele parece estar com hemorragia interna.

Eliza soluçou de novo e ofegou; em seguida, cobriu a boca enquanto lágrimas rolavam dos olhos.

— Ah, papai. Papai!

Grace quase enlouqueceu dentro de sua própria mente. Se David havia experimentado tudo aquilo, se Monroe tinha deixado seu irmãozinho passar por aquela dor, ela iria soltar toda a fúria contra ele.

Varius se virou para os dois estranhos.

— O que aconteceu? Quem fez isso?

— Bandidos — respondeu o homem. — Arruaceiros. Eu os fiz parar quando vi, mas eles já estavam espancando-o.

— Obrigada — disse Eliza, sentindo que seu peito havia se tornado uma casca de ovo. — Obrigada por salvá-lo.

— Você também está ferido — disse Varius, indicando a cintura do homem.

— Vou ficar bem — respondeu o estranho, mas um instante depois se sentou numa poltrona da biblioteca.

— Qual é o seu nome? — perguntou Eliza.

— Tommy Greyling. Esta é Adelina Patti.

A mulher assentiu para Eliza, que notou as lágrimas nos olhos dela também. Depois, se virou de volta para o pai e se ajoelhou o mais perto possível do rosto dele. Acariciou a testa, com medo de tocar em qualquer outra parte. Se o peito dele estava se mexendo, não dava para ver, por isso, ela pôs a cabeça sobre o tronco, para ouvir.

Escutou o coração bater uma vez, fraco. Depois, ficou quieto. E então, bateu de novo. E, finalmente parou, como se cada batida exigisse quase tudo o que restava nele.

— Eu queria levá-lo a um hospital — disse Tommy. — Mas ele pediu para vir para cá.

— Papai — sussurrou Eliza, as lágrimas caindo na camisa ensanguentada do pai. — Não me deixe. Não posso perder o senhor também.

De repente, Varius olhou para o teto; em seguida, saiu da sala sem dizer uma palavra.

— Aonde ele vai? — perguntou Tommy.

Mas Eliza o ignorou.

— Por favor — gemeu. — Papai, por favor. — Em seguida, a casca de ovo que era seu peito se partiu, e ela soluçou abertamente contra o peito do pai, apertando os olhos com tanta força que viu estrelas. Alguns instantes se passaram assim; então, ela sentiu uma mudança nele, algo passando pelo corpo, e apertou o ouvido contra o coração de Abraham, tentando ouvir.

Uma batida.

Em seguida, silêncio.

O silêncio continuou, e ela apertou o ouvido com mais força.

Outra batida, tão leve quanto o adejar de uma folha na brisa.

Em seguida, o coração ficou quieto de novo, por tempo demais, e ele soltou um suspiro longo, áspero, mas não inalou mais nada. Tornou-se imobilidade e silêncio.

Havia partido.

Eliza não pôde respirar. Seu peito havia parado e ela o apertou, ofegando, e quando finalmente inalou algum ar, uivou. Não havia palavras no grito, nem pensamentos, apenas dor, fúria, sofrimento, solidão, medo, e Grace sentiu tudo isso junto com ela.

Algo provocou uma pancada no corredor do lado de fora da biblioteca, e então Eliza ouviu o impacto pesado de botas no chão. Varius não estava na sala, e ela sabia que Porrete deveria chegar a qualquer momento.

Levantou-se e correu até a porta, flanqueada por Tommy e Adelina, e dali viu Porrete parado no corredor, parecendo surpreso. Varius desceu correndo a escada atrás dele, mas antes que alguém pudesse reagir, Porrete correu para a porta da frente.

Varius atirou várias facas contra ele numa velocidade atordoante, cinco ou seis ao mesmo tempo. Uma delas acertou Porrete antes de ele conseguir sair. Varius foi atrás, e Eliza também.

— Espere — disse Adelina. — Não...

Mas a mulher ficou em silêncio quando Eliza se virou e as duas se encararam.

— Aquele é o homem responsável pela morte do meu pai — disse Eliza; em seguida, partiu para a rua.

Não podia ver Porrete nem Varius, mas sabia que, se tinham sumido das ruas, deviam estar nos telhados, e foi atrás. Assim que chegou ao topo, vislumbrou Varius à distância, correndo para o norte, e o seguiu.

Antes de ter chegado longe, percebeu quanta coisa Varius tinha deixado de fora enquanto a treinava naquele dia. Ainda não podia acompanhá-lo, mas se esforçou, com a fumaça dos incêndios se comprimindo em volta, queimando os pulmões e os olhos. Atravessou um quarteirão, depois outro, e outro, descendo à rua quando sabia que era incapaz de dar o salto. Durante a perseguição, não tinha nenhum medo para abraçar. Era a fúria que a impelia.

Quando chegou às ruínas do Palácio de Cristal ouviu sons vindos de dentro, e percebeu que Porrete e Varius tinham ido parar ali. Entrou naquele lugar de metal e vidro, mantendo-se nas sombras, tornando-se invisível.

Escutou a voz do pai nos ouvidos. *Minha ladrazinha furtiva.*

Quanto mais fundo ia, mais nítidos se tornavam os sons: grunhidos, passos, um punho acertando em osso. Passou sob estátuas que espreitavam nas ruínas como fantasmas e entre emaranhados de metal retorcido pelo fogo e pelo próprio peso, seguindo os sons do combate.

Então, escutou Varius falando:

— Você ao menos sabe o que está segurando?

Eliza foi na direção do som e seu pé bateu em alguma coisa. Olhou para baixo. Era o fuzil de Porrete.

— É uma relíquia dos Precursores — disse outra voz, que devia ser de Porrete. — Acha que sou idiota?

Eliza pegou o fuzil. Tinha segurado uma arma uma vez antes, mas fazia muito tempo, uma carabina de cano muito mais curto. Mas enfiou o fuzil sob o braço, com o dedo no gatilho, e se esgueirou no meio dos destroços.

— Olhe em volta! Você acha que isso não é caos?

— É o fogo que purifica — disse Porrete. — Isso é necessário para livrar a cidade de quem impediria o progresso dela. — Em seguida, soltou uma tosse úmida, e os dois homens surgiram no campo de visão de Eliza.

Grace os reconheceu como Owen e Javier, amigos se enfrentando de novo. Javier segurava o Pedaço do Éden, e Owen estava a pouco mais de um metro dele.

— Esses tumultos vão acabar em alguns dias — disse Porrete —, e no fim eles terão afastado toda a nossa oposição. Finalmente a Ordem vai realizar totalmente seu objetivo para esta nação. Vocês são idiotas por resistir a isso. Por não enxergar.

Eliza não sabia por que Varius estava parado. O Assassino parecia confuso, atarantado. E, de repente, Porrete girou uma faca na mão e a atirou, e a lâmina acertou direto a barriga de Varius. Depois de um instante atônito, em silêncio, seu corpo se dobrou tombando no chão. Mas Eliza ficou imóvel, escondida nas sombras, e mirou com o fuzil.

Porrete suspirou, fazendo um som gorgolejante, e quando ele se virou, Eliza viu uma faca se projetando das costas.

Tinha pouca confiança na própria mira, de modo que só havia um instante em que poderia acertá-lo antes que ele estivesse longe demais. Levantou o cano e espiou ao longo dele, bem na direção das costas de Porrete, e acalmou a respiração. Puxou o gatilho e sentiu a coronha do fuzil bater em seu ombro ao mesmo tempo em que ouvia o estalo abafado do disparo.

Não foi uma bala que acertou Porrete, mas uma espécie de dardo. Ele cambaleou para a frente, sem se virar, e saiu correndo meio que arrastando os pés. Eliza foi atrás, mas manteve a distância à medida que Porrete diminuía a velocidade aos poucos e suas pernas bambeavam. E, antes de ter saído das ruínas do Palácio de Cristal, ele desmoronou.

Eliza acelerou o passo para se aproximar, mas com cuidado. Ele virou a cabeça para ela, com um fio de sangue escorrendo da boca. Grace sabia que era Javier, mas precisou ficar atrás e deixar que o momento se desenrolasse para Eliza. Esta era a vingança dela.

— Você é a empregada de Tweed — disse Porrete. — A filha de Abraham?

Eliza podia ver que ele estava paralisado pela própria toxina, assim como havia acontecido com Varius. Era tudo culpa dele. Dele e do Grão-Mestre. Seu pai maravilhoso tinha morrido. Seu pai amoroso, forte, pacífico, tirado dela pelo diabo em forma de homem.

— Você o matou — disse ela.

— Quem?

— Abraham! — gritou Eliza.

Ele tentou balançar a cabeça, porém mais pareceu um tremor.

— Não, eu... Joe Magrelo...

— Ele está morto. Foi espancado. Um velho inofensivo, gentil, e eles...

— Eu não espanquei o seu pai.

— Talvez não. Mas você alimentou os cães que fizeram isso, e depois os soltou.

Porrete não respondeu nada.

Eliza notou a adaga na mão dele. Estendeu a mão para ela e viu o terror nos olhos do sujeito, mas ele não pôde fazer nada enquanto ela pegava o objeto. Era uma coisa curiosa, e era difícil imaginar que valesse o preço que tinha sido pago por ela. Mas o gume era bem afiado.

— Você fez alguma coisa com isso. Com essa adaga. Você fez Varius parar, com ela. Deixou-o confuso de algum modo. Foi isso que Varius quis dizer ao contar que o general Grant poderia usá-la para ganhar a guerra, não é?

Porrete não disse nada, mas não precisava. As lágrimas brilhando em seus olhos contavam tudo o que Eliza queria ouvir.

— Há um caminho aberto para mim — disse ela. — Eu não sabia direito se iria segui-lo. Mas agora sei. — Ela encostou a lâmina no pescoço dele, cujos olhos piscaram e se arregalaram. — Vou me tornar uma Assassina. E você e eu vamos nos encontrar de novo. — Os olhos de Porrete se fecharam e ele perdeu a consciência. Ela se levantou e o deixou para sonhar com o próprio fracasso.

Varius estava inconsciente quando ela voltou até ele, mas com a ajuda de Adelina e Tommy Greyling, Eliza conseguiu levá-lo a um hospital, e uma hora depois estava na barca da Christopher Street com os dois. Eles pareciam bem unidos, mas Tommy parecia ter ideias diferentes das de Adelina com relação à barca.

— Venha comigo — disse ela.

— Não vou fazer isso. Não vou deixar a cidade nas mãos da turba.

— Mas você está ferido — interveio Eliza, oferecendo apoio a Adelina.

— Vou dar um pulo na enfermaria. Eles vão me costurar, e então volto para a linha de frente. — Ele olhou para Adelina. — Vá para a casa da sua tia. Fique lá até o fim dos tumultos.

— Mas eu preciso ver você de novo. Quando...

— Verei você de novo — disse ele. — Na próxima vez em que você cantar em Nova York, prometo que vou estar na plateia, aplaudindo.

— Não é isso que eu quero dizer.

— Sei que não é. Mas é o único modo. Posso ser só um policial que quer uma fazenda, mas disso eu sei.

Adelina olhou para baixo.

— Não diga isso.

— O quê?

— Não fale de você desse modo. Você é... — Mas ela não terminou o que ia dizer. Em vez disso, balançou a cabeça olhando para o chão, quase como se estivesse com raiva, e quando levantou os olhos, estava chorando. — Acho que eu te amo, Tommy Greyling.

— E eu acho que te amo, Srta. Adelina. — Ele sorriu. — Mas a barca vai partir e você deve ir. Preciso garantir que você esteja em segurança.

— Eu estou. Sempre estive em segurança com você. — Ela o abraçou, e depois de um momento ele fez o mesmo, quase a envolvendo, e os dois ficaram assim por um tempo. Então, ela se soltou, enxugando os olhos, e foi pelo píer em direção à barca, sem olhar para trás.

Tommy olhou-a ir e disse a Eliza:

— Certifique-se de que ela chegue à casa da tia, se você puder.

— Está bem.

— E o que você vai fazer?

— Tenho uma tarefa para terminar — respondeu Eliza, com a adaga guardada no bolso da calça que ainda estava usando. Se ia para a guerra, precisava ter a aparência certa para o papel. — Depois disso, acho que vou voltar a Nova York. Ainda tenho negócios inacabados aqui com Porrete e o Sr. Tweed.

Tommy confirmou com a cabeça, meio perplexo, e Eliza se despediu. Depois, entrou na barca, que estava totalmente cheia de negros de todas as idades. Eles se amontoavam, alguns feridos, expulsos de casa pelo ódio e pela violência. A dor era a expressão em todos os olhos, e "por quê?" era a pergunta não dita em todos os lábios. A resposta era que a cidade e o país não estavam livres. Ainda não.

A máquina a vapor da barca chacoalhou, carregando-os pelo rio Hudson em direção a Nova Jersey, e à medida que a distância da ilha aumentava, parecia que toda a cidade reluzia vermelha sob uma montanha de carvão.

— Parece que vai chover — disse uma mãe jovem, olhando as nuvens enquanto a filhinha dormia em seu colo. — Vai ser uma misericórdia.

— Reze pela misericórdia, então — disse Eliza. Mas consigo mesmo ela sussurrou: — Mas eu vou lutar pela liberdade.

20

A simulação de Owen ficou preta, mas não o mesmo preto de quando Varius estava inconsciente. Um preto indicando que a simulação havia acabado, e de repente ele estava no cinza do Corredor da Memória, e sozinho.

Você está bem, Owen?, perguntou Monroe.

— Eu morri? — perguntou Owen. — Senti... — Ele havia sentido a faca entrar na barriga e o coração bombeando o sangue para fora, e o corpo ficando frio e entorpecido, começando pelos pés e subindo.

Não, você não morreu. Chegou perto, mas Eliza o salvou. Doeu?

— Na verdade, não muito. — Não era da dor que ele lembrava, e sim, do medo. Do medo de Varius.

É porque o cérebro não é construído para armazenar a memória da dor física. Na verdade, na maior parte das vezes, ele deve se esquecer dela, caso contrário, não poderíamos funcionar.

— Então, fico feliz pelo David. — A turba havia mesmo pegado pesado com ele, um nível de violência e ódio que Owen ainda não podia entender. — Ele está bem?

Eu não diria isso. Talvez ele não se lembre da dor física, mas se lembra da dor emocional. Isso o nosso cérebro guarda.

— Posso falar com ele? — Owen havia examinado David, ou o ancestral de David, e sentia náuseas de pensar no que o pobre garoto tinha sofrido.

Daqui a pouco, respondeu Monroe. *Você precisa ficar um pouco mais no Corredor da Memória.*

— Por quê?

Pense nisso como um mergulho profundo. Você não pode subir depressa demais para não sofrer embolia. Nesse caso, é embolia cerebral. Pequenas bolhas da consciência do seu ancestral que podem causar todo tipo de problema. Nesse momento, você precisa se concentrar em deixar todas essas memórias para trás. Precisa tirar seu ancestral da cabeça.

Seria difícil. Ele estivera vivendo na mente e nas memórias de Varius durante dois dias. Owen sentia como se conhecesse Varius tão bem quanto se conhecia. Era quase como se fossem a mesma pessoa. Mas sabia que não eram, e também sabia que não tinham sido de fato dois dias.

— Que horas são? — perguntou.

Quase quatro e meia da madrugada. Vocês estiveram no Animus durante umas duas horas.

— Duas horas? — Owen balançou a cabeça. Parecia impossível.

Poderia ter sido mais rápido ainda se fosse só você. Precisei deixar as coisas um pouco mais lentas para manter todos integrados na simulação. Desse modo... Espere aí. Javier está chegando.

Owen olhou em volta, preenchido por uma súbita avalanche de raiva e ódio à menção do nome de Javier. Não estava com raiva de Javier; estava com raiva de Porrete. Mas Javier era Porrete, de certa forma.

Antes que pudesse resolver isso, Javier apareceu ao seu lado, e Owen quase lhe deu um soco, antes de se controlar. Em vez disso, os dois apenas se encararam.

— Quero matar você agora mesmo — disse Javier.

— Você quase me matou.

— Eu sei. Isso é uma bagunça.

Relaxem, pessoal, interveio Monroe. *Vocês estão fora da simulação. Agora são Owen e Javier, e não seus ancestrais.*

— Você fala como se houvesse um interruptor — reagiu Javier. — Como se a gente pudesse simplesmente ligar e desligar.

Sei que é mais fácil falar do que fazer. Só se concentrem na vida de vocês. Concentrem-se nos amigos, na família, em casa, na vizinhança. Concentrem-se em suas lembranças, em todas as coisas que fazem vocês serem quem são. Lembrem-se, vocês estão deitados num armazém com uma viseira presa na cabeça. Alguns estão babando.

— Obrigado por isso — disse Javier.

Ei, só estou tentando manter vocês em terreno firme.

À medida que o tempo no Corredor da Memória passava, Owen notou uma diminuição da pressão da consciência de Varius contra a sua. Como se tivesse mais espaço para se esticar e respirar dentro da própria mente. Pensou na oficina do avô e no jardim imaculado da avó. Pensou nas camisas polo que a mãe usava para o trabalho, e pensou no seu quarto. Pensou no pai.

Todo o motivo para ter entrado no Animus era conseguir que Monroe o ajudasse a descobrir o que havia de fato acontecido na noite do assalto. Mas o Animus tinha feito algo com essa motivação. Enquanto Varius temia não ser capaz de estar à altura do legado do pai, os avós e a mãe de Owen temiam que ele estivesse.

Owen não sabia o que isso significava, nem como se sentia a respeito. Mas sabia que pensava no pai do mesmo modo como Varius pensava no dele, e a experiência no Animus havia tornado isso mais forte ainda.

— Nem sei o que pensar agora — disse Javier a Owen. — Ela podia ter cortado minha garganta.

— O quê? Quem?

— Grace — respondeu Javier. — Não, Grace, não. Eliza. Ela ficou com o Pedaço do Éden.

Owen riu, porque sabia que isso daria uma tremenda satisfação a Varius.

— Acha engraçado? — perguntou Javier.

— Não. Não é isso.

— Então, por que está sorrindo?

— Não é nada... Meu ancestral...

— Seu ancestral o quê?

— Qual é, cara. Você atirou uma faca em mim. Vai mesmo ficar furioso por causa disso?

Javier franziu a testa, mas não disse mais nada.

Vou tirar vocês daí agora, disse Monroe. *Se estiverem prontos.*

— Eu estou — disse Owen.

— Eu também — completou Javier.

O Corredor da Memória desapareceu, substituído pelo escudo preto da viseira do capacete. Owen tirou-o, piscando por causa das luzes do esconderijo de Monroe no armazém. Sentou-se com a rigidez de um cochilo comprido e olhou para Javier, que estava saindo de sua cadeira.

Sean, Natalya e Grace pareciam continuar no Animus. Monroe estava sentado diante de um terminal de computador no meio deles, olhando vários monitores que pareciam mostrar imagens e informações das simulações. Javier foi até ele, para olhar as telas.

— O que eles estão fazendo? — perguntou.

— Indo para a barca — respondeu Monroe.

— Cadê o David? — perguntou Owen.

Monroe levantou os olhos e assentiu para o círculo de sofás em outra ilha de luz, do outro lado do salão.

— Ali.

Owen se virou e viu David sentado num sofá, o corpo baixo a ponto de o pescoço ficar dobrado. Então, Owen deixou Javier e Monroe e foi se sentar perto dele. David estava olhando para a frente, por cima do peito, onde estavam seus óculos, o rosto desprovido de emoção. Mas os olhos estavam vermelhos, como se ele tivesse chorado.

— Aquilo foi brutal — disse Owen.

David não respondeu.

— Sinto muito, cara. Eu gostaria que não tivesse acontecido.

David continuou sem dizer nada. Nem tinha reconhecido a presença de Owen, e depois de vários minutos de silêncio incômodo, Owen já ia se levantar e voltar para perto dos outros.

— Mas aconteceu. — David recolocou os óculos. — Foi exatamente aquilo que aconteceu.

— Eu sei. Sinto muito. Doeu?

— Claro que doeu — respondeu David, enterrando os ombros nas almofadas enquanto se empurrava para cima. — O que você acha?

— Desculpe, cara. — Owen levantou as mãos. — Eu só perguntei.

David olhou para a estação do Animus.

— Mas isso nem foi a pior parte.

— Como assim?

— Quero dizer, quando eles estavam me espancando e chutando eu senti, mais ou menos. Mas eu ficava pensando na minha filha. É tão esquisito dizer isso! Minha filha. Eu não sabia onde ela estava nem se estava machucada ou sei lá o quê, e sabia que ia morrer e não podia fazer mais nada para ajudá-la... Essa foi a pior parte.

— Uau. — As sobrancelhas de Owen subiram. — É tipo... mas pelo menos você não precisa mais se preocupar com ela, não é? Quero dizer, ela virou uma Assassina.

— É. O Monroe me disse. Isso pode fazer você se sentir melhor, mas faria Abraham se sentir pior.

— Verdade? Por quê?

— Não é onde ele ia querer que a alma de Eliza vivesse.

— O quê?

David apenas balançou a cabeça.

— Deixa para lá. É complicado demais.

Owen se recostou e olhou o garoto à sua frente, e percebeu que alguma coisa estava diferente, e não era que David estivesse simplesmente chateado. O Animus o havia mudado. David tinha entrado na simulação parecendo muito novo, talvez até ingênuo, mas era como se tivesse envelhecido anos nas últimas duas horas.

— Pessoal. — Javier sinalizou para eles. — Sean e Natalya estão saindo.

— E minha irmã? — perguntou David.

— Ainda não — respondeu Monroe.

Owen se levantou e foi até os outros, mas David ficou no sofá. Quando Owen chegou à estação do Animus, Natalya tinha tirado o capacete, com o cabelo embolado, e estava esfregando os olhos. Sean estava olhando para ela, e para Owen ficou bem óbvio que ele gostava dela. Só não sabia se a simulação deles tinha alguma coisa a ver com isso. Os dois estavam juntos quando tinham levado David à casa do Grão-Mestre.

— Como vocês estão? — perguntou Javier.

— Bem — respondeu Natalya. — Acho.

— Eu também — disse Sean, examinando a cintura. Depois, fez menção de se levantar, mas suas pernas se dobraram e ele caiu com força, batendo nas máquinas e nos fios, e parou esparramado no chão.

Owen se abaixou para ajudá-lo.

— Tudo bem, cara?

— Tudo — respondeu Sean, bem baixinho, com o rosto vermelho. — Estou bem.

— Precisa de ajuda? — perguntou Owen.

— Não, eu me viro. — Sean estendeu a mão para a cadeira de rodas, agarrou o apoio de pés com as pontas dos dedos, e a puxou mais para perto, até conseguir subir. — Esqueci — disse com um sorriso sem graça.

— Imagino que seria fácil esquecer — disse Javier. — Depois do Animus.

— Especialmente quando você pensa em quem era seu ancestral — disse Monroe.

— É. — Sean assentiu, mas seus ombros caíram um pouco. — Você está certo.

— Quando é que a Grace vai sair? — perguntou Owen. Ele queria falar com ela. Com o tempo que tinham passado juntos na simulação, sentia-se um tanto próximo dela, ainda que mal se conhecessem.

— E está sozinha agora — disse Monroe. — Nós saímos da Concordância nessa memória específica, e por isso todos vocês estão aqui fora. Mas a ancestral dela está com o Pedaço do Éden, e Grace está indo junto, até o fim. — Ele girou em sua cadeira, ficando de frente para eles. — Enquanto esperamos, quero falar com vocês.

Owen e os outros se posicionaram em volta das poltronas reclináveis, alguns sentados, alguns de pé.

— David, quer vir aqui? — chamou Monroe, e enquanto David se aproximava, Monroe prendeu o cabelo atrás das orelhas, recostou-se na cadeira e cruzou os braços. — Há uma coisa que preciso que todos vocês saibam, e é o seguinte: quero que saibam disso como sabem da gravidade.

— O que é? — perguntou Javier.

— Vocês. São. Vocês. Esse é o seu centro. É a verdade para a qual vocês voltam, a verdade da qual não podem escapar.

— Quem mais nós seríamos? — perguntou Sean.

— O uso do Animus pode causar efeitos colaterais. São chamados Efeitos de Sangria.

— Sangria? — perguntou David. — Como assim, Sangria? Tipo uma hemorragia?

— Não — respondeu Monroe. — Não estou falando de *sangue*. De transferência. Certos aspectos do Animus *sangram* no mundo real. Em vocês. Bom, eles já estão em vocês, em seu DNA. É mais como se o Animus trocasse seu DNA de genótipo para fenótipo.

— O que é isso? — perguntou David.

Javier respondeu a ele:

— Seu genótipo é todo o código que você carrega, certo? Todo ele, até as coisas que você não vê, as coisas recessivas. Seu fenótipo é o que a gente vê. É o motivo para Sean ter olhos azuis e Natalya ser baixa.

— Isso mesmo — disse Monroe. — Todos temos genes que estão desligados. O Animus pode ligá-los.

— Tipo o quê? — perguntou Owen.

— Bom. — Monroe cruzou as mãos atrás da cabeça. — Se os seus ancestrais Assassinos desenvolveram a Visão de Águia, talvez você descubra que agora tem Visão de Águia.

— O que é Visão de Águia? — perguntou David.

— É uma percepção aumentada — respondeu Owen, e então olhou para Grace, ainda deitada com o capacete e a viseira sobre a cabeça. — Ela tem.

— Mas há outros Efeitos de Sangria também — disse Monroe. — Efeitos mentais. Comportamentais. Vocês podem descobrir que têm novas capacidades que não tinham antes, caso seu ancestral tivesse essas capacidades. Às vezes vocês podem ficar confusos com relação ao que é a realidade. O que é memória sua e o que é do ancestral. Vocês podem ter *flashbacks*.

— Você só está dizendo isso agora? — perguntou Javier, ajeitando a postura.

— Isso mudaria sua decisão?

Não teria mudado a de Owen, e olhando em volta ele não achou que algum dos outros voltaria atrás e faria a coisa de modo diferente.

— Bom, como eu disse — Monroe olhou para cada um deles. — Vocês. São. Vocês. Não são seu ancestral, e quem ele era não significa nada para quem vocês são. Se era um Assassino, e daí? Se era um Templário, quem se importa? Vocês seguem seu próprio caminho, segundo suas próprias escolhas. Não são reféns de seu DNA. Certo?

Todos assentiram, alguns com menos entusiasmo do que os outros. Owen não aceitou totalmente o que Monroe estava dizendo. No Animus, tinha significado algo importante para Varius fazer o que o pai tinha feito e seguir esse legado. Dava orgulho e um sentimento de propósito para Varius. Será que Monroe tiraria isso dele?

Monroe olhou de novo para seu terminal de computador, examinando os monitores.

— Acho que a memória está terminando — disse, colocando um fone de ouvido com microfone. — Vou carregar o Corredor da Memória. Por que vocês não vão para os sofás? Isso vai demorar alguns minutos.

Todos fizeram o que ele pediu, e foram sentar-se juntos. Owen e Javier ocuparam as extremidades opostas do mesmo sofá. Natalya pegou uma poltrona, e Sean foi com sua cadeira para perto dela. David ocupou sozinho a outra poltrona. Durante alguns minutos, ninguém falou, até que Natalya suspirou.

— Preciso ir para casa — disse ela. — Meus pais vão pirar demais.

— Os meus também — concordou Sean. — Eles se preocupam muito mais comigo desde o acidente.

— Quando aconteceu? — perguntou Javier.

Owen também havia pensado nisso.

— Há dois anos. Um motorista bêbado.

Owen se virou para David.

— E os seus pais?

— Meu pai vai ficar bem chateado se descobrir. Mas a primeira coisa que vai perguntar é se Grace estava comigo. Depois, vai colocar toda a culpa nela. Minha mãe só vai concordar com o que ele disser.

— E se Grace não estivesse com você? — perguntou Owen.

David deu de ombros.

— Nunca entrei numa encrenca de verdade.

— Bom — disse Javier —, minha mãe vai pirar. Meu pai vai ficar desapontado comigo.

— O que você prefere? — perguntou Sean.

Owen desejou ainda ter o pai para se desapontar.

Javier balançou a cabeça.

— Não sei. As duas coisas são ruins.

— Minha mãe e meus avós só vão achar que eu fugi — disse Owen. — Acho que eles devem estar me esperando há um bom tempo.

— Ei, pessoal — chamou Monroe. — Grace saiu.

Eles se levantaram, David mais rapidamente do que o resto, e foi correndo até a estação do Animus. Monroe estava ajudando Grace a tirar o capacete quando David se aproximou e a abraçou. Parecia que estava chorando um pouquinho, e Owen enxergou rapidamente o menino mais novo que tinha visto antes da experiência no Animus. Grace fechou os olhos e o abraçou de volta.

— Calma, eu estou bem — disse ela. — Tudo bem.

David manteve o abraço por mais um momento, e então assentiu com a cabeça encostada nela; depois, deu um passo atrás, enxugando o rosto com as costas da mão.

— O que você viu? — perguntou Monroe.

— A Guerra Civil — respondeu Grace, com os olhos arregalados e parecendo conter os reflexos de coisas que estavam além do salão. — Até lutei nela.

— E viu o que aconteceu com o Pedaço do Éden?

Grace confirmou com a cabeça e engoliu em seco.

— Carreguei-o até Vicksburg, no rio Mississippi. Encontrei o general Grant e o entreguei a ele. Ele reconheceu a adaga, do Clube Asteca. Mas nesse ponto eu tinha deduzido como usá-la. Ela me ajudou a passar por trechos difíceis enquanto ia até ele. Por isso, pude mostrar como ela funcionava. Bom, não completamente. Mas o bastante para achar que ele entendeu que era mais do que um suvenir do México.

— E o que aconteceu depois? — perguntou David.

Grace deu de ombros.

— Não sei. A memória terminou assim que eu a entreguei.

— O que aconteceu depois disso — disse Monroe — foi que Lincoln tornou Grant general de todos os exércitos da União, Grant venceu a guerra, e acabou sendo eleito presidente por dois mandatos. Acho que é seguro dizer que ele manteve o Pedaço do Éden durante esse tempo, e talvez o tenha guardado até a morte.

— Onde ele morreu? — perguntou Natalya.

— Quando soube que tinha câncer na garganta — respondeu Monroe —, se mudou de Nova York, para um chalé no monte McGregor, para escrever suas memórias. Foi onde morreu. O chalé ainda está lá, é uma espécie de museu.

— Então, é onde a adaga está? — perguntou Javier. — Sério? Você não poderia ter adivinhado isso?

— Talvez pudéssemos. Mas a adaga também poderia estar numa infinidade de lugares, e agora temos uma boa ideia de onde procurar. Nem posso agradecer o suficiente pela ajuda de vocês. Vocês confiaram em mim, e isso significa muito. Não vou deixá-los na mão. Prometo que, quando tudo isso terminar, vocês estarão em segurança.

— Então, podemos ir? — perguntou Natalya.

— Podem. Sim, com certeza. Vou levar todos vocês no ônibus. — Ele se abaixou, moveu algumas alavancas, e tirou do Animus o que parecia uma CPU pesada.

— O que é isso? — perguntou Javier.

— O núcleo do Animus. Tento não deixá-lo longe das minhas vistas. Vamos.

Então, era o fim. Todos saíram juntos da sala para o corredor, e, depois, de volta para a área principal do armazém, onde Monroe tinha deixado seu ônibus e a motocicleta. Owen e Javier ajudaram Sean a descer a escada com a cadeira de rodas, e todos foram na direção do ônibus.

Owen se perguntou se veria algum deles de novo, a não ser por Javier. Na verdade, os outros eram estranhos. Ele nem sabia que escolas frequentavam. E, no entanto, não pareciam estranhos, o que era provavelmente um daqueles Efeitos de Sangria de que Monroe tinha falado.

— Certo — disse Monroe, com as chaves tilintando enquanto abria a porta lateral e colocava o núcleo do Animus dentro do ônibus. — Acho que vamos deixar Natalya primeiro...

De repente, as janelas acima explodiram para dentro, fazendo chover vidro, e figuras vestidas de preto entraram como um enxame, caindo sobre eles presos por cordas finas como fios de navalha.

— Agentes Templários! — gritou Monroe. — Corram!

21

Javier mergulhou na direção do ônibus enquanto os agentes chegavam ao piso do armazém. Todos os outros tinham se espalhado aleatoriamente, mas Javier notou Owen correndo para a motocicleta de Monroe. De súbito, o motor do ônibus trovejou, com Monroe atrás do volante. Javier se afastou do veículo, que saltou para a frente, indo na direção da porta de aço do armazém.

— Javier! — gritou Owen, montando na moto. — Suba!

Os agentes da Abstergo haviam se espalhado no armazém. Eram pelo menos uma dúzia. Já estavam com Sean, que não podia escapar. E, nesse momento, um deles disparou uma pistola de choque contra David, e Grace gritou. Enquanto seu irmão caía se retorcendo, ela se jogou contra o agente, mas Javier não viu o que aconteceu depois.

Sentiu alguém se aproximando e girou enquanto um agente disparava uma pistola de choque. Mas saltou rapidamente de lado e se desviou dos dardos, um movimento reflexo que o surpreendeu. Quando o agente jogou fora a pistola de choque e foi em sua direção, Javier partiu para a briga, bloqueando golpes e dando socos, mas o agente usava algum tipo de armadura preta que impedia Javier de causar muito dano.

Um som ensurdecedor de pratos de orquestra ecoou no armazém quando Monroe fez o ônibus passar pela porta de aço, arrancando-a e criando uma abertura.

— Javier, agora! — gritou Owen, estendendo um capacete.

Javier deu uma última cotovelada no pescoço do agente e correu para a moto.

— Você está com a chave? — perguntou enquanto montava atrás de Owen e colocava o capacete.

Owen não respondeu, mas o motor foi ligado e a moto saltou adiante.

Agentes da Abstergo correram para impedi-los pelos dois lados, disparando pistolas de choque e errando. Alguns até se colocaram no caminho da moto, mas Owen se desviou, e um instante depois eles saíram do armazém para a rua. À direita, viram o ônibus de Monroe acelerando.

— Vá na outra direção — disse Javier. Achava que seria melhor se separarem, e também era provável que os agentes tivessem mais facilidade de alcançar um ônibus antigo, e ele queria estar bem longe quando Monroe fosse apanhado.

Owen acelerou e a moto partiu pela beira do rio, acelerando e passando por outros armazéns e prédios, com o sol a ponto de nascer.

— Eles estão vindo atrás de nós? — gritou Owen.

Javier virou a cabeça e viu dois sedãs pretos seguindo-os.

— Dois carros — gritou. — Precisamos despistá-los.

Owen assentiu e acelerou. Foram mais rápido, mas Javier não achava que somente a velocidade fosse permitir que escapassem. Examinou a rua adiante, franzindo os olhos contra o vento que cegava, e viu um beco estreito.

— Ali! — disse, apontando. — Eles não vão caber!

Owen freou só o bastante para conseguir fazer a curva e mergulhou no beco. O corredor era quase estreito demais para eles. O guidom da moto praticamente raspava nas paredes, o que poderia esmagá-los. Owen dirigia o mais rápido que podia sem causar um acidente. Quando chegaram do outro lado, não havia carros pretos à vista, apenas furgões de entrega e outros veículos parados no meio dos armazéns.

— Para onde, agora? — perguntou Owen.

Não podiam ir para casa, pois só levariam os agentes junto. Não tinham de fato nenhum lugar aonde pudessem ir.

— Saia da cidade — disse Javier. — Talvez a gente possa se esconder nos morros.

Owen guiou a moto para longe das docas do rio e entrou na via expressa, pegando a rampa que levava para o norte. E em pouco tempo, tinham deixado os agentes para trás. Não disseram mais nada até terem passado do Centro da cidade e por vários subúrbios. Então, o asfalto acabou, e eles chegaram às estradas de terra encalombadas que levavam para as montanhas.

— Esses capacetes têm uma tremenda tecnologia — disse Owen. — Mas não sei como fazê-los funcionar.

— Só encontre um lugar com umas árvores.

O sol havia surgido sobre o maior dos montes arredondados antes de eles finalmente saírem da estrada e pararem à sombra de um grande sicômoro, perto de um denso bosque de sumagre. Alguém tinha juntado algumas pedras para fazer uma fogueira, e as pedras enegrecidas cercavam uma pilha de cinzas e latas de feijão queimadas.

Javier tirou o capacete, e Owen fez o mesmo.

— E agora? — perguntou Owen.

Javier não fazia ideia. Entrar na simulação deveria livrá-los desse tipo de coisa. Monroe tinha dito que seu Animus estava desconectado da internet e era impossível de ser rastreado. Mas, de algum modo, a Abstergo — ou os Templários — os tinha encontrado, e um pedacinho do Porrete dentro de Javier estava satisfeito com isso. Mas, mesmo que Javier *tivesse* sido basicamente um Templário, a maior parte dele ainda quisera fugir ao ver os agentes.

— Será que eles pegaram todo mundo? — perguntou Owen.

— Parece que sim. Acho que só nós dois escapamos. A não ser o Monroe. Não acredito que ele simplesmente deu no pé.

— Acho que ele estava tentando criar um modo fácil para a gente escapar. Pelo menos espero que sim.

— Eles provavelmente o pegaram naquele ônibus idiota.

Owen chutou uma pedra. Ela quicou no sicômoro e caiu no meio do mato.

— Isso é insano! — gritou. — O que a gente fez para passar por tudo isso?

Javier pensou no que tinha acabado de passar. Lembrou-se da pressão aguda das facas acertando-o. Do medo de Porrete e do sofrimento de saber que havia fracassado e que ia morrer. Lembrou-se dos segundos que haviam se passado enquanto perdia a consciência, sentindo gosto de sangue, a dor da faca nas costas a cada respiração.

— Ei — disse Owen. — A gente está numa boa agora?

Javier olhou-o. Via principalmente Owen, e muito pouco do Assassino. Mesmo assim, não tinha certeza se estavam numa boa, mas queria que estivessem.

— É. Acho que sim.

— Eu vi você lutando contra aquele agente. — Owen balançou a cabeça. — Foi incrível.

— Não sei como fiz aquilo. Nem pensei. Só mergulhei fundo.

— Deve ser um Efeito de Sangria. Seu ancestral sabia lutar, e agora você também sabe.

— Acho que sim.

Owen se virou e olhou na direção da cidade.

— Sério, o que a gente vai fazer?

— Eles vão nos procurar. Acho que precisamos ficar aqui em cima por um tempo.

— Mas não acha que a gente deveria ajudar os outros?

— Como? Quero dizer, claro, eu adoraria ajudar os outros. Mas somos só nós dois, e nem sabemos para onde eles foram levados.

— E aí? A gente só fica aqui sentado?

— Por enquanto — respondeu Javier. Mas parecia que estavam embromando, porque acabariam tendo de voltar à cidade. Claro que não tinha ideia de como viver da natureza, e sabia que Owen também não. Iam ficar com sede e fome em pouco tempo. Mas, se voltassem à cidade, o que iriam fazer? Aqueles agentes não estavam de brincadeira. Pelo menos estavam usando armas de choque, e não de balas. Isso significava que queriam todo mundo vivo, provavelmente para descobrir o que sabiam sobre o Pedaço do Éden.

Javier pegou uma tora de madeira grande e a arrastou mais para perto das pedras da fogueira; depois, espanou as mãos e se sentou. Não que planejasse acender um fogo. Só parecia a coisa certa a fazer. Aquilo o lembrava de quando a família cozinhava ao ar livre na praia, grelhando camarão e frango em espetos sobre as chamas, enrolando-se em cobertores quando o sol se punha. Não faziam isso havia um bom tempo. Na última vez tinha sido uma espécie de comemoração de boas-vindas quando o irmão saiu da cadeia, de modo que foi diferente, e ninguém curtiu de verdade.

Owen sentou-se ao lado de Javier, no tronco.

— Então, só vamos ficar sentados aqui — disse.

— É.

Durante a hora seguinte foi o que fizeram, falando principalmente sobre a simulação, à medida que o dia ficava quente e seco. Deixaram de lado o fato de que eles, ou os seus ancestrais, tinham tentado matar um ao outro, e se concentraram nos outros aspectos da experiência. A cidade, suas armas, as capacidades dos ancestrais. Mas acabaram esgotando esse assunto até que não restasse muita coisa, e então Owen levou a conversa para onde Javier não queria que ela fosse.

— E o que aconteceu com você?

— Como assim?

— Não estou falando do Animus. Antes disso. Por que começou a me ignorar?

Javier não queria falar sobre isso. Mas sabia que Owen não ia desistir do assunto. Owen nunca desistia de nada, e os dois estavam encalhados juntos num tronco na montanha. Javier achou que era melhor encarar a situação.

— Eu só estava cuidando de um monte de coisas minhas.

— Tipo o quê?

— Coisas, malandro. Não sei.

— Por que não me disse?

Javier também não queria responder a isso, mas Owen perguntou de novo, por isso, decidiu continuar e encará-lo de frente.

— Olha. O que você passou com seu pai, e coisa e tal, sei como foi ruim, e entendo o motivo de você estar com raiva. Mas você ficou tão concentrado nisso o tempo *todo*, e...

— E o quê? — perguntou Owen, parecendo com raiva.

Javier suspirou.

— Só me deixe terminar...

— O que você espera? — perguntou Owen, com a voz aumentando de volume. — Eles mandaram meu pai para a prisão e ele morreu lá.

— É, mandaram. Mas eles mandaram meu irmão para a prisão também.

— Foi porque ele encheu alguém de porrada!

Quando Owen disse isso, Javier precisou se levantar e se afastar alguns passos, virando-se de costas. A raiva fez seus punhos se fecharem, e retesou os músculos em volta do pescoço e dos ombros, e quem sabia que diabo ele faria com Owen, tendo aqueles Efeitos de Sangria? Depois de alguns minutos respirando fundo para se acalmar, virou-se de novo.

— Eu só tinha um monte de porcaria para resolver, e não queria ter de lidar com suas porcarias também. Só isso. Não foi nada pessoal.

— Para mim, parece pessoal.

— Bom, com relação a isso, não posso fazer nada. Entenda como quiser, mas foi o que aconteceu.

Owen ficou quieto durante alguns minutos, olhando os restos da fogueira fria.

— E qual é a tal bosta que você precisava resolver?

— Não quero falar sobre isso.

— Está tudo bem?

— Tudo.

— É a sua mãe? Ou mais coisas com o seu irmão?

Javier olhou para o céu enquanto um pássaro saía voando de algumas árvores. Era grande, um falcão ou um gavião, ele nunca sabia qual era a diferença.

— Não é nada disso. Eu me assumi para a minha família há um ano.

— Ah. — Owen sentou-se de volta no tronco. — Eu não sabia que você era...

— É — disse Javier. Não tinha sido fácil. Sua família era toda de católicos e batistas, e mesmo sabendo que seus pais não iriam expulsá-lo de casa nem nada, ficou preocupado pensando se iriam aceitá-lo quando ele contasse a verdade sobre quem ele era.

— Como seus pais reagiram?

— Minha mãe foi fantástica. Meu pai demorou uns dias para engolir, mas agora está numa boa.

— E o seu irmão?

— Foi por isso que ele entrou em cana. Um caipira me chamou de bicha e Mani partiu para cima dele. — Na ocasião, Javier tinha visto o irmão espancando o sujeito, sentindo uma mistura de gratidão, medo e orgulho. — Nem acho que o cara pensou que eu era gay. Acho que só estava usando a palavra para me ofender.

— Mais alguém sabe? Ninguém na escola disse...

— Ninguém sabe, a não ser minha família. E agora você.

— Uau. — Owen assentiu. — Na verdade, não é grande coisa. Tenho certeza de que você poderia contar...

— Olha, agradeço o que você está dizendo, mas nesse momento só estou tentando me encaixar, certo? A coisa vai acontecer no devido tempo. Quando eu estiver preparado.

— Certo. — Depois de uma pausa, Owen acrescentou: — Obrigado por me contar.

— Como se você tivesse me dado opção. — Javier disse isso meio de brincadeira, mas na verdade estava um tanto aliviado porque mais alguém finalmente sabia, e também ficou satisfeito porque era Owen, porque sabia que isso não mudaria nada entre os dois.

Mais algumas horas escorreram. Javier passou-as tentando escutar veículos se aproximando, pensando nos outros e no que a Abstergo teria feito com eles. Além disso, estava começando a ficar com fome e legitimamente preocupado com o que ele e Owen iriam fazer.

Por volta do meio-dia, um estranho saiu andando do meio das árvores, assustando-os. Tinha cabeça raspada, pele morena e usava óculos escuros, com calça preta que quase parecia militar, e uma jaqueta de couro com capuz por cima de uma camiseta.

— E aí, pessoal? — perguntou.

Javier olhou para a moto.

— Será que a gente deve correr? — sussurrou para Owen.

— Esse cara me parece familiar — disse Owen, aparentando muito menos preocupação do que Javier sentia.

O estranho levantou os óculos para o topo da cabeça e continuou andando para eles.

— Sou Griffin — disse, com a voz profunda e alongada, um pouco como uma trilha de áudio em velocidade reduzida. — E pelo jeito, Monroe colocou vocês numa tremenda encrenca com os Templários.

Então, esse cara obviamente sabia quem eles eram e o que estava acontecendo, mas o modo como disse a palavra Templários levou Javier a acreditar que não fazia parte do grupo deles. Javier e Owen se entreolharam, e nesse momento de hesitação e confusão Griffin se aproximou.

— Não se preocupem. Não estou aqui para pegar nem apagar vocês.

— Então, o que veio fazer? — perguntou Owen.

— Só quero conversar.

— Sobre o quê? — Javier se preparou para sair correndo, mas ficou preocupado pensando que Owen não correria junto, e não iria deixá-lo para trás.

Griffin chegou perto da fogueira apagada e parou, olhando para um e para o outro.

— Quero falar sobre vocês e sobre seu futuro.

— Eu conheço você de onde? — perguntou Owen.

— Eu derrubei um agente Templário para você na outra noite. Queria impedir que você fosse embora com o Monroe, mas você foi mais rápido do que eu. — Ele olhou para a moto. — Naquilo, se não estou enganado.

— Você é o Assassino — disse Owen.

Griffin assentiu e foi até a moto. Em seguida, enfiou a mão embaixo de um painel e arrancou um punhado de fios.

— Ei! — gritou Javier.

— Essa moto é da Abstergo. E vocês não sabem de verdade como ela funciona. Só tirei um sistema de rastreamento que vem transmitindo a localização de vocês nas últimas duas horas. É um sinal de frequência bastante alta, de modo que alguém precisaria estar bem perto para captar. Mas *eu* encontrei vocês.

Javier não tinha como saber se era verdade ou não. Talvez fosse a mente de Porrete ainda o influenciando, ou talvez apenas bom senso, mas não tinha vontade de se relacionar com um Assassino. No entanto, Owen não parecia mais preocupado. Talvez seu ancestral Assassino o estivesse influenciando. Algum tipo de Efeito de Sangria.

— Você disse que queria falar com a gente. — Javier decidiu que talvez tivesse de fugir sem Owen. — O que tem a dizer?

Griffin se encostou na moto e cruzou os braços.

— A Abstergo está com seus quatro amigos sob custódia.

— E o Monroe? — perguntou Owen.

— Fugiu. Não sei onde está.

— E...? — indagou Javier. — Ou você só veio aqui dizer o óbvio?

— Preciso saber o que seus amigos vão contar à Abstergo. Preciso saber por que Monroe juntou vocês. Presumo que tenham entrado no Animus procurando um Pedaço do Éden. Estou certo?

— Por que acha isso? — perguntou Javier.

— A Abstergo está atrás de Monroe há um bom tempo. Para ele se arriscar a sair do esconderijo precisaria ter alguma coisa que achasse que mudaria o jogo, e a única coisa suficientemente grande para isso seria um Pedaço do Éden.

Owen olhou para Javier, e depois disse:

— Posso falar com o Javier a sós por um minuto?

— Claro — respondeu Griffin. — Mas sejam rápidos. Estamos ficando sem tempo.

Griffin baixou os óculos escuros de novo e se afastou um pouco, o bastante para Javier achar que ele não iria ouvi-los, mas suficientemente perto para ficar óbvio que o Assassino queria ficar de olho neles enquanto conversavam.

— Acho que deveríamos contar a ele — disse Owen.

— Está maluco?

— Talvez ele possa ajudar a gente a encontrar o Monroe e salvar os outros.

— Ou talvez esteja mentindo e só usando a gente para encontrar o Pedaço do Éden.

— Mas eu já estive nas memórias de um Assassino.

— E daí? Isso não faz de você um Assassino. Ou já está esquecendo o que o Monroe disse?

— Não é isso. Não estou confuso. Confio neles.

— Em todos eles? Sem questionar?

— Confio no Credo.

Javier apenas o encarou. Isso confirmava: era sem dúvida um Efeito de Sangria, porque o Owen que ele conhecia jamais confiaria às cegas em alguém que tivesse acabado de aparecer perguntando o que eles sabiam sobre uma arma poderosa capaz de vencer guerras e transformar generais em presidentes. O tempo passado por Owen no Animus o havia mudado. Mas também não existia nada que Javier pudesse fazer para impedi-lo, caso ele decidisse ficar ao lado de Griffin.

— Bom, qual é o *seu* plano? — perguntou Owen. — Só ficar aqui sentado para sempre?

Javier bateu numa mosca que tinha vindo zumbir perto do seu rosto.

— Tanto faz.

— Tanto faz? Como assim?

— Quero dizer... faça o que você vai fazer.

Owen ficou parado um momento, depois assentiu uma vez, com firmeza.

— Vou contar a ele. Se ele se virar contra nós, a coisa fica por minha conta. — Em seguida, chamou Griffin, e quando o Assassino veio andando com passo tranquilo, disse: — É, nós entramos no Animus procurando um Pedaço do Éden.

Javier balançou a cabeça e deu um passo atrás, afastando-se deles. Não faria parte daquilo.

— Onde? — perguntou Griffin.

— Nova York. 1863.

— Que Pedaço do Éden?

— Era uma adaga. Do Clube Asteca. Mas Cortés a levou da Espanha para o México.

— Cortés? — A postura de Griffin mudou, endurecendo. — Sabe onde ele a conseguiu?

— O rei deu a ele — respondeu Owen. — Mas acho que o rei ganhou do papa.

— O Animus mostrou a vocês onde o Pedaço do Éden está agora?

— Talvez. Achamos que ele pode estar perto da casa onde Ulysses Grant morreu. Grant foi o último a ficar com ele.

— Obrigado — disse Griffin. — Era exatamente disso que eu precisava.

Mas agora que Griffin tinha aquilo de que precisava, Javier se perguntou o que isso significaria para ele e Owen.

— E agora? — perguntou.

— Agora? — Griffin sentou-se no tronco. — Agora eu gostaria de pedir que vocês dois viessem comigo.

22

Quando os agentes da Abstergo entraram pelo teto do armazém, Tommy Greyling teria lutado com eles, e lutado intensamente. Quando pegaram Natalya, ele teria quebrado qualquer mão que tocasse nela. Mas Sean só podia ficar sentado em sua cadeira de rodas e olhar enquanto dois agentes o agarravam por trás. Tentou sair da cadeira, mesmo que isso significasse se arrastar. Mas eles o prenderam ao assento.

Estava impotente.

David tentou fugir, mas eles o acertaram com a pistola de choque, e nesse ponto Grace pirou de vez. Correu gritando para o agente que tinha feito isso, dando socos nele, mas outros dois a derrubaram e contiveram.

O ônibus de Monroe arrebentou a porta do armazém, arrancando-a, e ele partiu a toda velocidade, seguido por Owen e Javier na moto de Monroe. Sean não os culpou por fugir, mas ficou com raiva, como se eles estivessem abandonando os outros.

Dois carros pretos pararam na frente do armazém, e depois de alguns agentes entrarem, partiram atrás de Owen e Javier. Então, um grande furgão blindado entrou com tudo no armazém, e agentes abriram a porta de trás. Primeiro colocaram Natalya dentro; em seguida, Grace e David.

— Aonde vocês vão levar a gente? — perguntou Sean enquanto empurravam sua cadeira.

Os agentes não disseram nada. Usavam macacões à prova de bala e capacetes esguios, de modo que ele não podia ver nenhum rosto.

Vários deles o levantaram com a cadeira de rodas, e ele oscilou desamparado enquanto o colocavam no furgão junto com os outros. O interior cheirava a óleo de máquina e vinil. Agentes prenderam Natalya, Grace e David num banco num dos lados do veículo, e em seguida empurraram Sean até o outro lado e prenderam sua cadeira à parede lateral.

— Aonde vocês vão levar a gente? — perguntou Sean de novo.

Os agentes o ignoraram e saíram do furgão. Depois, fecharam a porta dupla, trancando-os numa cela preenchida por uma luz amarela e artificial.

— Isso é culpa do Monroe — disse Grace, olhando seu irmão. David parecia atordoado, com olhos vazios e vítreos, ainda sofrendo o efeito da arma de choques.

— Ele está bem? — perguntou Sean.

— Aquele agente disse que ele vai ficar — respondeu Grace. — Disse que demora mais ou menos uma hora para os efeitos passarem.

— Culpar Monroe não adianta nada — disse Natalya. — Adianta?

— Não me importa! — gritou Grace. — Nós não estaríamos aqui se não fosse por ele!

O motor do furgão latiu e trovejou, e com uma sacudidela que inclinou os outros três de lado ao mesmo tempo, partiram. O compartimento não possuía janelas, por isso, eles não tinham qualquer indicação do seu destino.

— Não podemos contar nada a eles — disse Sean.

— Como assim? — perguntou Grace.

— Eles sabem que estávamos procurando um Pedaço do Éden. Não podemos contar onde ele está.

— Você faça segredo do que quiser — observou Grace. — Aqui a gente está sozinho. Monroe foi embora, Owen e Javier também. Minha prioridade é ir para casa em segurança com meu irmão, e vou dizer o que for preciso para que isso aconteça. Não me importa se minha ancestral odiava os Templários ou não.

— Depois do que você viu na simulação? — perguntou Natalya.

— Especialmente depois do que vi na simulação. Meu irmão não deveria ter de passar por aquilo, e isso também é culpa do Monroe.

Ela passou o braço pelo irmão, mas David continuou sem dizer nada, olhando com a boca meio frouxa para a irmã.

Sean percebeu que não adiantaria nada ficar discutindo com ela, por isso decidiu deixar o assunto de lado até chegarem ao destino. Quando soubesse mais sobre o que estava acontecendo, talvez tivesse uma ideia melhor do que fazer.

Seguiram durante um tempo, sacudidos e chacoalhados, ouvindo os pneus cantando, e Sean perdeu a noção do tempo. Pareceu que uma hora ou mais havia passado antes que o furgão diminuísse a velocidade. Mas não parou, o que significava que provavelmente tinham saído da via expressa. Além disso, parecia que estavam subindo uma ladeira, porque Sean sentiu um ligeiro puxão da gravidade.

David acordou no meio do caminho, totalmente alerta e de volta a si quando o furgão finalmente parou. O motor ficou em silêncio e o veículo se acomodou.

Então, Sean ouviu as trancas da porta de trás, e ele e os outros se viraram para olhar enquanto ela era aberta. Os agentes com roupa de guerra tinham sumido. Em vez disso, uma mulher de jaleco branco estava abaixo deles, lá fora, segurando uma prancheta. Tinha dois sujeitos corpulentos dos dois lados, usando uniformes cinza de aparência marcial, ou pelo menos de segurança, com o logotipo da Abstergo no peito e na parte de cima do braço, em prateado. Os três tinham crachás presos na roupa, o dos homens no bolso do peito, e o da mulher, na lapela do jaleco.

A mulher parecia atlética, pela postura, o cabelo castanho cortado bem curto, os dentes da frente proeminentes quando sorria.

— Senhoras e senhores — disse com um sotaque refinado, ligeiramente francês. — Lamento profundamente qualquer incômodo que tenhamos causado. — Ela pôs a mão no peito. — Sou a Dra. Victoria Bibeau. Faço parte da divisão de Pesquisa e Aquisição de Linhagem das Indústrias Abstergo, e gostaria de lhes dar as boas-vindas...

— Boas-vindas? — perguntou Sean. — Você disse *boas-vindas*? É sério?

O sorriso de Victoria diminuiu alguns watts.

— Disse, e sei como essa palavra deve parecer estranha depois de como os trouxemos aqui. Mas se permitirem que eu explique, acho que entenderão que é puramente no interesse de sua segurança.

— Vocês dispararam uma arma de choque contra o meu irmão! — disse Grace. — Isso é segurança?

— Não o suficiente, acredite. — Victoria se virou para os homens ao lado e assentiu para cada um deles; em seguida, eles entraram no furgão. — Isso não deveria ter acontecido, e peço desculpas. Gostaria de convidá-los às minhas instalações. Vamos examiná-los e nos certificar de que todos estão incólumes, e em seguida vamos trabalhar para levá--los para casa, certo?

Os dois guardas soltaram os outros quatro e os levaram para fora do furgão. Depois, levantaram Sean na cadeira de rodas e o colocaram no chão.

Sean olhou em volta e viu que o furgão tinha parado no meio de um amplo caminho circular feito de asfalto recente, cercado por pinheiros altos que davam um cheiro temperado, quase cítrico, à brisa. Várias construções grandes, de múltiplos andares, se erguiam no meio das árvores, feitas quase totalmente de vidro, ligadas umas às outras por passarelas fechadas e elevadas. A entrada para um dos prédios ficava do outro lado do passeio circular, e a estrada que os havia levado até lá serpenteava pela floresta.

Sean não tinha imaginado que espécie de local esperar depois de um sequestro por parte da Abstergo. Algum tipo de prisão ou masmorra. Mas isso parecia exatamente o oposto.

— Queiram me seguir, por favor — disse Victoria, e andou de costas lentamente na direção da entrada, olhando para eles e sorrindo.

Os guardas implacáveis não fizeram qualquer gesto ameaçador, mas sua presença bastou para fazer com que o grupo se movesse. Natalya, Grace e David foram atrás de Victoria, e Sean os acompanhou, com os guardas junto aos seus ombros.

Chegaram à entrada, e Victoria usou o crachá para abrir a porta dupla. As bandas deslizaram sem qualquer som, e quase sem ser vistas, tão límpido era o vidro. Dentro, passaram por outra porta dupla, entrando num saguão onde havia o logotipo da Abstergo em tom fosco numa enorme placa de vidro, atrás do balcão de recepção. O homem sentado ali, usando fone de ouvido com microfone e gravata fina, assentiu para Victoria quando ela passou com Sean e os outros.

Rodearam o vidro, e o prédio se abriu à frente, alto e vasto, erguendo-se por três andares de altura até um teto de vidro que parecia retrátil. Cada andar possuía um átrio principal, aberto e transparente, com as paredes externas de todos os lados também feitas de vidro, dando uma vista da floresta em todas as direções. Empregados da Abstergo caminhavam ao redor ou subiam escadas rolantes, alguns de modo casual, alguns parecendo ter pressa, exatamente como Sean esperaria encontrar na sede de qualquer corporação.

— Chamamos esta instalação de Ninho da Águia — disse Victoria. — Por motivos óbvios. Este prédio é um dos cinco no complexo. Talvez eu possa fazer um passeio com vocês depois de termos resolvido tudo.

De novo, Sean não tinha esperado por isso, e se sentiu desarmado. Se a Abstergo tinha mesmo sequestrado todos eles, era o sequestro mais legal de que ele já ouvira falar.

Victoria os guiou até um canto distante, e ali os levou até uma sala de estar, com poltronas modernas e angulosas e mesinhas de centro, tudo um pouco frio e com bordas nítidas.

— Por favor — disse ela. — Sirvam-se no balcão de comida e bebida.

Sean olhou para onde ela apontava e viu uma variedade de frutas, salgados, café e um frigobar com água, suco, refrigerante e algumas daquelas águas irritantes, com sabor leve, que ele achava que ainda eram basicamente só água.

Foi até lá na cadeira de rodas e pegou um salgado e um refrigerante. Grace pegou uma banana e da xícara de café, enquanto David se servia de um bolinho de mirtilo e de água irritante. Natalya não foi.

— Tem certeza de que não quer nada? — perguntou Victoria.

— Estou bem — respondeu Natalya. — Você é doutora em quê, exatamente?

— Sou psiquiatra.

— Médica de mentes? — Sean não tinha certeza de como se sentia com relação a isso.

— É. — Victoria sorriu. — Mas meu papel aqui vai muito além disso. Por favor, vamos nos sentar. — Escolheu uma cadeira à frente do arranjo de móveis, e todos os outros se sentaram virados para ela enquanto Sean levava sua cadeira de rodas até o grupo.

— Para começo de conversa — começou Victoria —, deixe-me pedir desculpas de novo pelo modo como a operação foi conduzida. David, você está bem? Como está se sentindo?

Ele havia acabado de morder um pedaço enorme do bolo. Por isso, em vez de responder, levantou o polegar e deu um sorriso de porquinho da índia com as bochechas estufadas.

— Bom — disse Victoria. — É um alívio. Certo. — Ela olhou para a prancheta. — Temos Grace e David, Natalya e Sean, correto?

Todos assentiram, comendo.

— Então, faltam Owen e Javier?

Eles assentiram de novo.

— Vocês sabem para onde eles podem ter ido?

Sean engoliu seu pedaço de salgado.

— Não faço ideia. A gente realmente não se conhece muito bem. Nos encontramos pela primeira vez ontem à noite.

— Sei — disse ela. — E o Monroe? Sabem onde ele pode estar?

Sean balançou a cabeça, mesmo tendo quase certeza de que Monroe teria ido procurar o Pedaço do Éden. Notou que Grace e David estavam se entreolhando, talvez a ponto de dizer alguma coisa, mas Sean desejou que eles ficassem quietos. E ficaram, por enquanto.

— Bom, vamos esperar que possamos encontrá-los logo. Agora, deixe-me explicar a situação para vocês, como nós a entendemos. E então, se vocês puderem, esperamos que preencham as lacunas para nós, está bem? Para começo de conversa, sabemos que Monroe juntou todos vocês para usar um Animus roubado com especificações modificadas. Sabemos que vocês entraram em contato com um objeto. Um Pedaço do Éden. Sabem o que é?

Sean tentou manter o rosto inexpressivo, mas deve ter feito um péssimo trabalho.

— Pelas expressões de vocês, vejo que sabem exatamente do que estou falando. — Victoria olhou para a prancheta de novo. — Vocês entraram no Animus roubado procurando o Pedaço do Éden. Acharam?

Ninguém respondeu.

Ela esperou um momento, depois suspirou e pousou a prancheta ao lado da poltrona.

— Algum de vocês sabe que Monroe trabalhava para a Abstergo? — perguntou.

Sean não sabia, mas isso não o surpreendeu. Tinha de ser algo assim, para que Monroe possuísse um Animus.

— Monroe não é quem vocês acham. Ele era um pesquisador de nível muito alto, até que sofreu uma tragédia pessoal. Depois disso, ficou instável. Sua capacidade de julgamento ficou prejudicada. Eu tentei ajudá-lo, todos tentamos, mas no fim ele roubou equipamentos muito valiosos da Abstergo e foi embora.

— Quer dizer o Animus? — perguntou Grace, colocando a casca de banana na mesa de centro.

— Dentre outras coisas — respondeu Victoria. — Nós o estivemos procurando porque os equipamentos que ele levou podem ser muito perigosos se não forem usados adequadamente.

— Que tal chamar a polícia? — perguntou David.

— Nós trabalhamos com a polícia local. Mas legalmente temos alguma área de manobra para usar nossa própria equipe de segurança.

— É legal acertar pessoas com armas de choque? — perguntou Grace.

— Nossa equipe não sabia o que encontraria no armazém. Recebemos o sinal de que o Animus estava sendo usado. Não sabíamos quem estava usando e não sabíamos como as pessoas podiam ser ligadas ao Monroe. Por isso, nosso pessoal entrou usando armas não letais. O plano era simplesmente tomar todo mundo sob custódia. Enquanto o transporte trazia vocês para cá, examinamos o armazém de Monroe e passamos a entender melhor a natureza da situação.

— E estamos entendendo melhor ainda agora — disse um homem com terno cor de ardósia, entrando na sala. Era muito alto, com cabelo louro claro penteado para trás e olhos cor de musgo vibrante. — Desculpem a interrupção.

— De jeito nenhum, senhor. — Victoria se levantou. — Por favor, junte-se a nós.

O homem alto foi até eles e ocupou uma poltrona ao lado de Victoria, com movimentos rápidos, fluidos e eficientes.

— Meu nome é Isaiah — disse ele — e sou encarregado do Ninho da Águia. Estivemos analisando os dados de Monroe, e acho que podemos deixar de lado segredos desnecessários. Vocês sabem sobre os

Assassinos e os Templários. Sabem que os Templários controlam as Indústrias Abstergo, e nesse ponto provavelmente adivinharam que sou Templário. Estão certos. Sou. Assim como a Dra. Bibeau.

Victoria assentiu e deu um sorriso.

Sean ficou um tanto surpreso por o sujeito simplesmente admitir, assim, mesmo tendo visto os dados de Monroe. Não era o que ele esperaria de uma organização secreta que estava por trás de uma conspiração global.

— Os Templários não são mais como antigamente — disse Isaiah. — As corporações substituíram os reinos, e os executivos ocuparam o lugar dos políticos. Nossa organização se adapta e se torna o que é necessário para ser mais eficaz, e acreditamos que a busca da tecnologia promete os maiores avanços para a raça humana, e é aí que entra a Abstergo. Não há nada de sinistro em nós. Contrariamente ao que Monroe possa ter levado vocês a acreditar.

— Diga isso ao Chefe Tweed — observou David.

— Bom argumento. — Isaiah deu um risinho, o tipo de riso fácil que a mãe de Sean chamaria de contagiante. — É, existem algumas figuras famosas em nossa história, assim como você vai encontrar em qualquer grupo que esteja por aí durante muito tempo. Mas, se posso lhe dar uma outra perspectiva, você sabia que o Chefe Tweed usou sua influência para construir orfanatos, escolas e hospitais? Sob seu controle, a cidade de Nova York gastou mais dinheiro com caridade em três anos do que tinha sido gasto nos quinze anteriores. Ele ajudou a fundar a Biblioteca Pública de Nova York, e garantiu o terreno para o Museu Metropolitano de Arte. Sabiam que ele pavimentou o caminho para a construção da ponte do Brooklyn?

Ninguém respondeu, mas Sean não sabia de nada daquilo, e pelo silêncio dos outros, presumiu que eles também não sabiam.

— É mais difícil ignorar Tweed agora, não é? — perguntou Isaiah. — Como homem, ele cometeu erros terríveis, imperdoáveis. Mas como Templário, trouxe esclarecimento e progresso inegável para a cidade dele. Quem sabe o que poderia ter alcançado se a Assassina Eliza não o tivesse derrubado com acusações de corrupção?

Enquanto Isaiah falava, Sean estava achando cada vez mais difícil combinar a imagem dos Templários feita por Monroe com o que estava experimentando pessoalmente.

— Vocês podem nos julgar pelos nossos piores exemplos — disse Isaiah. — Ou podem pensar nas centenas ou mesmo nos milhares de Templários de quem nunca ouviram falar e que mesmo assim dedicaram a vida à melhoria do mundo. — Seus olhos verdes se viraram para cada um deles, e quando o olhar chegou a Sean, pareceu se enraizar suavemente. — Monroe contou como todos vocês são importantes?

— Como assim? — perguntou Sean.

— Olhei a análise de DNA que ele fez de todos vocês, e é extraordinário. Acredito que vocês seis juntos representam algo que chamamos de Evento de Ascendência. Segundo minha teoria, esse fenômeno só foi documentado umas poucas vezes em toda a história escrita, e não é bem compreendido, governado por forças genéticas simpáticas que ainda estamos decodificando. Era exatamente nisso que Monroe trabalhava aqui na Abstergo, com seu Animus modificado. Ele estava pesquisando esses Eventos de Ascendência, procurando a ocorrência seguinte. E é aí que vocês entram. Há uma confluência, uma convergência, uma sinergia na união de vocês. Individual e coletivamente, o potencial de vocês está além de nossa capacidade de quantificar. É de tirar o fôlego.

Sean pensou na imagem que Monroe havia mostrado a eles, dos lugares onde o DNA dos seis se alinhava. Sua Concordância de Memória.

— Está falando sobre o Pedaço do Éden? — perguntou.

— Pedaços do Éden — respondeu Isaiah. — Múltiplos.

David empurrou os óculos para cima.

— Não entendo.

Isaiah se virou para Victoria.

— Esta é a área de especialização da Dra. Bibeau. Vou deixar que ela explique.

Victoria assentiu e pigarreou.

— Minha pesquisa me levou a acreditar que o Pedaço do Éden que vocês procuraram é apenas um de três. Originalmente faziam parte de um todo, um Tridente do Éden. Na verdade, cada adaga é um dos três dentes do tridente, e cada um tem um poder, um efeito sobre as pessoas expostas a ele. Segundo a lenda, um dente instila a fé, outro, instila o medo, e um terceiro instila devoção. Estão me acompanhando?

Os quatro assentiram.

— Bom — disse Victoria. — Vocês já ouviram falar de Alexandre, o Grande, certo? Bom, sabemos que ele possuía um Cajado do Éden, símbolo de seu governo quando estava sentado no trono. Mas no campo de batalha, ele precisava de uma arma.

— O Tridente do Éden? — perguntou Grace.

— Exato — respondeu Victoria. — Os exércitos dele não podiam ser derrotados. Com o Tridente para lutar e o Cajado para reinar, Alexandre criou um império inigualável, e talvez tenha se tornado o governante mais poderoso que o mundo já viu.

— Bem inspirador, não é? — disse Isaiah.

Sean concordou, e também notou como Victoria tinha ficado passional e animada.

— Quando Alexandre morreu — continuou ela —, acredito que o Tridente tenha sido partido em três e distribuído entre as dinastias que o sucederam. Um dente foi para um dos generais de Alexandre, Seleuco, que fundou o império selêucida, no Oriente, que ocupava partes das Ásia. Outro dente foi para o general Ptolomeu, que fundou um reino no Egito. E o terceiro dente foi para o povo de Alexandre, os macedônios. O dente macedônio e o ptolomaico foram parar nas mãos dos césares romanos. O que vocês encontraram é um deles. Creio que seja o dente da fé. Ficou em Roma, e eventualmente foi parar no Vaticano. De lá, o papa Calixto III, um espanhol, o deu a Alfonso V, rei de Aragão, presumo que para pagar o apoio do rei. O dente ficou com a monarquia espanhola até que Carlos V o deu a Cortés. Ainda estão me acompanhando?

— Mais ou menos — respondeu David.

Victoria esfregou as mãos.

— Ainda estou tentando descobrir o que aconteceu com os outros dois, mas acreditamos que vocês encontraram o dente da fé na Cidade de Nova York.

— Ou pelo menos sabemos que seus ancestrais interagiram com ele — disse Isaiah. — Mas o incrível é que parece que alguns dos seus ancestrais também interagiram com os outros dois pedaços.

— Sério? — perguntou Grace.

— Sem dúvida — respondeu Isaiah. — Por favor, entendam, os poderes combinados do Tridente do Éden podem transformar um homem em rei e um rei num deus, e vocês todos estão ligados a ele. Como eu disse, este é um Evento de Ascendência. Todos vocês estão se erguendo como um só, a partir da fonte dos seus ancestrais. É como se durante gerações sua linhagem e seu DNA estivessem se movendo na direção deste momento. É por isso que precisamos da ajuda de vocês. É uma coisa que só vocês podem fazer.

— E como espera que nós ajudemos? — perguntou Natalya, uma das poucas vezes em que tinha falado desde a chegada ao Ninho da Águia. Sean não conseguia esquecer a imagem dos agentes agarrando-a no armazém, e ainda sentia vergonha pela incapacidade de protegê-la como Tommy faria.

— Dra. Bibeau — disse Isaiah —, você explicou a... situação? Do Monroe?

Victoria confirmou com a cabeça.

Isaiah olhou para a parede de vidro do prédio e para a floresta do outro lado.

— A história de Monroe é mesmo trágica — contou ele. — Ainda admiro tremendamente a inteligência dele e o homem que ele foi. — Em seguida, voltou a olhar para dentro da sala. — Mas se vocês tiveram sucesso na busca de um dos dentes do Tridente do Éden, e se Monroe assumir o controle dele... ele poderia causar um dano enorme.

— E qual é a história de Monroe? — perguntou Sean.

Isaiah suspirou.

— O pai dele era um homem terrível. Monroe passou a infância em circunstâncias inimagináveis, e boa parte disso ele reprimiu profundamente. Essa condição faria com que ele, ou qualquer pessoa, fosse um candidato inadequado para o Animus.

— Por quê? — perguntou Natalya.

Victoria respondeu:

— A psique de um indivíduo que sofreu abusos é instável demais, fraturada demais. Tentei sem sucesso ajudar Monroe por meio de terapia, mas ele queria usar o Animus para voltar às memórias do pai, para exorcizar seus próprios demônios.

— Mas eu o proibi — disse Isaiah. — Pela própria segurança e sanidade dele. Por isso, ele saiu da Abstergo e roubou o projeto em que estava trabalhando.

Sean olhou para Grace e ela o encarou de volta. Tinha de haver mais coisas nessa história. Não que Sean não confiasse em Monroe. Mas sempre houvera alguma coisa meio estranha nele e em seu Animus modificado, e estava claro que Sean e Grace estavam tendo as mesmas dúvidas. Sean ainda acreditava que Monroe tinha boas intenções, mas se perguntou se deveriam contar a Isaiah o que sabiam, coisa que Grace tinha desejado desde o início.

— Não façam isso — disse Natalya.

— Talvez a gente não devesse — concordou David.

Mas Sean tinha mudado de ideia desde que havia chegado ali. A situação não era como Monroe tinha descrito. Aquelas pessoas não eram malignas, nem estavam tentando conquistar o mundo, e agora isso parecia óbvio para Sean, olhando esse lugar e ouvindo Isaiah e Victoria. A Abstergo queria ajudar a melhorar a humanidade por meio da inovação e do progresso, e Sean também apreciava o fato de que pareciam acreditar que ele e os outros poderiam representar um papel importante nisso.

— Talvez vocês não devessem o quê? — perguntou Isaiah.

Sean respirou fundo.

— Nós encontramos o Pedaço do Éden. E Grace viu onde ele foi parar.

Grace assentiu junto com ele.

— Vi — disse ela.

E então, contou a Isaiah onde.

23

Owen sabia que Javier não concordava com sua decisão de confiar em Griffin, mas também sabia que era o único jeito. E, contrariamente ao que Javier presumia, Owen tinha consciência do efeito da mente de Varius dentro da dele, talvez levando-o a confiar em Griffin mais rapidamente do que deveria. Mas isso não mudava o fato de que Owen e Javier tinham muito poucas opções disponíveis. Os Templários tinham capturado os outros quatro, e Monroe estava sumido. Eles não podiam ir para casa, e basicamente estavam fugindo.

Mas havia outro motivo, mais pessoal. O agente da Abstergo na noite anterior tinha indicado que sabia alguma coisa sobre o pai de Owen. O único modo que Owen imaginava para descobrir mais sobre isso seria fazendo parte do jogo.

Griffin levantou a cabeça, sentado no tronco.

— O que dizem?

— Quer que a gente vá com você? — Javier gargalhou. — Eu digo que de jeito nenhum!

— O que você quer dizer com ir com você? — perguntou Owen.

Griffin se inclinou adiante, os cotovelos nos joelhos.

— Estou presumindo que Monroe tenha encontrado um ancestral Assassino de um de vocês. Ou Templário. Talvez os dois?

Owen confirmou com a cabeça.

— E daí? — perguntou Javier.

— E daí que isso significa que vocês podem ter Visão de Águia. Vocês sabem o que é Visão de Águia, certo?

Owen assentiu de novo. Desta vez, Javier fez o mesmo.

— Bom — disse Griffin. — Então, olhem para mim.

— Estamos olhando — retrucou Javier.

Griffin balançou a cabeça e levantou as mãos vazias.

— Não, estou falando para olhar normalmente. A Visão de Águia pode ajudar vocês a discernir se outra pessoa é uma ameaça ou um inimigo. Portanto, podem discernir. O que estão vendo?

Owen não tinha tentado usar sua Visão de Águia desde que havia saído da simulação do Animus. Mas se lembrava de como Varius tinha feito isso ao localizar a adaga no Clube Asteca, e agora tentou fazer o mesmo. Estendeu a percepção, abrindo a mente, estudando o rosto de Griffin, suas feições, o modo como ele se portava, a tensão nos menores músculos do corpo, que não podiam mentir. A Visão de Águia revelou a Owen que Griffin não era uma ameaça. Pelo menos por enquanto.

— Pode continuar — disse Owen.

— Estou presumindo que vocês viram o Pedaço do Éden no Animus, não viram?

— Nós dois vimos — respondeu Owen, e diante disso os olhos de Javier se abriram um pouco, com surpresa e raiva.

— Então, isso faz de vocês os melhores candidatos para a busca. Eu nunca vi a coisa. Vocês sabem o que estão procurando, e podem ter a percepção para encontrar. Por isso preciso da sua ajuda.

— Por que deveríamos ajudar? — perguntou Javier. — Não tenho certeza de que alguém deveria ter aquela coisa, nem o Monroe. Mas ele provavelmente já está na metade do caminho.

— Entendo — disse Griffin. — Quem sabe o que Monroe andou contando a vocês sobre a Irmandade? Mas ouçam por um minuto. — Ele estendeu a mão, e com a outra contou nos dedos, um por um: — Alexandre, o Grande. Júlio César. Átila, o Huno. Gengis Khan. Os czares russos. Sabem o que todos tiveram em comum?

Javier revirou os olhos.

— Pedaços do Éden?

— Isso mesmo — respondeu Griffin. — Sempre que um Pedaço do Éden aparece, alguém o usa para tomar o poder, e o livre-arbítrio das pessoas sofre. É inevitável. Por isso, não quero usá-lo. Quero impedir que outra pessoa o use. Como vocês sabem que Monroe não vai mudar e virar um ditador?

— Não vai — disse Owen.

— Como você tem tanta certeza?

Owen não sabia direito. A verdade é que tinha dúvidas com relação a Monroe. Mas queria confiar nele, como queria confiar em Griffin. Porque sentia que precisava dos dois.

— Você sabe alguma coisa sobre o meu pai? — perguntou.

— Seu pai? — Javier deu um passo na direção de Owen e puxou o braço dele. — O que você está falando?

— Só sei parte do que aconteceu com seu pai — disse Griffin.

— Então, ele não era um Assassino?

— Não.

— Mas aquele agente da Abstergo que você derrubou disse...

— Seu pai se envolveu. Não sei como. Mas posso ajudar a responder a essas perguntas.

— Como? Monroe disse que meu DNA não vai funcionar. Preciso do DNA do meu pai, de depois de ele ser preso.

— Eu posso entrar em lugares onde Monroe não pode — disse Griffin. — A polícia pode ter o DNA do seu pai nos registros. Da época da prisão. Pode até ainda ter uma amostra junto com as provas. Se você me ajudar a encontrar o que eu quero e eu o ajudo a descobrir o que você quer.

Era por isso que Owen tinha procurado Monroe, para começo de conversa, e havia chegado a um beco sem saída. Mas Griffin estava oferecendo uma chance de talvez conseguir algumas respostas. Para Owen, isso nem era uma escolha.

— Estou dentro — disse.

— Owen — reagiu Javier. — Não...

— Estou dentro — repetiu Owen mais enfaticamente. Agora que sabia o que Javier estava passando, sentia culpa por não ter estado presente para apoiar o amigo. Mas isso não mudava o fato de que Owen precisava fazer aquilo. — Ele não é nosso inimigo. Venha com a gente.

— E a minha mãe, cara?

— Isso é fácil — disse Griffin. — Ligue para ela e diga que está em segurança, que só precisou se afastar um tempo. Ela provavelmente vai ligar para a polícia e dizer que você fugiu, mas isso não é problema. Podemos evitar a polícia.

— Não podemos voltar para casa — observou Owen. — Ou vamos com o Griffin ou ficamos aqui na montanha. Ela vai se preocupar com você de qualquer modo.

Javier olhou as árvores ao redor. Tentou matar aquela mosca idiota outra vez.

— Não gosto disso.

— Eu sei — disse Owen. — Mas você não precisa confiar no Griffin ou no Monroe. Estou pedindo que confie em mim. Você não precisa da Visão de Águia para isso. Vamos estar juntos.

Javier pôs as mãos nos quadris e examinou a terra durante um minuto inteiro. Depois, levantou os olhos.

— Certo. Confio em você. Vamos fazer isso.

— Beleza.

— Bom — disse Griffin. — Já desperdiçamos tempo demais. Montem nessa moto e me encontrem na parte de baixo da estrada.

— O quê? — perguntou Owen.

Mas Griffin tinha ido embora, correndo entre as árvores, e alguns segundos depois havia sumido.

— Bom, isso é que é um grande começo — observou Javier.

Owen foi para a moto.

— Venha.

Montou no veículo e Javier subiu atrás. O motor tremeu levemente ao ser ligado, como o bater de asas de um besouro enorme. Os dois colocaram os capacetes, e então Owen acelerou pela estrada de terra por onde haviam subido algumas horas antes, deixando uma nuvem de poeira atrás.

Quando chegaram à base da montanha, encontraram um veículo esperando no ponto onde começava a estrada pavimentada, um sedã branco e comum que atraía pouca atenção.

A janela do motorista baixou, e Griffin se inclinou para fora.

— Venham atrás de mim.

Então, o carro partiu, mais rápido do que Owen esperaria, e ele acelerou a moto. Voaram por estradas rurais, passando por pomares e bosques, as árvores criando um estroboscópio de sombras e sol na viseira do capacete de Owen. Então, chegaram à via expressa, e Griffin os levou de volta para a cidade, até entrar no pátio de um guarda-móveis. Owen imaginou o que fariam ali, enquanto seguiam por um dos corredores entre as unidades de armazenamento e Griffin parava.

Griffin saiu do carro e foi até uma das unidades de armazenamento. Olhou para um lado e outro do corredor, e em seguida destrancou a porta de aço e levantou-a. Depois de colocar o carro dentro, saiu e sinalizou para Owen entrar com a moto.

— Ele está falando sério? — perguntou Javier.

Owen estava com algumas dúvidas também, mas levou a moto para a unidade e parou-a atrás do carro. Griffin esperou até que tivessem saído de novo; depois, baixou a porta.

— Isso é uma ideia do tipo "esconder-se à vista de todo mundo"? — perguntou Javier.

Griffin se abaixou e trancou a porta de aço.

— Pode-se dizer que sim. Venham cá.

Ele foi até a unidade ao lado e a abriu.

Havia prateleiras nas paredes, cheias de caixas de metal e plástico. Uma mesa de trabalho ficava no meio do piso, sob uma lâmpada nua, cheia de ferramentas, facas e algumas manoplas que lembravam a que Varius tinha usado. Havia um computador num canto e um catre com um saco de dormir aberto em cima.

— Entrem — disse Griffin. — Puxe aquela cordinha em cima da mesa para acender a lâmpada.

Owen fez isso, com Javier logo atrás, e então Griffin entrou e fechou a porta. O contêiner ficou escuro, a não ser pela luz áspera e diagonal lançada pela lâmpada baixa.

— Provavelmente não era o que você esperava, não é? — perguntou Griffin, apoiando as mãos na mesa.

— Não exatamente — respondeu Owen.

— Há dezesseis anos um agente Templário se infiltrou na Irmandade. Ficou sabendo dos nossos segredos. O local de todos os nossos esconderijos e instalações de treinamento. Então, assassinou o Mentor, nosso líder, e voltou para seus senhores Templários. Nós chamamos de Grande Expurgo o tempo que veio em seguida. Os Templários iniciaram uma campanha de extermínio, usando tudo o que o traidor ficou sabendo. Eles nos trucidaram, e não somente os Assassinos, mas nossas famílias, também. Crianças, maridos, mulheres. A Irmandade praticamente foi extinta. Desde então, precisamos mudar de tática e nos adaptar para sobreviver. Sem locais permanentes. Agora, estamos sempre em movimento, ágeis e invisíveis. Nossos números voltaram a crescer, mas nem de longe se aproximam do que eram antes.

— Meu Deus — sussurrou Owen.

— Os Templários querem que o mundo veja a Abstergo como uma corporação benevolente. Mas são implacáveis como sempre, ou mais ainda. Essas são as pessoas que pegaram seus amigos.

— O que vamos fazer? — perguntou Javier.

— Primeiro digam onde podemos encontrar o Pedaço do Éden, e vamos recuperá-lo. Depois, podemos falar sobre um resgate.

— Achamos que está em algum lugar perto do chalé onde Ulysses Grant morreu.

— Certo — disse Griffin. — Bom, faz sentido. Vamos equipar vocês dois.

Ele foi até uma prateleira, pegou uma caixa preta e pôs sobre a mesa. Em seguida, abriu os fechos e levantou a tampa. Dentro havia várias caixas menores, que ele tirou e pôs na mesa.

— Há algumas roupas no baú perto do catre. Peguem um uniforme cada um.

Owen e Javier foram ver o que Griffin queria dizer, e encontraram roupas semelhantes às dele. Trajes militares, botas, agasalhos com capuz, jaquetas pretas de couro e tecido. Owen encontrou peças que cabiam e vestiu, e Javier fez o mesmo. Quando voltaram à mesa, Griffin tinha aberto todas as caixas.

— Vamos encher os bolsos de vocês — disse. — Primeiro, granadas. — Ele apontou para uma série de esferas de metal mais ou menos do tamanho de bolas de golfe. — Essas são de fumaça, e essas de clarão, para distração e cobertura. Essas são granadas de sono, caso precisem deixar alguém inconsciente por um tempo. Estas aqui são granadas de PEM. Elas emitem um pulso eletromagnético localizado. Os agentes Templários têm um monte de contramedidas computadorizadas, mas isso aqui vai desligá-las ou fritá-las.

Deu várias a Owen e Javier, que as colocaram nos bolsos das calças e das jaquetas.

— Agora, armas. — Griffin andou pela mesa até as caixas seguintes. — Não vou forçar vocês a pegarem nenhuma dessas. Peguem aquelas com as quais se sintam confortáveis, mas certifiquem-se de que saibam usar as que escolheram.

Uma das caixas continha um jogo de facas de arremesso, e Owen sentiu uma daquelas bolhas de que Monroe havia falado explodir em sua mente, um Efeito de Sangria de Varius. *Sentiu* que sabia usá-las, mas não tinha certeza. Pegou-as mesmo assim, junto com outras duas facas. Javier pegou algumas facas e uma besta miniatura.

— Isso atira dardos? — perguntou.

— É — respondeu Griffin. — Deve haver alguns junto.

— Vamos ganhar uma dessas? — perguntou Owen, apontando para as manoplas com lâminas ocultas.

Griffin estendeu a mão e pegou uma delas, virando-a nas mãos. Era diferente da de couro que Varius usava. Esta era feita de algum tipo de metal moldado, com controles eletrônicos e funções que Owen nem podia adivinhar.

— Vocês ainda não fizeram por merecer. A manopla é tanto um símbolo quanto uma arma. Um dia, se decidirem que querem entrar para a Irmandade e fazer o juramento ao Credo, vão receber uma. Mas, até lá, vocês não são dignos.

— Isso é bem difícil de ouvir — disse Javier.

— Difícil ou não — retrucou Griffin —, é assim que é. Passei anos vendo meu avô e meu pai colocarem as manoplas antes de finalmente poder usar uma. É questão de honra, e eu levo isso muito a sério.

Recolocou a manopla na mesa, fora do alcance de Owen.

— Agora — disse — quando tiverem tudo o que...

Um *ping* fraco veio do computador. Griffin olhou para ele e verificou o relógio. Depois, atravessou o contêiner e se sentou diante de um monitor. Alguns cliques no mouse, e uma tela de chamada por vídeo se abriu. O homem que olhava de volta parecia meio macilento e magro, com cabelo escuro, denso e grisalho, e barba. O fundo atrás dele parecia o interior de algum tipo de embarcação.

— Griffin — disse o sujeito. — Informe.

— Estou com dois elementos — respondeu Griffin. — Estamos nos preparando para recuperar o Pedaço do Éden. Isaiah capturou os outros quatro...

— Eu sei. Rothenburg restabeleceu contato.

— O informante da Abstergo? — perguntou Griffin.

— É. As informações que ele passou indicam que os Templários estão atrás de mais do que um Pedaço do Éden. Rothenburg diz que é o Tridente.

Griffin hesitou um momento antes de falar.

— Entendido, senhor. Estamos indo para Nova York. Acreditamos que a relíquia esteja em algum lugar perto do monte McGregor.

— Vá — disse o homem na tela. — Haverá um carro esperando vocês em Albany. Recuperem a peça, mas saibam que é só o começo. Você terá novas ordens em breve.

— Sim, senhor.

— Quem era esse? — perguntou Owen.

— Um dos líderes da Irmandade. Gavin Banks. Está escondido com o resto de nós. Mantemos as comunicações com ele o mais curtas possível.

— O que ele quis dizer com o Tridente? — indagou Javier.

— Quer dizer que existem outras duas peças exatamente como a que vocês viram, e quem combinar as três pode dominar o mundo.

Javier gargalhou e Owen quase riu também, mas, pela postura de Griffin, dava para ver que ele não estava brincando nem exagerando. O Assassino se levantou da cadeira e foi até a porta da unidade, pegando no caminho uma das manoplas na mesa de trabalho.

— Precisamos ir — disse levantando a porta de aço. — Apague a luz.

Os três saíram, e Griffin os levou no carro até um aeroporto particular a umas duas horas dali, e estacionou no mesmo hangar onde estava um jatinho. Era pintado de branco com uma lista azul na lateral, e parecia tão comum quanto o sedã.

— Os Templários fizeram vocês pegarem leve com os veículos, não é? — observou Javier.

— Há limites para o que a Irmandade pode e deve usar sem atrair a atenção da Abstergo.

Pouco depois, estavam no ar, voando em direção a Nova York. Esse pensamento criou uma sensação estranha em Owen, já que parecia que ele tinha acabado de estar em Nova York naquela manhã. Mas aquela era a Nova York do passado, e ele não fazia ideia do que encontrariam no presente.

Era noite quando pousaram em Albany, e o carro que os esperava era outro sedã comum, mas potente e rápido. Seguiram para o norte por estradas escuras e ladeadas de árvores, passando por várias cidades adormecidas, e chegaram ao monte McGregor menos de uma hora depois. Griffin parou o carro a alguma distância do chalé.

— Quando sairmos, fiquem perto de mim. — Em seguida, desligou o motor. — Pode haver Templários aqui também. Mantenham todos os sentidos em alerta, sejam Efeitos de Sangria ou não. Vamos entrar, pegar a relíquia e sair. Estão preparados?

— Estou — respondeu Owen.

— Estou — completou Javier.

Saíram do carro e entraram cautelosamente entre as árvores, mantendo silêncio na escuridão quase completa enquanto passavam em volta do chalé. Owen tentou conter o tremor nas mãos, que latejavam com as pancadas do próprio sangue, e se concentrar nas memórias de Varius, estendendo a percepção, primeiro através de todas as partes do corpo, depois, para o ambiente ao redor.

A princípio, nada aconteceu. Mas Owen permaneceu paciente, ouvindo, esperando, sentindo, e aos poucos o mundo ganhou mais definição. De súbito, Owen podia sentir a textura do terreno através das botas. Podia ouvir os ecos dos próprios passos na curvatura das árvores. Vislumbrou uma coruja alçar voo em silêncio, e viu os vultos de Javier e Griffin ao lado, movendo-se pela floresta.

Quando chegaram ao chalé, tudo parecia quieto e parado. Griffin os levou para fora das árvores, atravessando um gramado aberto já molhado de orvalho e chegando a uma janela dos fundos, que não se mostrou um obstáculo para o Assassino. Logo ele estava dentro da casa, e Owen e Javier o acompanharam.

As tábuas do piso rangeram sob os pés de Owen quando ele pousou no chão, e o ar abafado cheirava a madeira velha e fumaça. Tinham entrado num quarto, mas não era o de Grant, se o tamanho da cama de solteiro servia como indicação.

— Agora é com vocês — disse Griffin. — Estão sentindo alguma coisa?

— Nada — respondeu Javier.

— Espere aí. — Owen fechou os olhos, e em vez de espiar, tentou sentir a mesma energia que tinha guiado Varius pelos aposentos do Clube Asteca até a adaga.

— Alguma coisa? — perguntou Griffin.

— Por enquanto, não — respondeu Owen. — Espere.

— Não temos muito tempo.

— Só espere — repetiu Owen, afastando-se deles. Depois, achou que talvez estivesse captando alguma coisa, e inclinou a cabeça um pouco de lado, como se quisesse escutar melhor.

Era ali. Precisava se esforçar um bocado para encontrar, mais do que Varius teria necessitado, mas estava ali. Um zumbido sutil, uma espécie de ressonância nos ossos do crânio, e era familiar para ele, ou pelo menos para a parte de sua mente em que Varius ainda podia ser encontrado.

— Por aqui — sussurrou, e foi andando.

Javier e Griffin foram atrás, saindo do quarto para uma sala que tinha sido transformada numa espécie de museu, com placas, quadros e vitrines guardando vários artefatos. Mas a adaga não estava ali, e Owen continuou andando, passou por outra porta, e seguiu pelo corredor até outro quarto, maior. A ressonância o levou até determinado ponto do piso, embaixo de um tapete de corda.

— Está aqui — disse.

Owen puxou o tapete, pegou uma das suas facas e se ajoelhou. Depois, usou a lâmina para levantar uma tábua específica do piso, mas notou alguma marcas recentes na madeira e o modo como a tábua subiu facilmente.

Embaixo, encontrou uma cavidade estreita, e dentro dela, uma lata retangular. Pegou-a, mas soube instantaneamente que estava leve demais. E quando abriu, encontrou dentro apenas uma medalha azinhavrada, a cruz militar do Clube Asteca.

— Ela estava aqui — disse. — Posso sentir.

— A medalha não deixa dúvida — observou Griffin. — Mas alguém chegou primeiro.

— Tem de ter sido recentemente — insistiu Owen. — Essas marcas são novas.

— Os Templários? — perguntou Javier.

Griffin balançou a cabeça.

— Acho que não.

— Monroe, então? — sugeriu Javier.

Owen esperava que tivesse sido Monroe. Esperava que Monroe tivesse...

Um ruído rítmico cresceu, vindo de fora e de cima do chalé, e Griffin olhou para o teto.

— Helicópteros — disse. — Vários. A Abstergo está aqui.

— O que vamos fazer? — perguntou Owen.

— Não vamos lutar. Vocês não são treinados, e eu não posso enfrentar todos sozinho. Vamos voltar ao carro e sair daqui. Entenderam? Nada de lutar.

Owen e Javier assentiram.

— Fiquem perto de mim. Vamos.

Griffin saiu rapidamente do quarto, retornou pelo corredor principal do chalé, onde lâminas de luz rasgavam as janelas e subiam pelas paredes. Voltaram para o quarto menor e saíram pela mesma janela.

No gramado, Owen viu os vultos negros dos helicópteros pairando acima, três deles com os rotores lançando poderosos jatos de vento que achatavam a grama e ameaçavam derrubá-lo. Vultos pretos menores desceram das aeronaves, agentes deslizando por cordas até o chão.

— Andem! — gritou Griffin, e os três começaram a correr, espalhando-se e se desviando dos fachos de luz, das cordas e dos agentes que já haviam pousado.

— Alvo alcançado! — gritou um deles dentro do capacete, levantando o cano de um fuzil de assalto contra Javier, que estava a apenas alguns passos adiante.

Owen enfiou a mão no bolso pera pegar uma granada de PEM e a atirou. Não aconteceu nada que ele pudesse detectar, mas de súbito o agente parou como se tivesse ficado cego, segurando o capacete. Isso deu outra ideia a Owen, e ele parou de correr.

— O que você está fazendo? — gritou Javier.

Owen pegou outra granada de PEM, armou-a e jogou na direção do helicóptero mais próximo. Acertou em cheio, e instantaneamente o piloto pareceu perder o controle enquanto os motores ganiam e os rotores diminuíam de velocidade. A aeronave oscilou no ar como se alguém a estivesse sacudindo, arrastando pelo chão todos os agentes ainda presos nas cordas, fazendo com que batessem uns nos outros com força. O helicóptero descontrolado colidiu diretamente com outro, e num estrondo ensurdecedor os dois tombaram loucamente em direção ao chão.

— Corre! — gritou Javier.

Owen disparou atrás dele, na direção das árvores, justo quando o primeiro helicóptero bateu no chão e explodiu. A força da explosão jogou Owen longe, caindo de cara na grama, onde ficou atordoado por um momento. Mas, então, sentiu as mãos de alguém, e começou a se sacudir para se livrar, achando que era um agente, até que rolou.

— Ande! — gritou Griffin, puxando-o de pé.

Uma segunda explosão os acompanhou ao entrarem nas árvores, e Owen olhou para trás e viu que o outro helicóptero tinha caído do lado oposto do chalé. Os três correram pela floresta, saltando sobre pedregulhos e árvores caídas, assim como Owen tinha feito nos telhados de Nova York na simulação, e alguns minutos depois chegaram ao carro e entraram.

— Aquilo foi insano! — disse Javier a Owen, ofegando.

— Guardem o papo para o avião! — gritou Griffin, virando a chave.

Deu meia-volta com o carro e acelerou pela estrada, voltando na direção de onde tinham vindo, com os faróis apagados nos primeiros quilômetros para não atraírem a atenção do helicóptero que ainda estava no céu.

Assim que estavam a uma distância segura, Griffin respirou fundo e pareceu relaxar um pouco.

— O que você estava pensando? — perguntou. — Eu dei uma ordem explícita. Não lutar.

— Eu sei — retrucou Owen. — Mas derrubei dois...

— Vou dizer o que você fez! Você teve uma tremenda sorte. Poderia ter feito com que nós três fôssemos mortos com uma bobagem daquelas.

— Desculpe — disse Owen, mesmo não tendo certeza se falava sério. — Eu...

— Escute! — interrompeu Griffin. — E escute bem. Eu não dou segundas chances. Se quer minha ajuda para saber alguma coisa sobre seu pai, de agora em diante faça exatamente o que eu mandar. Ouviu? Porque sou sua única chance de saber a verdade, e não vou hesitar em deixá-lo questionando e imaginando até o dia da sua morte.

Owen fechou a boca, com a adrenalina finalmente se dissipando. Se Griffin tivesse feito qualquer outra ameaça, ele teria ignorado e mandado enfiar onde quisesse. Mas a verdade sobre seu pai era a única coisa que não podia ignorar, e não se arriscaria a atrapalhar isso, não importando o quanto se sentisse com raiva ou injustiçado.

— Será que fui claro? — perguntou Griffin.

— Foi — respondeu Owen. — Perfeitamente.

— Bom.

— Como assim, de agora em diante? — perguntou Javier.

— Quero dizer que não acabamos. Ainda há três Pedaços do Éden por aí, um dos quais já foi encontrado, e parece que a Abstergo acha que vocês e seus amigos são a chave para encontrar os outros.

— Nós temos opção? — perguntou Javier.

— Claro que têm. Vocês têm livre-arbítrio, e, acreditem ou não, eu morreria para defendê-lo.

— Então talvez eu queira sair disso — reagiu Javier, virando-se para Owen.

Mas Owen não queria sair. Pelo menos por enquanto. Não enquanto houvesse uma chance de descobrir a verdade.

— Preciso saber — disse. — Estou totalmente dentro.

24

Natalya estava sentada sozinha, afastada dos outros, olhando da redoma de vidro para as árvores. Sean e Grace tinham contado tudo a Isaiah, e não havia nada que ela pudesse fazer para impedir. Em seguida, Isaiah saiu, e Vitória foi atrás dele pouco depois. Isso havia acontecido duas horas antes, e os quatro foram deixados esperando naquela sala. Ela finalmente se permitiu comer alguma coisa, depois de perceber que recusar a comida era uma forma de protesto muito ineficaz. Mas a maçã e o salgado não estavam se acomodando bem no estômago.

— Ei — ouviu Sean dizer, e através do reflexo sutil da janela o viu se aproximando na cadeira de rodas. — Você está legal?

— Não — respondeu ela.

— Como assim?

— Não acredito que você fez aquilo.

— Fiz o quê?

— Não banque o idiota. Você sabe exatamente o que quero dizer.

Ele se recostou na cadeira e segurou os aros das rodas.

— Para mim, fez sentido. Acho que era a coisa certa a fazer. Você acha que o Isaiah mentiu para nós?

— Não sei. — Natalya só podia balançar a cabeça. — Esse é o ponto. *Não sei.* Não me entenda mal, Sean. Eu também achei que ele era convincente. Mas nunca entregaria tudo sem pensar em antes conversar com vocês.

— Está certa. — Ele se inclinou adiante, e algo no movimento trouxe uma lembrança súbita de Tommy. Natalya piscou para afastar aquilo. — Está certa. Deveríamos ter discutido antes.

— Agora não adianta muito.

Ele trouxe a cadeira um pouco mais para perto, olhando por cima do ombro como se quisesse ver onde os outros dois estavam.

— Ei, eu fiquei pensando em perguntar a você... — Mas não terminou.

Ela esperou alguns segundos.

— Pensando em perguntar o quê?

— Eu só... — disse ele, e seu rosto ficou vermelho.

Natalya achou que provavelmente sabia onde aquilo iria dar, mas esperava que não.

— Só o quê?

— Não sei. O Animus. É uma situação esquisita. Nós estávamos... você sabe.

Ela estava certa; ele queria falar sobre Tommy e Adelina. Natalya não queria magoar Sean, mas pelo jeito seria inevitável.

— Quero dizer — disse ele —, eram eles, mas meio que éramos nós, também, e eu fiquei...

— Sean, na verdade isso não é muito complicado. Adelina amava *Tommy*. E não você. E Adelina não sou eu.

— Eu sei.

— Então qual é o problema?

— Não tem problema. Eu só... deixa para lá, esquece. Desculpe ter puxado o assunto.

— Tudo bem. Também sinto muito. Não estou tentando ser grosseira. Só não podemos deixar que as coisas se confundam, certo? Você se lembra do que o Monroe disse? Você é você. Precisamos deixar isso claro.

— Está certa. Totalmente certa.

— Tudo bem. Fico feliz porque a gente concorda com relação a isso. — Ela acrescentou essa última parte mesmo sabendo que os dois ainda discordavam nos dois sentidos.

Ele assentiu de novo e voltou na direção dos outros, com a cabeça um tanto baixa. Natalya ficou olhando-o se afastar e deu uma bronca em si mesma. Podia ter sido mais gentil, mas, afinal de contas, frequentemente se pegava dizendo isso. Quando se tratava de lidar com pessoas, sua primeira reação geralmente era pegar o caminho mais direto, mas nem sempre o mais sensato.

Virou-se para olhar de novo as árvores.

Era tarde demais para pegar de volta as informações que os outros tinham dado a Isaiah. Assim, Natalya iria acompanhá-los por enquanto. Mas de jeito nenhum estava convencida com relação a Isaiah e à bondade da Ordem dos Templários. Mas isso não significava que era a favor dos Assassinos. Sua experiência no Animus tinha mostrado que os dois lados não traziam nada além de destruição. Individualmente, mas em especial quando lutavam um contra o outro, e quando isso acontecia, pessoas inocentes pagavam o preço.

Mas não seria inteligente se opor a uma entidade poderosa como a Abstergo. Pelo menos por enquanto. Diferentemente de como tinha acabado de lidar com Sean, Natalya iria esperar com paciência, vigiar e deduzir qual seria a melhor atitude. Era assim que seus avós haviam escapado do Casaquistão soviético, e era assim que escaparia dos Templários.

— Boas notícias! — disse Victoria, voltando para a sala. — Fizemos contato com os pais de todos vocês. Explicamos a situação, e dissemos que eles poderiam vir vê-los a qualquer momento. Estão vindo agora mesmo.

— O que você contou a eles? — perguntou Natalya.

— Dissemos que um ex-empregado que trabalhava nas escolas de vocês, o Monroe, os atraiu para uma trama desconhecida com equipamento que ele roubou de nós, mas que nós descobrimos tudo e os resgatamos.

Natalya achou que essa era uma mentira muito bem urdida, suficientemente verdadeira para tornar difícil questionar, mesmo sabendo de toda a história.

— Então podemos ir para casa? — perguntou Grace.

— Bom, isso é com vocês, mas há algo que gostaríamos de oferecer.

— O quê? — perguntou Sean.

— Como Isaiah disse, o DNA de vocês representa uma oportunidade singular. Gostaríamos de convidá-los a ficar aqui, no Ninho da Águia, para continuar nossa pesquisa. Planejamos discutir essa possibilidade com seus pais quando eles chegarem. Suspeito de que eles serão bastante receptivos.

— Serão? — perguntou Natalya. Seus pais desconfiavam da maioria das pessoas, mas especialmente das que tinham poder e das que tinham dinheiro.

— Bom — disse Victoria, sorrindo com seus dentes grandes. — Naturalmente vamos oferecer um interessante incentivo financeiro pela participação no estudo.

— Tá, qual é a cilada? — perguntou David.

— Não existe cilada — respondeu Victoria. — Mas precisamos ter mais dois Pedaços do Éden antes do Monroe, e seria bom ter a ajuda de vocês. Fizemos mais investigações sobre o DNA de vocês, e identificamos outro ponto de grande Concordância de Memória que pode representar um segundo dente do Tridente. — Ela se virou e olhou direto para Natalya. — Já sentiu vontade de visitar a China?

EPÍLOGO

Monroe tinha dirigido algumas centenas de quilômetros desde que havia escapado dos Templários, e suas mãos ainda estavam tremendo. Segurava o volante com força, para controlá-lo, deixando os nós dos dedos brancos. Seus olhos sentiam dificuldade para focalizar. Estivera acordado durante trinta e seis horas, não tinha comido praticamente nada, e a estrada se estendia infinitamente na planície pálida do deserto enquanto o sol nascia adiante.

Não quisera que nada disso acontecesse. Pelo menos não assim. Mas também não sabia exatamente o que tinha desejado que acontecesse. Sua missão tinha começado tanto tempo atrás e dado tantas reviravoltas que às vezes ele sentia como se tivesse perdido a noção do que ela era. Nesse momentos, voltava ao início, a onde tudo havia começado, e se lembrava de por que estava fazendo isso.

E para quem estava fazendo.

Esse Pedaço do Éden tinha sido um desvio de seu objetivo primário, mas era um desvio que ele não poderia ignorar de jeito nenhum. Não permitiria que os Assassinos ou os Templários pusessem as mãos em outra relíquia dos Precursores. O risco era muito grande. O Evento de Ascendência já havia começado, e ele não tinha ideia de onde os garotos estavam. Sem dúvida, os Templários tinham capturado alguns, se é que não todos. Mas também era possível que uns poucos tivessem escapado. Owen e Javier tinham mais chance, mas certamente algumas habilidades também teriam sangrado para Grace.

Monroe olhou para o banco do carona, onde estava o núcleo do Animus. Pelo menos ainda tinha isso. Ainda tinha o DNA deles, e só ele havia decodificado completamente o que isso significava.

Os tremores em suas mãos pioraram, e ele percebeu que precisava dar um pouco de comida e descanso ao corpo. Só esperava ter chegado suficientemente longe para correr o risco de parar.

Acabou parando na cidade seguinte, um ninho no deserto com um posto de gasolina e uma população de trezentas e vinte e seis pessoas. Ali reabasteceu o ônibus, comprou um celular pré-pago e um sanduíche de peru enrolado em plástico, e dormiu três horas.

Quando acordou, sentiu a cabeça um pouco mais límpida.

Mesmo tendo o DNA de que precisava, recusava-se a deixar aqueles garotos em perigo. Seu descuido cego tinha levado os Templários direto a eles, e, portanto, era seu dever resgatá-los. Mas não poderia fazer isso sozinho. Precisava de ajuda.

Pegou o celular que tinha comprado e olhou o teclado reluzente por um longo tempo antes de digitar. Era um número que havia recebido muito tempo atrás, e que havia decorado sem saber se teria motivo para usá-lo. Agora tinha, mas ficou imaginando se o número ainda era válido.

Mas, então, o telefone tocou.

E alguém atendeu.

— É o Monroe — disse baixinho. — Precisamos conversar.

Este livro foi composto na tipologia Minion Pro,
em corpo 11,5/15,5, e impresso em papel off white,
no Sistema Cameron da Divisão Gráfica
da Distribuidora Record.